# 百万分之一的爱情

白 猫 [韩]　　韩美玲 译

上
Volume
I

The Love of One Millionth

백만분의 일의 사랑

作家出版社

（京权）图字：01-2013-8875



**图书在版编目（CIP）数据**

百万分之一的爱情 / ［韩］白猫著；韩美玲译. -- 北京:作家出版社，2016. 4

ISBN 978-7-5063-8591-6

Ⅰ. ①百… Ⅱ. ①白… ②韩… Ⅲ. ①长篇小说 - 韩国 - 现代 Ⅳ. ①I312.645

中国版本图书馆CIP数据核字（2015）第289617号

**百万分之一的爱情**

**作　　者：**［韩］白　猫
**译　　者：**韩美玲
**责任编辑：**韩　星
**装帧设计：**孙惟静
**插　　图：**张　帆
**出版发行：**作家出版社
**社　　址：**北京农展馆南里10号　　**邮　　编：**100125
**电话传真：**86-10-65930756（出版发行部）
86-10-65004079（总编室）
86-10-65015116（邮购部）
**E-mail:zuojia@zuojia.net.cn**
**http://www.haozuojia.com**（作家在线）
**印　　刷：**三河市北燕印装有限公司
**成品尺寸：**145×210
**字　　数：**400千
**印　　张：**13.125
**版　　次：**2016年4月第1版
**印　　次：**2016年4月第1次印刷
ISBN　978-7-5063-8591-6
**定　　价：**38.00元（上下册）

爱上一个人，和他永远幸福生活在一起的概率有多大?

我想，是百万分之一。

每当阳光灿烂的日子，我都会来到咖啡馆。

弥漫着咖啡香气的咖啡馆内，窗边的位子是我的专属。

和熟悉的店员点好一杯Espresso，我把视线移向窗外。

映入眼帘的只是偶有车辆通过的寂寥道路，以及依靠药物生存下去的无精打采的行道树，然而，我却独爱这片风景。

正当我为那份噙满伤悲的相思之苦而感到精疲力竭的时候，Espresso被端了上来。双唇沾染到苦涩浓黑的液体，比这更苦的往事渐渐浮现在眼前。

我深陷在过往之中。

太过懵懂无知的往日回忆。

# 1

多真屏住呼吸。

一见钟情。

曾经以为世界上并不存在这种爱情。

目光交叠的瞬间，视线变得模糊起来。世界上仿佛只剩下他和自己两个人。曾经以为，这种爱情只是老电影或者电视剧中才会出现的荒诞故事。可是，并非如此。

见到他的第一眼，就明白现实中也会发生这种陈词滥调的故事。

多真对他一见钟情。

## 空穴来风的谣言

崔多真？

当然知道了，哪会有人不认识她呢？我们学校里谁要是说不认识她，一定是在说谎。

为什么呢？首先是长得漂亮，很娇媚，就算和我们穿着一模一样的校服，不知怎的她看起来就是不一样。她个子很高，纤细苗条，没有一丝赘肉，身材是人体的黄金比例，还有巴掌大的小脸。啊，对了，她学习也相当好，光看那长相，可不像是学习好的学生呢。

不过呢，话说回来……应该怎么说才好呢？她长得很娇媚，好像挺能玩的，和我们不是一个世界的人吧？可能她根本瞧不起我们呢。

性格？

彻头彻尾的骄傲啊，生得漂亮本来就是靠脸蛋儿吃饭嘛，说好听的是骄傲，其实根本就是少教。

对了，还有那个传闻。

说出来没关系吧？

听说她呀，在援交呢。

听到有转校生的消息，青木高中高一二班的学生们兴奋了起来。

“听说是女生，女生！”一个男生冲进来大喊大叫。

“看到脸了吗？漂亮吗？”

男生们仰着一张张兴高采烈的面孔。

“真是的，这些男生，一听说来女生就忘乎所以了。”

“真是太搞笑了。”

女生们不满地发着牢骚，男生们却不管不顾地聚在一起叽里呱啦，希望转校的女生脸蛋儿漂亮咪咪大大……

“听说是个女生呢。”坐在正勋旁边的秀英说道。

正勋扑哧一笑：“嗯，看起来的确是个女生。”

“你期待吗？”

“有点儿？”

“傻瓜。”

秀英凝视着趴在那儿，把头转过来的正勋。有青木高中“校草”美誉的正勋是秀英的发小儿，两家住得近，父母之间很熟，他们俩的出生日期也差不多，幼儿园、小学、中学都在一起。假如秀英是个男生，那他们算得上是“从小穿一条裤子长大的兄弟”了。

女生们都很羡慕秀英。可以这么说，李正勋是全校同学们的偶像。不管穿什么衣服，他都能穿出明星气质，走在街上也常常有星探上前搭讪。

平时的正勋笑容满面，风趣幽默，温文尔雅，但和他关系最好的还是秀英。早上一起上学，放学一起回家，一起上补习班，二人始终形影不离，女生们的羡慕之情也不难理解。

“真羡慕秀英，身边有正勋。”不明真相的女生们总会这么感叹。

“可不是吗，正勋对秀英最好了，圣诞节秀英也是和正勋一起过的吧?”

面对女生们半是嫉妒半是羡慕的嘀嘀咕咕，秀英淡淡地说：“嗯，对。”她只是应付一句而已。其实，表面上敷衍了事，秀英内心深处犹如火烧。

因为不一样啊，正勋和秀英的心思不一样。

秀英深深爱着正勋。不知道从什么时候开始，也许是幼儿园时开始，也有可能是小学高年级开始，秀英对正勋有了另一种喜欢。秀英希望和正勋走在一起时手牵着手，希望能够深情一吻；正勋对其他女生好时自己会妒火中烧，和其他女生谈笑风生时自己会生气发火。希望正勋只对自己好，希望他的眼中只有自己。

这种感情已经超越了友情，是爱情。也许，正勋也喜欢自己吧。正勋对其他女孩子也很热情，可最在乎的还是秀英。正如同学们所说，特别的日子正勋一定和秀英一起度过。

于是，在初三那年的冬天，那个寒冷的圣诞节，秀英小心翼翼地表白了。

“正勋，我喜欢你。”

“嗯，我也是。”正勋一脸阳光地笑着回答，意思是说作为朋友的那种喜欢。尽管如此，秀英仍然不愿放弃，接着说道：“我，想和你交朋友。”

“我们不早就是朋友了吗？”

“不是，不是这个意思，其实……所以……想成为恋人。”

直到今天，秀英都清清楚楚地记得正勋当时的表情。

正勋的招牌微笑消失殆尽，面露难色，有些慌乱地注视着秀英，然后叹了一口气，摇头说道：“不行，我……对你没有这种感觉。”

心口痛得仿佛撕裂了一般。秀英很想放声大哭，想要问问正勋为什么，为什么不爱我，我以为你也爱我，我多想紧紧拥抱你。

然而，秀英没有这么做，她怕说了之后，和正勋的情谊就走到了终点。所以秀英大大方方地笑了起来，调皮地说道：“傻瓜，又上当了吧？”

“啊？”

“哎哟，你总是这么好骗，所以同学们才喜欢捉弄你啊。”

“啊……啊？”

“笨蛋，逗你玩呢！”

“这都是什么啊！”

直到这时，正勋才露出了平日的微笑。看到正勋如释重负的笑容，秀英心如刀割。

的确，正勋对秀英毫无男女之情，他们之间的关系绝不可能发展到友情之上。

问题出在哪里呢？也许是因为朋友做得太久了，与其说是朋友，更像是家人。秀英心有不甘。

如果两家住得远一些，父母之间没有这么熟悉，两个人上初中才认识，可能会发展到超越友情的感情吧。

“别再想了。”

秀英试图摆脱对正勋的迷恋，却根本做不到，她控制不住自己对正勋的感情，心里很不好受。

没有什么事情比遭到拒绝后还要形影不离更辛苦了，倘若不用面对面，说不定现在自己的心情已经平静下来了。即便如此，秀英也不愿切断与正勋的友情，就算彼此的心意不同，正勋依然是自己最珍视的朋友。

“这么说的话，你喜欢漂亮女生吧？”

听到秀英的问话，正勋从桌上直起身子，伸了个懒腰说：“怎么说呢，其实女生不就是靠脸蛋儿吃饭吗。”

“什么啊，这么说只要是漂亮女生，你就来者不拒了？”

“再漂亮也比不上明星，再漂亮也总有更漂亮的女孩子，反正美貌只是一时。”

“是吗？”秀英耸了耸肩。

秀英也属于相当漂亮的女生。当然，和正勋走在一起时，秀英的美丽会被正勋耀眼的容貌夺去光彩，但若是秀英一个人独行，也时常被人搭讪。她个子虽然不高，身材却很好，又因为经常做运动，皮肤紧致有弹性。可能正因如此，秀英才相信自己不会被正勋拒绝。

“喂，喂，喂！来了，来了！”脑袋探出窗外望风的男生咋呼起来。

秀英打心底里期盼转学过来的女生不漂亮，希望来的是个脾气坏、不漂亮、成绩差的笨丫头。但秀英自然十分清楚，即使转来的是这样一个女生，正勋面对自己也绝不可能回心转意。

嘎吱一声，门开了，班主任走进来，转校生跟在后边。转校生身上穿的不是青木高中的校服，而是其他学校的校服。转校生走进教室的刹那之间，教室里变得鸦雀无声。

天经地义！转校生美得仿佛是世界上制作最精良的娃娃，让人看了窒息。

正勋对转校生没兴趣。正值青春期的男生们一看到女生就陷入了半疯狂状态，讲究衣着打扮，刻意提高嗓门，行为举止出格，试图吸引女生们的注意。

不过，正勋对女生没什么特别的兴趣，与其和女生们去KTV欢唱无限，他更喜欢和男生们一起打打闹闹。从这个角度来说，秀英是个好朋友，因为她比谁都开得起玩笑。

去年秀英表白的时候，正勋心脏真的快要停止跳动了，他很怕失去这样一个好朋友。

正勋对秀英不曾有过超越友情的感情，想都没想过，秀英是亲如家人的朋友。

“自然如此啊，上幼儿园的时候还一起洗过澡呢。”

秀英说自己是开玩笑，正勋才松了一口长气，千叮咛万嘱咐，拜托秀英以后不要再开这种玩笑了。

总之，今天得知转校生是女生后，男生们又进入了半疯狂模式，到处议论转校生的种种传闻。

这些男生一看到转校生走进来，全老实了。

不只是男生，女生们也一样。

寂静的教室里落根儿针都听得到，过了好一会儿，同学们还是毫无动静。

“怎么了？”正勋觉得不对劲儿，抬头朝转校生望去，素来对女生不感兴趣的他顿时屏住了呼吸。

女神降临。转校生的容貌，恰恰应了这四个字。

精致小巧的面庞，高挑挺拔的身高，只穿校服也能完美展现的姣好身材，纤细匀称的四肢，巴掌大的小脸儿白皙如玉，大大的眼睛，高挺的鼻梁，红润的双唇。

转校生慢慢地合上双眸，又缓缓地睁开眼睛，浓密的长睫毛随之隐隐飘移。

太美了。

“这是人吗？”令人不禁生疑。

不是因为这张美丽无瑕的脸庞，而是作为一个人来说，面容太过冷漠。她的表情空洞，仿佛不懂人间喜怒哀乐，瞳仁也如琉璃一般不带一丝情感。

所以，这名转校生就像是世界上最精雕细琢的娃娃。

“来，和大家打个招呼吧。”

班主任的声音把同学们从魔法中解放出来，大家同时松了一口气。

秀英凝视着正勋，但正勋似乎完全没有察觉，从转校生的脸庞上挪不开眼睛，那张没有表情的面孔让他感觉到无以言表的心痛。

怪事！平生初次相见的女生，竟然让他心痛不已。

“大家好，我是崔多真。”双唇间流泻出略带沙哑，稍显高亢的嗓音，正勋顿时陷入情网。

多真看到全班同学的视线离不开自己的脸庞，心中忍不住一阵冷嘲热讽：“永远是这种反应。”

刚开始看到这张该死的面孔，总会被它吸引，充满好奇，试图接近。

怎么会这么漂亮，皮肤怎么这么好，四肢怎么这么修长。

七嘴八舌地重复着这些，过不了几天，人们的眼神就不一样了。

女孩子会一如既往地送上掺杂着嫉妒与憎恶的视线，攥住自己的头发质问：“是不是你勾引我的男朋友?”

“大家好，我是崔多真。”

喧嚣沸腾。

多真开口的瞬间，教室里炸开了锅，这样一种区别于同龄人的，充满诱惑的声音。

“请问我的座位在哪里?”

“在这儿。”

多真问的是班主任，却从另一个地方传来了回答，教室后排一个短发女生挥了挥手。

“这里有空座位。”

并不是女生身旁，而是斜对面的座位。多真望着班主任，班主任点头示意多真可以过去。

多真慢慢地迈着步子，纤细修长的双腿每走一步，都有学生口中的惊叹连连。

模特般挺直的背部和优雅的步行姿态震撼全场，司空见惯的反应。

多真在空座位坐下来。她的同桌是一个发尾挑染成红色的女生，这个女生压根儿没看多真，反倒是刚才挥手的那个斜对面的女生开口说道：“我是金秀英，很高兴认识你。”

嗓音轻快活泼，多真看了秀英一眼，轻轻点了点头。

傲慢的举止让秀英的表情一滞，但秀英随即又爽朗地笑着说：“你是从哪个学校转过来的？”

“……”

“你原来的学校也是男女同校吗？这校服可真漂亮。”

“……”

多真没有回答，反正只要过一个星期，这种善意的态度就会变得充满敌意，快的话明天也说不定。

“喂，喂，你干吗不回答啊？”秀英失落地说道。

虽然班主任还在教室里，可其他同学全都回头盯着这俩人。坐在秀英身旁的男生越过秀英的肩膀，探出了脑袋，感觉很亲昵，可能是秀英的男朋友吧。

“嗨，我是李正勋，很高兴认识你哦。”

多真毫无顾忌地盯着正勋，眼前是一张好看的面孔。

他是这所学校的校草吗？

尽管如此，多真仍是不为所动，坐得笔直，重新注视着黑板。

“午休时我带你看看校园。”秀英说道。

多真觉得这个女生有点怪怪的。自己不予回答的话，一般人早就不耐烦地发起牢骚了，可她到现在都一直保持着笑容，哪里来的这份从容。

“转校生好像有点少教，不是吗？”

“她根本不说话，秀英和她说话都那么客气了。”

“脸蛋儿长得好就了不起啊？真是的。”

“真没规矩，哼。”

“这些靠脸吃饭的女生啊。”

果然没什么不一样的，到处都能听到这种闲言碎语，说话声音虽小，却恰好能让多真听得清清楚楚。

“你没书?”

第一节课开始，多真的同桌第一次开口说话。冷冰冰的声音，多真不由自主地朝身旁望去。

“你看什么呢?”

“看看都不行吗?”

同桌扑哧笑了起来。

“好了，给，你看这个吧。”

同桌把一本教科书推到自己面前，不是一人看一半，而是干脆放到了多真的课桌上。

“你不看吗?”

“嗯，我Pass。”说完，同桌又趴到了课桌上，有点莫名其妙。

数学老师很快走进了教室，是一位有美丽妆容的年轻女教师，眼看着多真的同桌趴着睡觉也没有把她叫起来，同桌似乎已经被班级抛弃了。

“听说你们班来了个转校生？是谁?”

全班同学齐刷刷地注视着多真。

“哎呀，真是个漂亮的转校生。”

“……”

“你们不要因为人家漂亮就欺负人啊，大家要好好相处，知道了吗?”

“知道了。”

“是!”

女生们不耐烦地拖着长音，男生们则回答得干净利落。

所有学校的数学课都是最枯燥的。多真静静地听课，脑中却想着其他事情。

“你就是多真啊。”

在咖啡馆等候的男人笑容十分温柔，他常常在电视上露面，是知名的国会议员。

当时读小学六年级的多真已经隐约能猜到这个知名的国会议员为什么要见自己。

多真七岁时过世的母亲在心情好的时候会一边搂着她一边讲故事。

“你的爸爸是个相当有名的人，他实在是名头太响了，不能来看你，他有很多事情要做。”

所以，多真觉得这个男人就是自己的父亲。

“我是你爸爸。”

多真听了丝毫没有吃惊。男人可能有些意外，问道：“你知道我吗?”

多真摇了摇头。

“那你为什么一点不吃惊呢?”

“您希望我吃惊吗?”

唐突的话语让这个男人放声大笑：“哈哈哈，你可真像你妈妈。”

“……”

妈妈过世后，多真被送到了外婆家。每当多真问起爸爸时，外公和外婆都会勃然大怒，说道：“你爸爸死了!”

但是，多真能感觉到爸爸还活着，她相信妈妈所说的是真的，爸爸是位高权重的人。

“您为什么要见我?”

“我想看看你啊。”

“为什么呢?”

“因为我爱你妈妈。”

“您说爱，却从没有来看过我们？”

“……”

爸爸无语地讪笑。他的微笑看上去噙满伤悲，多真有些后悔话已出口。

“生活上缺不缺什么东西？”过了一会儿，爸爸问道。

这话还真是不好回答。缺什么东西？太多了。物质上的不足知道了就能解决，饿几顿肚子也可以忍受。可是，爱并非如此，妈妈的爱，爸爸的爱，多真无比渴望这些。

不过，多真清楚不能这么说，所以犹豫片刻后回答：“我需要钱，外婆家很穷。”

“好。”爸爸笑着掏出了钱夹。

“这一刻，我真该庆幸自己经济宽裕。”

多真第一次见到百万韩元面额的支票。从此之后，爸爸每个月，偶尔两个月必定要和多真见上一面，递给多真几张支票后离开。

多真期盼着爱，流淌指间的却唯有金钱。

“多真啊。”

这声音亲切得怕是旁人听起来要误会两个人是多年好友了。多真愣了一下，眼睛从教科书上挪开，注视着秀英。

多真的同桌从午休时间一直睡到现在。第一节课开始，她就没起来过，也没有老师来叫醒她，似乎是个颇为麻烦的问题学生。

“我们去看看校园吧。”

“我也去，我也去。”

正勋突然从秀英的肩膀上探出脑袋，一张秀气精致的小脸儿和身为女生的秀英有一拼。

“得了，我可不想和你一起去，你只会让人留下校园的坏印象。”秀英晃了晃肩膀，摆脱了正勋的脑袋。

“一起去吧，我也要一起去吃饭。”

撒起娇来真是一点不像男生，不过倒是挺适合正勋的，可能正是拜这张可爱的小脸儿所赐。

“女生和女生一起玩，懂吗？男生去和男生玩。”

“无耻啊，无耻，秀英你太无耻了。”

“正勋，去吃饭吧！赶紧过来。”

正勋嘀嘀咕咕地朝正喊自己的男生那边跑去，男生们哈哈笑着，往这边看过来。

“那我们走吧。”

不大舒服，多真不喜欢别人装出一副和自己很熟的样子，这种亲密的举动令她浑身僵硬。秀英觉察到了这一点，却没有放手。

“我们去小吃店吃筋面吧，咱们学校的筋面可是好吃得要把舌头吞掉哦。”

“你能先松手吗？”

“啊？”

“手，把手放开。”多真冷冷地说道。

“哦哦，你不乐意啊？”秀英若无其事地松了手，也不知道是脾气太好，还是没有脑子。

“秀英，去小吃店？一起去吧。”

一出走廊，几个女生招呼着秀英，好像不是同班同学。

“No，no，我要照顾我们班的转校生，今天就算了。”

“啊，听说这回你们班来了转校生，就是她吗？”

走廊上的学生们赞叹不已地盯着多真，还有些学生从教室窗户上探出头往外张望着。

多真感觉自己仿佛成了动物园里的猴子，很不舒服。

“喂，喂，看够了没？别人这么打量你们，你们高兴吗？嗯？”

秀英的话有些不客气，学生们呵呵笑着走开了。多真心底不由得为秀英毫不扭捏的态度而感慨。

估计秀英在学校里人缘很好，否则也不会有这般表现。

“你就是太漂亮了才会这样，亲。”

亲。听到闺蜜之间才用的称呼，多真心中更加别扭。

“长得漂亮的话本来就是人人都想多看一眼的，夏天街上的女孩子不也都露出美腿给人看吗，就算我同样是女生，遇到美腿也会盯着看呢。”秀英说话的语气活像个男生。

“如果是你这样的女生走过去，怕是所有人要呼吸停滞，目不转睛，失魂落魄了吧？”

“是吗？”

“哇！你，终于开口说话啦！真是精诚所至金石为开，老天爷听到我的心声了。”

“……”

“你的嗓音真是太美妙了吧？听你的声音，简直不知道自己是在天堂还是人间，你要多让我听听你的声音啊。”

“……”

“脸蛋儿漂亮，身材窈窕，嗓音美丽，哇，一想到每天可以在教室里看到你，你都不知道我有多开心呢。我都这样了，咱们班那些男生得到什么程度啊，你稍微笑一笑，大家都要晕倒了。”

“……”

秀英自言自语个不停。

“到了，这里就是小吃店。”

袖珍门脸儿的小吃店，散发出浓醇的面香味。多真并不讨厌这种氛围，小时候和妈妈一起光顾的面食店里也是这种味道。令人怀念的香气。

两个人一走进店里，立刻吸引了先来店里的学生们的视线，认识秀英的学生纷纷和她打招呼。

秀英带着多真来到角落处一个安静的座位，坐在嘎吱作响的旧椅子上，秀英冲着菜单发起了愁。

“筋面最好吃了，不过，饺子和炒年糕也很好吃呢，你想吃什么？”

“什么都行。”

“呵呵，那我就我的口味点了？”

“嗯，好，给你钱。”

“No，no，你刚转学过来，我来请，当作纪念吧，就叫……叫……嗯，叫多真转学纪念宴。”

秀英冥思苦想了半天，取了个一本正经的名字，请客竟然连名字都取好了……多真却坚持把钱塞到秀英手里。

多真不想吃白食。

“哎呀，都说了我请客，你……有点固执吧？”秀英的语气中丝毫没有不满，去点了餐。

“看到我同桌了吧？正勋，他是咱们学校的校草，网上也能搜出他的名字呢，神奇吧？”

秀英一边吃筋面，一边自豪地介绍着。

“我和他是发小儿，两家父母很熟，我们在妈妈肚子里的时候就开始做朋友了，这应该叫做青梅竹马吧？幼儿园在一起，小学在一起，中学在一起，这样下去没准儿大学也会在一起呢。”

“你的意思是让我别招惹他吧？”

“什么？”秀英正要送往嘴边的筷子停住了，一脸疑惑地望着多真。

“不是吗？那个男生，从小就是你的，所以警告我不要碰他，不对吗？”多真的语气冷得让人发抖，言语之中没有丝毫感情，仿佛冰雪般簌簌碎裂。

“啊，才不是呢。”秀英红着脸直摆手，“那……那个，我不是那个意思嘛，真的。”

“是吗？那如果他向我表白的话，你会怎么样呢？”多真静静地注视着秀英。

表面看起来毫无情绪波动，内心却埋着浓重的悲情色彩。即便是涉世未深的秀英，也能从她的眼神中感觉到深深的孤独，那片望不到尽头，同时又漆黑一片的孤独。

秀英不知所措，无法抵御那种眼神，恐怖得仿佛会把人吸入那片黑暗。

“为什么……”秀英百思不得其解，在心里暗问。

多真和秀英同龄，秀英却完全理解不了，那种眼神的深度与自己大不相同。

“我不知道。”秀英如实回答。

这点小心思就连当事人至今都被蒙在鼓里……

“我喜欢正勋。”秀英已经尽可能掩饰起这份爱意，多真却依然察觉到了，她的眼眸似乎能够看穿他人的心灵。

“我真的不知道，这是还没有发生的事情啊。也许我会嫉妒，也许我会恨你，也许我会意外地给你们二人送上祝福。但是有一点可以肯定，我就算是恨你，也绝不会在背后乱嚼舌头，我向你保证。”秀英伸出了小手指头。

“那你会当面骂我喽？”

秀英扑哧笑了起来：“没准儿，这不才符合我的性格吗？其实，当面破口大骂总比背后偷偷摸摸说三道四好得多，对吧？”

“……”

“别担心，不用担心，我不会骂得很难听的，保管任何人听了都会觉得我骂人足够高大上，所以完全不用担心这一点啦。”

不，根本不是在担心这一点。

多真被秀英的驴唇不对马嘴逗乐了。

“哪有骂人还高大上的？”

“真是好听啊。”

秀英手托着腮，紧紧汴视着多真。

“什么好听？”

“你的嗓音。”

“……”

“我太喜欢听了，你要多多说给我听好不好？”

“……”

“你就像是另一个世界上的精灵，没有什么表情，精致得像洋娃娃，明眸善睐，好像女神一样，只是声音真的……哇，会让人脸红心跳啊。”

“为什么要假装和我很亲密？”

“什么？”

“为什么要假装亲近我？你有什么目的吗？”

“对，有啊。”秀英嘻嘻笑起来。

“你的脸。”

“你要把我的脸撕下来吗？”

“喂，喂，我就是长得再凶神恶煞也不会做这种事的，最多是希望能复制下来而已嘛。”

“嗯，这还真不算穷凶极恶的事情。”

秀英哈哈大笑："反正我的目的就是你的脸，心里想着你漂亮的脸蛋儿，为了看到它就假装熟络了。"

"……"

"如果不熟，却又总盯着你的脸看，那不是显得很没礼貌吗？所以假装亲密就能放心大胆地看个够了，怎么样？我是不是很没节操？"

"嗯。"多真并不讨厌这个一边哈哈大笑一边神神叨叨的秀英。

"不过……我的同桌……"

"你的同桌？哦，你是说智熙姐姐吧？"

"姐姐？"

"嗯，智熙姐姐她比我们大一岁，因为她留级了一年。"

"什么？"

"这个姐姐啊，性格真是没说的，我上初中的时候开始，姐姐就在这一带很有名了，提到'冰锥'文智熙无人不知，一有暴力事件第一个被怀疑的一定是姐姐，也有人说她是黑道老大的女儿。"

"这样啊。"

"去年她因为暴力事件差点被学校开除，姐姐真跟大姐大似的，打到自己都重伤住院。后来，她跑来学校苦苦哀求，发誓会乖乖出勤上课，再也不缺考。所有人都大跌眼镜，因为这个姐姐向来不把学校什么的放在眼里，一贯我行我素。"

"哦。"

"她因为受伤，最后一个学期几乎没有上过课，最后就复读一年喽。"

"那她睡觉的时候为什么没有人叫醒她呢？"

"因为打工啊。"

“打工？”

“对，这个姐姐是在孤儿院里长大的，所以姐姐也要辛苦赚钱帮忙抚养孤儿，她要一直工作到凌晨，哪有时间睡觉，老师们都知道这些，她上课睡觉大家都假装没看见。还有，这个姐姐自打去年那件事以后学习好像很努力，就算不听课也一定会参加考试，而且成绩几乎全属上游水平。”

“嗯。”

“不管怎么说，人家叫‘冰锥’也是个狠角色，不过只要不惹她就能相安无事。我没和姐姐讲过话，可我很喜欢她，认认真真地过着每一天，打架也很帅。”

“的确。”

“这样的人跑到学校来，跪在地上服软求饶多需要勇气啊。”

“……”

智熙似乎是秀英羡慕的对象。

智熙的故事告一段落，秀英问起了多真住在哪里、怎么上学、上不上辅导班一大堆细碎婆妈的问题。换作平时，多真一定理都不理，可现在她对秀英相当有好感。回答完了秀英的问题，尽管是十分简短的回答。

秀英有让人放松自在的本事。

“放了学我们去看电影吧。”回教室的路上，秀英说道。

“我不想去。”

“哎哟，你也拒绝得太干脆了吧？”

“……”

“你喜欢看电影吗？”

“嗯。”

“喜欢什么样的电影？爱情片？”

“提着枪冲出来扫射，举着刀跑过来猛砍那种。”

秀英听到这个出乎意料的回答，瞪大了眼睛，接着笑得前仰后合：“哈哈哈……你这样有品位的女生居然会喜欢这种片子，怕是要魅力爆棚了吧？你真是太有才了，我都要被你迷住了。”男孩子般的语气很适合秀英。

“下回有大片上映，一定要一起去看哦。”

二人打开教室门走了进来。

“我来买电影票。”

“……”

“怎么样?”

多真忽略了秀英的话，坐到了座位上。她感觉到了教室同学们的目光，有些女生的眼神不太友善。

秀英是一年级学生的偶像，她有男生的帅气，性格又温厚大方，好多学生都非常想和她做朋友。竟然有人敢这么无视秀英的问话。

多真对这些不友善的目光不以为然，她知道女生们用这种眼神盯着自己却还是置之不理，因为这种眼神早就习以为常。

秀英不是个坏孩子，恰恰相反，多真还对她颇有好感，喜欢她爽朗的话语和坦诚的性格。然而，这样的女生一旦心境发生改变，往往将变得最为可怕，与其敞开心扉遭遇背叛，不若最初就不要成为当得起背叛二字的亲密关系。

即便是秀英羞辱怒骂多真，也不会造成伤害的那种关系才是最合适的，保持适当的距离，只是在同一个班级学习的“别人”而已。严守这个限度是多真的生存之道。

# 2

“怎么样，怎么样？”女生们簇拥着秀英来到走廊，紧张兮兮地问道。

秀英皱起了眉头：“什么啊？你们到底在问什么怎么样啊？你们不会说人话吗？不会用主语和动词啊？”

“哎呀，就是那个转校生嘛。”

“哦，你说多真啊。还能怎么样，漂亮死了呗。”

“还有呢？”

“嗓音真不是盖的，听了让人神魂颠倒。”

“还有……还有……”

“那双腿真是……好希望她是我女朋友哇，要是睡一觉醒来发现多真躺在旁边，啊哟，光是想一想都好像心里住着个小鹿似的。”

“喂！别说这些了，快说性格怎么样？刚才看她听到你的话都不回答呢，凭什么啊？起码也要回答才是。”

“我没觉得她没教养啊。”

“金秀英，你总是只想到别人好的一面，老实说，她哪有一点教养？你说话她权当没听见，再怎么少教也应该回答一声，不是吗？脸蛋儿漂亮就了不起啊？”

“是啊。”

“什么？”

“有这么漂亮的一张脸蛋儿，无论做错什么事，别人都会想去原谅她，不是吗？”秀英一脸认真地喃喃自语，身边围着的学生们全乐了。

“哎哟，你是男人不成？”

“看一看不就知道了？反正……”

秀英透过窗户注视着多真，多真坐得笔直，目视前方。望着即将消融在窗外折射进来的阳光中的多真，秀英心中莫名地不安起来。

“我想，她可能受过伤害。”

“伤害？”

“多真，她漂亮得过分了。”

“漂亮什么啊，现在这种长相满大街都是呢。”几个女生七嘴八舌。

无论在哪儿，都会是这种反应。秀英想起了漫画和小说中的场景，拥有倾国倾城美丽容颜的少女会毫无道理地遭受责难。面对美貌少女，相貌平平的姑娘们总是心怀妒忌。多真可能也是如此吧。

从她笔直的坐姿来看，似乎是生在豪门，而且接受过良好的教育。刚才吃筋面时也一样，就像身处高档餐厅一般优雅从容，气质不俗。

可是说到底，多真也只是秀英的同龄人，明显是因为周围女生们的敌视受过欺负。

“应该不是坏人呢。”

秀英带着多真游览校园的时候，多真并没有拒绝；邀请多真去小吃店的时候，她虽然明确表示不喜欢挽着手臂，但说出了讨厌总比假装欢喜要好一些。

"怎么不是坏孩子，在你眼里还有坏孩子吗?"

"在人家背后讲坏话才是坏孩子吧?"秀英大声笑着说，"所以你们啊，别在背后说人家闲话了，多真又没有对不起你们，干吗去找事?"

"什么啊，我们哪有啊。"

女生们说笑不止，秀英耐心地"是啊，是啊"应和着大家。

秀英和女生们说说笑笑的时候，多真直直地坐在座位上，教室里的男生们没有走过来，只是默默地盯着她。

平时在教室里嬉笑打闹的少年们，此时仿佛见到倾慕已久的女明星一样，变得畏首畏尾，模样十分乖巧。

"嗯，目光集中。"

原本趴在桌上的智熙转过头来看着多真，这句话不像是问句，多真没有回答。

"秀英是个好人，通情达理，性格善良，不会欺负别人。"

"……"

"和她做朋友是好事。"

"……"

"真是冷淡。"

智熙轻笑，继续埋头大睡。多真正想着这个人是不是不需要吃饭，就看见智熙身旁的窗户缝里塞了一个吃完的面包包装袋，刚才还没有呢，估计智熙午休时间吃的就是这个。

多真迟疑了一下，抓起空包装袋扔进了垃圾桶。智熙看到这一幕，脸上浮起淡淡的微笑，轻轻说了句："乖宝宝。"

"……"

这语气像是把多真当成了小孩子，多真却并不反感。

枯燥的历史课上，可能是因为刚刚吃过午饭，好多学生都在打盹儿，历史老师缓慢呆板的语气更是让人昏昏欲睡。但是，多真一点没犯困，一直安静地盯着黑板。

嗖。一张小纸条掉到了课桌上，折成了手里剑的形状。多真转过头，发现秀英边笑边对着自己打了个“V”的手势。

“历史课很枯燥吧？^_^”

字体十分可爱。多真正考虑要不要当作没看见，又想起智熙说过秀英是个好人，于是写了小纸条送回去。

“我们来玩传纸条游戏吧。”

回复的纸条马上飞到面前。

“听课吧。”

“没意思，我果然是学理科的命。”

“你数学很好？”

“不是，其实我的数学也不好，天生就不是学习的命。”

“二货。”

多真写上“二货”，感觉太亲切了些，于是粗粗地划掉了这两个字。多真不想和对方成为可以随随便便说出“二货”二字的闺蜜，变成朋友后关系有多亲密，遭到背叛时的伤痛就有多深。

“我现在在做什么呢？”多真自责着把秀英写得密密麻麻的小纸条揉成一团，扔进了书桌里。

“哎哟，喂，一起玩吧！^_^”

秀英不知疲倦地递过来一张新的纸条。这一次，秀英的字下边多了一行字。

“哈喽，我也觉得历史课太无聊了。正勋先生。”字写得歪歪扭扭的。

“我要好好听讲，别传纸条了。”多真简短回了一句，对方没有再递纸条过来，她心里不免有些矛盾，既觉得出气痛快，又有些不自在。

“睡饱了。”智熙坐起来的时候已经是历史老师离开教室之后了。

“有点饿啊。”

智熙轻轻揉着肚子，望着多真，脸上挂着仿佛晨露般的清新笑容。

“你肚子不饿吗？”

“不太饿。”

“去小吃店？”

“不去。”

“你这人真冷淡。”

智熙这一次还是没有生气，咯咯笑着离开了座位。智熙前脚离开，秀英后脚就霸占了座位，秀英一脸疲倦，好像上历史课上得筋疲力尽，细长美丽的眼中写满了倦意。

“哎，吃完午饭立刻上历史课简直是催眠，安眠药啊，都快困死了。”

“……”

“你怎么不瞌睡啊，太神了，啊，难道你……学习很好是不是？”

“很好。”多真轻轻地答道。

“啊！什么，自己夸自己学习很好，那一定是特别特别好了，对不对？你竟然……段数甩开我们八条街啊！”

“……”

“请问你学习有什么诀窍吗？”

秀英学着记者采访的样子，手握拳假装拿着麦克风递到多真的唇边。

“上课不传纸条，好好听讲。”

“嗯，只有这个方法吗？要是没有纸条时间，学校还有什么乐趣可言？”

“……”

不知羞的秀英也挺可爱的。

自己明确拒绝了她好几次，依旧能保持着这般笑容搭话，相当令人好奇。

这是多真最不擅长应对的类型，远远推开不断靠近的人，这样的人会令多真不由自主地敞开心扉，绝情地划清界限时又会让她心如刀割。

想在走到这一步之前推开秀英，多真只有回避，这是唯一的办法。

多真站起来，全班同学的目光都落在了她身上，即使有人假装忙其他事，也在用眼睛偷瞄着多真。多真的存在感显而易见。

多真走到走廊尽头下了楼梯，快走到一楼时上课铃响了，她却继续往下走。

走廊阴冷的空气混合着校园里特有的香气，紧紧贴上了多真的皮肤。

多真走出教学楼，绕了一圈，然后找到了个合适的地方——每一所学校都有的垃圾场。

“就是这里了。”多真面对着垃圾场坐下来。这个学校的垃圾场比以前那些学校的干净，味道也没那么难闻。

多真头顶上就是学校教学楼巨大的窗户，因为是上课时间，没有人经过这里。不，就算有人经过也无所谓。

多真从兜里掏出烟，衔在口中，熟练地点上了火，缓缓地吸了一口。苦涩的烟味经由喉咙，深达肺部。

“为什么要这样？”

多真盯着她们。

如果说不憧憬中学生活，那是骗人，她对与小学截然不同的中学生活满怀期望。穿着和别人一样的校服，剪着和别人相似的发型，上课有不同的老师来讲授。

升入初中一周左右，女生帮就找了上来，这是一群外表看上去一副“我是老大，谁敢惹我”架势的女生。

裙子短短，校服上衣剪裁极其贴身，还背着老师挑染了头发，戴上闪闪发亮的耳饰，精心修饰眉毛与睫毛，涂上不显眼的BB霜。

这些不可一世的女生是初二学生，称为“一阵会”。

“你就是崔多真？”

她们围在多真的书桌前边，班里同学们连头都不敢抬，多真却勇敢地直视着她们。似乎是对多真这种态度很不满意，站在最前边的一个女生抬起腿狠狠踹了下桌子。

“不回答是吧？”

“……”

“哟，看看这女的，等菜呢？”

那女生恼羞成怒，踹向了多真的椅子腿，力气大得一下子把椅子踹到了后边。

“喂，你给我过来。”

“为什么？”

“哇噻，为什么？你到现在还敢问为什么。”

“马上要上课了。”

“叫你过来……”

“啪!”那女生毫不客气地甩了多真一记耳光，教室里有人发出了压抑的尖叫。

“我叫你过来，死丫头!”

多真慢慢站起来，那女生望着多真转过身去，露出冷漠的微笑，其他女生粗鲁地抓住了多真的胳膊。

多真就像被押解的犯人一样，被她们拽到了垃圾场。有个女生正在抽烟，给人的印象非常冷酷。

“姐，人带来了。”

“是吗?”

被称为姐的女生猛地把烟丢到地上，看着她显摆威风的模样，多真强忍住笑。

“久仰大名啊，你。”

女生的胸牌上绣着名字“赵闵姬”。

闵姬捏住多真的下巴，上上下下细细打量了一番。

“够漂亮的。”

“……”

“加入我们帮会吧。”

“帮会?”

“没听见啊?我们的社团。”

“社团?”

听说过几次，在这一带作威作福的初中社团。

“我不会加入的。”

“什么?”闵姬一脸难以置信。

“我不会加入，那种地方。”

“那种地方?”闵姬面色一沉，旁边的女生们同样如此。

“是的，我不会加入，我要回教室了。”

“站住！”

“……”

闵姬在身后大喊，多真并没有停下脚步，接着头上突然传来一阵剧痛，闵姬的拳头落在了多真的头上。

“啊！”多真不由自主地尖叫，两手护住头部，闵姬把多真揪了过来。

“呀，靠！原本看你脸蛋儿长得漂亮打算收你，结果呢？不识好歹，不愿加入？”

“啪！”又是一巴掌。刚刚遭受过击打的地方再次被痛打。

“再怎么看不起学姐，也得知道分寸。”

“啪！啪！啪！”多真连辩解的机会都没有，就被闵姬连续抽了无数记耳光。她从来没有被人打过耳光，今天却被打得很惨。

嘴唇裂开，渗出了咸腥的血丝。多真疼得几乎无法呼吸。

“喂，崔多真，你被我们盯上了，知道吗？”

从这一天开始，多真沦为了“一阵会”的出气筒。每周至少会被打两三次，毫无理由。社团老大闵姬心情不好时打多真，副手心情不好时也会打多真，有什么好事时也要把多真毒打一顿权作纪念。

“够了！”

“够了？谁说了算？”

多真越反抗，“一阵会”的女生们就打得越狠，告诉班主任也没有用，一提起社团，老师们都连连摇头缄口不言。

那个时候，全班同学都觉得多真十分可怜，大部分同学生怕自己被“一阵会”盯上，都假装不认识多真，只有少数几个同学背着“一阵会”去鼓励安慰多真。

然而，一上初二，情况完全不同了。

“呼……”多真呼出一口气，灰色烟雾四下飘散。

不知不觉，一支香烟燃烧殆尽，不知道怎么又想起了当时的事情，已经是几年前的往事了。

多真把烟蒂扔到地上，踩了踩，又抽出一支放入唇间，这一次没有点燃。

智惠有一头非常漂亮的卷发，是人人都羡慕的自来卷，智惠自己却羡慕天生直发的人。

“头发拉直不是一般贵啊，我要是有多真你这样的直发就好了，真羡慕你，发质也好，不像我，一到夏天就乱成一团。”

在多真遭到大家排挤后，智惠是少有的几个愿意和多真说话的学生，其他同学顶多是打个招呼，不知道智惠是不是不惧怕“一阵会”，一有时间就去找多真聊天。

距离这里几站地有一所男校，智惠的男朋友就在那里上学，她常常羞涩地炫耀着自己的爱情，多真很喜欢听她说这些。对多真来说，智惠的爱情故事有时仿佛电影一般，有时又好像漫画情节。

“我有话要和你说，崔多真。”

平时智惠总是萌萌地笑着叫“多真”的，这一天却一反常态，语气冰冷地丢出这么一句话。智惠望着站在书桌前的多真，眼中透出杀气。

“什么事？”

“出去说。”

“就在这儿说吧。”

“你，真搞笑。”

“我没有搞笑的意思。”

“你，就没有要向我道歉的事情吗？”

“要道歉的事情？”

多真听了智惠的话，一头雾水。

“你没听到大家议论的事情吗？”

智惠环顾四周，像是在寻求帮手，而那些平时和智惠走得很近的学生们慢慢围绕在她的身旁，就像保镖一样。她们都恶狠狠地盯着多真，多真不知为何只觉得很可笑。

“还笑？抢了别人的男朋友还有脸笑？”

“什么？”

“你竟……竟然抢了我的男朋友！”

“什么？”多真一时怔住，她连智惠的男朋友是谁都不知道好不好，名字不知道，长相也没见过。

“她男朋友本来对她多专一啊，现在她男朋友却要为了你和她闹分手，还不赶紧道歉？”保镖似的围成一圈的学生中，有一个指责道。

“对啊，明明就是你的错，凭什么勾引别人的男朋友？”另一个学生凶巴巴地说道，教室里的其他学生全都注意着这边的动静。

现在多真终于知道发生什么事情了。

多真听到过不少的表白，不，应当说是收到过数不清的表白，走在路上也有很多人上前搭讪。多真的名字已经传到了其他学校，有些根本不认识的男孩子还会寄情书过来，也许其中就有智惠的男朋友。真是不堪其扰！

多真从来没有要求他们给自己写情书，也从来没有冲他们笑过，甚至从来没有打过一个招呼。然而，自己一直视为朋友的智惠连事情都没搞清楚就来责问自己，原来把对方当作朋友的从来都只是多真自己。

寒彻心扉的背叛感好像冻结了整个心脏，冰冷刺骨。

“好吧。”多真站起身来，注视着智惠。

“真是有意思。”

“什么？有意思？”

“不是吗？”多真露出微笑，那是一种冷酷无情的瘆人微笑。

“我其实真挺烦的，总有不知道的男生给我写情书，我还得找垃圾桶丢掉。我不知道你男朋友是谁，估计是烦我的这些男生之一吧？”

“什么？”

“你管不住自己的男朋友，跑来烦我，该道歉的人是你才对，凭什么要求我道歉？很有意思，不是吗？”

“你说什么？”智惠气恨交加，目瞪口呆。

多真接着说道：“你现在道歉的话，我可以原谅你，不计较你男朋友跑来烦我的事情，可是如果你不肯道歉……”

“……”

“就给我滚，笨蛋！”

这一天成了转折点。

多真的言行不到一天就传遍了整个校园，多真成了全民公敌，再也没有人和多真说话，哪怕视线和多真撞上也要横眉冷对以示轻蔑。面对这般情形，多真却意外地满意。

她很感谢智惠，让自己早早醒悟过来，人类就是一种完全不值得信任的生物。

“喂，那个不良学生。”

身后传来的声音让多真从思绪万千中清醒过来。正勋用胳膊勾住窗户，身子像是要被人从窗户里拽出来似的，呵呵地冲着多真笑着说。

到了春天，学生们都显得活力四射。

“除了我，转学第一天就逃课，还偷摸抽烟？你胆子够大的啊。”

“……”

多真没搭理正勋，唇间衔着一支烟，明目张胆地点燃了香烟。正勋见此情景，接着说：“喂喂，女孩子抽烟可不好哦，女人身体比男人弱啊。”

“……”

“哎，就是这样，还是美得像一幅画。”

“……”

“我也可以坐这里吗？”

多真没有回答，正勋却一下子跳出了窗户，弯腰坐到了多真旁边。多真为了躲秀英才找到这个地方，不想却遇上了一个意想不到的人，浑身一个激灵。

“你会吐烟圈吗？我可会哦，给我一支烟。”

“……”

“Madam，可以赏我一支烟吗？”

正勋和秀英很像，再怎么不理睬他们，他们仍然会坚持不懈地搭话撒娇，可能是在一起相处时间久了，连性格也变得相似。

“你不是说抽烟对身体不好吗？”

“那也有想抽的时候啊。”

“那你也是不良学生喽，逃课加抽烟。”

多真递给他一支烟，正勋把烟叼在口中，呵呵笑起来。

“不要告诉秀英，上回抽烟被她抓到，都快整死我了。那丫头给我爸妈打小报告，害得我差点一夜之间变成黑户，呵呵。”

“……”

“对了，做给你看，快看快看。”

正勋微微张开嘴，厚实的双唇间吐出积云般的烟雾，形成了一个空心的圆。接着，正勋又重复了一次，把一个比刚才小些的烟圈吐进了大圆中。

“厉害。”

“是吧？要是我毕业找不到工作，去马戏团如何？”

“那就得能吐出一百个烟圈了吧？”

“嗯，我会加油的。”

听到正勋一本正经地回答，多真有些惊讶，注视着正勋，才发现他露出了顽皮的笑容，非常适合他的笑容。多真上当了。

自己竟然在这些莫名其妙的地方较起了真儿，多真不由得对自己有些生气，叹了一口气。

“你几岁开始抽烟的？”

“十五岁。”

“哇噻，这么早？”

“我去年开始的。”

“为什么？”

“应该说是好奇心吗？朋友们抽烟的样子很帅，我也想耍帅，再加上有人就算被老师抓住痛打也不肯戒烟，我就试了一次……嘿嘿，于是我就把自己推向了无法摆脱的罪恶深渊。”

“好奇害死猫。”

“嗯，好奇也得有个限度。”

“嗯。”

多真用脚尖在地上吧嗒吧嗒踢了几下。正勋偷偷凝视着她纤细脚踝下穿着的洁白帆布鞋，开口问道。

“你呢?”

“什么?”

“你为什么要开始抽烟?”

“被逼的。”

“被逼的?”

“嗯。”

“什么意思？还有被逼抽烟的?”

“因为我是出气筒，被‘一阵会’牢牢盯上的名牌出气筒。”多真转过头来，直直地注视着正勋，一字一句地说道。

“她们可能是对每天打我还不满足，有一天强行往我嘴里塞上了烟，我不想抽烟就反抗，结果被打得很惨，我那天要是一口都不吸，怕是早就死掉了。”

“……”

正勋开心的面孔僵住了。看到不知成长艰辛的正勋脸上一片铁青，多真感觉十分畅快。这张曾经冲着自己露出笑容的脸庞总有一天也会写满轻视和嫌弃，倒不如早点消失更好，最好在自己习惯这个爽朗微笑之前就消失。

“不过，我后悔了。”

“……”

“还不如一口不肯吸，被她们打死算了。”

“……”

如画的美丽眼眸圆睁，多真冷冷一笑，别过头去。

一阵沉默。

“嘭嘭嘭”，只剩多真帆布鞋踢地的声音。

“真是万幸啊。”过了好一阵，正勋轻声说道，“幸亏你那天吸了一口。”

“……”

“如果你不吸，我不就遇不到你了吗？那我一辈子都无法想象世界上会有你这么漂亮的人，哇，光想一想就够后怕了。”

“你傻啊？世界上比我漂亮的人多了去了。”

“是吗？那我修改一下这句话。”

正勋抓住了多真的手臂，十分温柔，和很久之前‘一阵会’粗鲁地抓着自己时的感觉完全不同。

多真望着正勋，正勋没有避开多真的视线，圆润的双眼中投射出烈焰般的真诚。多真受不了这种正直坚定的人，这种人不怀疑自己，也不怀疑他人，让人没有招架之力。一旦被这样的人背叛，痛苦将大到无以复加。

“我从来都不知道有这么美丽的人。”

“世界上，比我漂亮的人……”

“没有。”正勋的语气中充满了确信。

“漂亮与美丽是不同的，让我感到美丽的，你是第一个，也是最后一个。”

“……”

正勋的眼睛眯成半月，这是一种温柔多情的眼神。

“所以我说万幸，你那天没有死。”

“不行。”多真思绪流转，在心里暗叫，“不要用这种方式接近我，我现在已经无法接受任何人了，不会接受任何人。”

多真先移开视线。依多真看，秀英很喜欢正勋，能感觉到她从很久之前就萌生了爱意，可正勋似乎并不知情。万一正勋继续接近自己，秀英会像当时的智惠一样和自己翻脸。女人失去爱情的一刻，往往也失去了自我。

照智熙所说，秀英是个好人，如果是个好人的话，因为妒火中烧和自己翻了脸，事后一定会为自己的举动后悔。可是，即使后悔了，保证不再如此，每当看到多真或者正勋的面庞时，心中又会涌起滔滔妒意，做出令人后悔的事情。

这种事情反反复复，秀英在怨恨多真的同时，也会怨恨并厌恶起自己，不想让事情演变成那个样子。多真自己习惯了痛苦，秀英却并不熟悉那种苦痛。真的不想看到那个快乐微笑的颜色因痛苦而改变。

多真即将转学的那天，没有和班级同学打招呼告别，直接走出了校门。那时，智惠不知道从哪里听说了消息，追了上来。

“多真。”

“……”

“我不会向你道歉的。”智惠拍着多真的后背说道。多真没有回头，却停下了脚步。

“但是……我有多恨你，就有多恨自己，我……我不想这样。”

“……”

“再见吧。”

“……”

“那边不要再遇到……我这样的朋友。”

当时不理解智惠的心情，随着时间流逝，多真慢慢明白了其中的意义。所以，她不希望同样的事情发生在秀英身上。

“我有个朋友住在澳大利亚，他叫仁赫，和我关系超好，个子也和我差不多高。”

正勋突然聊起来他的朋友。

“初中毕业的那年冬天，我和秀英跑到澳大利亚玩，当作毕业纪念，是仁赫叫我们去的，我在他那里头一回尝到了肉派……哇，我就像发现了新大陆一样。”

“……”

“好吃得不得了。”

“……”

“那味道好极了，我吃了个爹妈不认啊。总之，可能是因为我真的很喜欢仁赫吧，别人看见要说我爱上他才总跟着他呢。回国那天，比起和自己喜欢的仁赫分别，我更舍不得吃不着了的肉派，结果难过得差点没赶上飞机。”

“……”

“每次和仁赫打电话，我一定会问候肉派，还会问他肉派市场现在如何了，仁赫会明白的，我因为思念肉派都越来越瘦了呢。”

正勋似乎真的十分喜欢这个名叫仁赫的朋友，虽然嘴上说的是肉派，可每次提到仁赫的名字，正勋的眼中都闪烁着光彩。

多真很羡慕正勋，有一个人可以喜欢，可以信任。

“有一天我告诉仁赫，弘益大学一带在卖肉派，连位置和价格都详细地告诉他了。可是，你也知道，在外国吃着好吃的东西到了国内一吃就不是那回事了，所以我怕自己会对肉派丧失信心，不敢去那家店。”

“……”

“其实不算很远，弘益大学那边坐地铁也就二十来分钟吧？不过，我只是心里想想而已，我要等自己彻底做好了思想准备再去。”

“……”

“你要一起去吗?”

听着正勋正儿八经地提出建议，多真扑哧笑了。

刹那间，正勋感觉呼吸仿佛停滞了。多真的微笑不带一丝情感，好像只是“微笑”挪到了脸上而已，但依然夺目摄人。倘若多真能发自内心地展露笑颜，也许会亮瞎旁人的眼睛。于是，正勋觉得还是这么浅浅一笑就好。

“你，手段老练哈。”

正勋正为多真的笑容神魂颠倒，不明白多真的话是什么意思，也没有感觉到红唇间流露出的语气中一片冰冷。

“啊?”

“勾搭女生的手段挺老练的。”

“啥?”

正勋后知后觉地注视着多真，多真又回复了原先的那种洋娃娃般无表情状态，冷若冰霜地看着正勋。

“我不喜欢吃肉派。”多真站了起来，轻轻躬了躬身子，舒展一下坐了半天发僵的腿部肌肉。就连这个小动作都美得像芭蕾舞演员一样。

“你吃过肉派?”正勋抬起头望着多真。

“没有，但是我不大喜欢吃肉。”多真边迈步离开边说。

“如果你尝一次肉派，也许会改变想法呢？肉派里的肉已经不是肉了。”

这是个奇怪的男生，不知道他在说什么。多真没回答就走开了，能感觉到背后正传来正勋炽热的目光，不过她直接全盘忽略了。

# 3

回到毫无温暖的冰冷家中，多真习惯性地说了一句：“我回来了。”

自然没有回音。

脱鞋进房间，把书包丢到一边，乍看普通的书包其实是价格上百万韩元的PRADA包包。多真毫不在乎地把包踢到一边，躺到了床上。

筋疲力尽，头疼得火烧火燎。闭上眼睛，双手用力按压头部，丝毫不见好转。老毛病了，只要回到空荡荡的家就会感到头痛。

“肚子好饿。”

过了一会儿，饥饿感袭来，多真起身走进客厅。硕大的冰箱里放着的只是百分百橙汁和矿泉水，没有一点能果腹的东西。多真本想点外卖，后来还是去了便利店，她想顺便熟悉下小区的环境。

街道上平淡无奇，和大路相隔甚远，非常安静，能看到很多下班回家的上班族。便利店距离多真的住处大约三百米，旁边有炸鸡店和比萨店，前边有一个小小的公园。

多真一边心想这个小区相当不错，一边走进了便利店。她选了一桶碗面和三角饭团，犹豫片刻又拿了两包小点心：咸口的鱿鱼味和香甜的香蕉味。很少有店里卖这种香蕉味的点心，多真很开心。

“咦，你住这个小区？”耳边传来熟悉的声音，是智熙。

“啊……”

“是买晚饭吗？”

智熙站在收银台里，听说她打好几份工，看样子还在便利店兼职。

“嗯。”

“吃这些行吗？”

“嗯，没事。”多真耸了耸肩，动作洒脱得让人无法和她光鲜靓丽的外表联系在一起。

“你在这儿打工？”

“哟，女神大人关心起我了，我该受宠若惊喽。”智熙语气轻松，多真没有因此而反感。

“我在这儿打工呢。”

“到几点？”

“要到凌晨。”智熙笑了起来，“凌晨开始我要送报纸。”

“不睡觉？”

“在学校睡。”

“哦。”

智熙熟练地结算完毕。

“欢迎再次光临。”

智熙冲着毫不迟疑转身离去的多真背影来了一句，多真偷瞄一眼，智熙正在为其他顾客结算，就小声地应了一声“嗯”。智熙仿佛听到了多真的声音，竟然朝着多真的方向扬起了微笑，赏心悦目的微笑。

多真晃着便利店袋子往家走。

“咦？认识的人哦！”

身后传来了欢快的声音，这次也是熟悉的声音，不过明显不是自己期待的声音。于是，多真假装没有听见，但声音的主人却执着地跟了上来。

“哎呀，你住这个小区？”正勋兴高采烈地问道。多真点了点头。

“嘿嘿，这是晚饭？”

“嗯。”

“一起吃？”

“没有你的份。”

“我自己有哦。”正勋晃了晃手中提着的汉堡袋子，汉堡散发出香甜的味道，多真顿时更饿了。

“我买了三个汉堡，还有炸薯条和鸡块，分你一个汉堡好不好？”

“嗯，好。”其实多真对于食物并没有抵抗力。

“我们去公园吧，这个时间人不多。”

正如正勋所说，公园里没什么人。公园虽小，树木却很多，相比其他地方，这里的空气很好，徐徐清风拂来，就好像在郊游一样。

正勋和多真刚走进公园门口，灯光就亮了起来，似乎是在迎接他们的到来。

“漂亮吧？这就是这具身体的力量。”正勋摆了个类似超人的造型。

“嗯，很新鲜，怎么做到的？”

“啊？”

“真的很新鲜，有什么装置吗?”

“什么，什么啊，等等，你，该不会真的相信了吧?”

这下子反倒是正勋慌了神。

“难道不是……你弄的?”

“喂，喂，当然不是啦。”

脸上火辣辣的。多真脸红了。这回自己又上当了。

“每天晚上六点半，灯就会亮的。”

“啊啊。”

“啊，哈哈哈，你居然，我发现你超乎想象的可爱一面了，我的心脏啊，好像被一箭射穿了。”正勋大笑起来，多真直想钻到地缝里去。

“不是开玩笑吧?”正勋的心脏扑通扑通跳得厉害。

淡漠如水的冰山美人多真竟然有如此纯真的一面，脸都红了。正勋望着这样的多真，更加怦然心动，心里静不下来。

他差一点就抱住多真了。

“够了。”多真冷冷地丢下一句，朝着长椅走去，但正勋眼中，只觉得脸红到耳根的多真无比可爱。

两个人在长椅上并排坐下，正勋递给多真一个汉堡。

“鸡块也吃点儿吧?”

“嗯。”

“可乐呢?”

“好啊。”

咔哧咔哧，咕咚咕咚，吧唧吧唧。

两个人一句话都不说，大吃特吃。

真是战栗的感觉!

正勋担心多真听到自己心脏扑通扑通的声音，他原本很喜欢静谧的公园，如今却为了公园太过安静生起了闷气。

“好吃吧？”

“嗯，这家店的名字，我好像是第一次看到。”

“这是家手工汉堡店，我小时候他们是开着卡车在小区里叫卖的，估计赚了不少钱。可能是前年吧？当时他们弄了个店面，这家的汉堡是最好吃的，我是老顾客了，所以服务也特别周到。”

“嗯。”

“下回我们一起去？”

多真盯着正勋。也许因为是天色已晚，这么看正勋的面孔要比白天显得有男子气概，校园中的正勋漂亮得会让人误会是个女孩子。

“好，去看看。”

“欧耶！”

“用得着这么高兴吗？”

“嗯，太高兴了，你不知道吗？你实在是太可爱了。”

“……”

“应该怎么形容呢？原来一本正经的人偶尔抛开那副古板的样子，就会变得超可爱，惹人怜爱，你就是这样。”

“……”

“别人经常这么说你吧？可爱什么的。”

“不，从来没有。”

“是吗？好奇怪，明明这么可爱。”

正勋险些不由自主地去抚摸多真的面颊，幸亏在接触到多真面颊的前一刻，朝空中挥起手假装成赶苍蝇。多真别过头，没说什么。

“我们学校，感觉怎么样？”

“怎么说呢，学校不都一个样。”

“可我们学校不是有个名叫金秀英的外星人吗。”

“嗯，她是个好人。”

“她这种……你迟早也得被她钓了。”

“钓了？”

“那丫头，坦白说还是有点魅力的，所以女生们都特别喜欢她，情人节的时候她收到的巧克力竟然比我还多，这像话吗？”

“巧克力……”

“你喜欢吗？”

“嗯。”

“巧克力我这儿也有，等一下哦。”正勋打开了扔到长椅底下的硕大运动背包，多真偷偷望去，里边装了几本厚厚的习题集。

“来，给你。”正勋递过来的是一块巧克力玛芬蛋糕。

“这也是在我常去的面包房里买的。”

“你上学带这么多吃的啊。”

“嗯，这不正是长身体的阶段吗。”

“好像已经过了吧？”

“还早着呢，我还想再长高五厘米呢。”

“哼。”唇齿间流淌着巧克力的香气。

“很好吃。”

“是吧？这是我很喜欢的一家店，下次一起去？”

“不好。”

“那我买给你吃吧，那儿的三明治也很好吃。”

“好了，我要走了。”多真从长椅上站起来。

“别走。”正勋抓住了多真的胳膊，恳切地请求，“别走，多真。”

“放手。”

“不放。”

“为什么?”

“如果我现在松手……”正勋抬头望着多真，“总觉得我如果现在松了手，就再也抓不住你。”

“别闹了，你。”

“嗯，我天生就是搞笑体质。”

“……”

“我也不知道怎么会这样，我本来对女生没什么兴趣的，别的男生热衷于约会或者相亲，我从来没有过，我一直和所有人都像朋友一样相处，不过……现在不一样了。”

“你和我认识还不到一天。”

“爱情并不取决于时间，不是吗?”

“这个我说不好，因为我从不相信什么一见钟情。”

“嗯，我也一样。”正勋说着站了起来。

说自己想再长高五厘米的正勋已经很高了，几乎比多真高了一个头。正勋低头凝视着多真说：“我也不相信一见钟情之类的说法，可是现在我信了，我一见钟情了。”

多真嘴角微微上扬，露出一个冷淡的微笑，紧紧盯着正勋说：“这种话我听得太多了，耳朵都快生茧子了，每一个想接近我的人全都是这么说的，说什么一见钟情，结果怎么样呢？还不是迷恋我这张脸，如果我生的不是这张脸，或者蒜头鼻加上满脸痘痘，你还会迷恋我吗?”

“会。”正勋十分肯定地点了点头。

多真带着淡然的微笑，手慢慢抚摸上正勋的脸颊说：“你的谎话说得真好。”

“不是谎话，因为让我着迷的不是你的面孔，而是你的声音。”

“……”

“蒜头鼻加上满脸痘痘，就算这样我也喜欢，只要你有这样的嗓音，我就会一次次地爱上你。”

“啊，是吗？那如果这个嗓音消失了呢？”

“我已经爱上你了，所以不会因为嗓音消失而不再爱你。”

“算了，这些都不重要，我不在乎你爱不爱我，和我没关系。”

“嗯。”

“所以不要这么做了，我会很不高兴，发脾气。”

“为什么？”

“当然了，被不在意的人纠缠，还有人会不烦吗？”

“哇噻，你给我的打击也太大了点吧？”正勋一边苦笑，一边手按胸前。看着正勋受伤的模样，多真心中也十分纠结，没办法，自己这颗心不想再接纳任何人了。

“好吧，你好好想一想爱上我这种人的代价吧。”

“谢谢你。”

“什么？”面对突然冒出来的感谢，多真不明所以。

“你逗我是吧？”

“不是，我是真的要谢谢你。”

“怎么了？”

“你陪我吃晚饭，还和我聊了这么多，我要谢谢你所做的这一切。”

“没什么好谢的，我走了。”

“多真。”

“……”

“我喜欢你。”

“……”

“很爱很爱你。”

“……”

“我不知道，你曾经受到过什么伤害，但我可以向你保证，无论发生什么事情，我都不会伤害你，我发誓。”

“无论任何事情？”

“对。”

“哪怕我背叛你，践踏你吗？”

“对。”

“你知道你这些话有多可笑吗？”

“啊，我说一句话，哪怕只有一句话，都会这么搞笑吗？”

“噗……”

如此严肃的时刻，正勋却还在为自己的搞笑体质而苦恼，多真忍不住笑了起来，随即意识到这可不是自己该笑的时候，就面无表情地转过身来说道：“受到伤害，要来自于我信任依赖的人，你觉得对我来说，你自己是这样的人吗？”

“不是。”

“……”

“但是总有一天，我希望能得到你的信任，哪怕只有一丁点儿。”

“这不可能。”

“嗯，但我还是要向你保证，绝对不会伤害到你。”

多真迈步离开。怎么回事？为什么万般拒绝却还要不停地接近？

“还有我怎么……听到那些话并没有不高兴呢？”多真咀嚼着口中苦涩的滋味，心里暗想。

学校门前停着一辆光彩夺目的车。就连素来对车不感兴趣的多真也不由得感叹，这辆高级轿车真是一辆出彩的“好车”，黑色的车身散发出黑珍珠一般的光彩。

“哇，这车真好。”

“这不是大奔吗？”

“大奔怎么会出现在这个小区啊？”

“那车得多少银子啊？”

喜欢车的男生们望着车议论纷纷。

嘎吱。车门开启，下来了一个男人，他有不亚于高级轿车的高贵容貌。这男人的目光中带着些许锐利，他冲着围在车旁的男生们露出一个微笑，魅力十足，成熟迷人，令周围的男生们红着脸四下散开了。

直到这一刻，这个男人和多真还没有任何关系。

男人的视线落在了独自落寞前行的多真的身上。他直接朝多真走去，在多真面前停住了脚步，大家都在望着他和多真。

“你是多真，对吗？”

“有何贵干？”多真抬头看着这个男人。

这张脸好像在哪里见到过，可是，多真不知道眼前的人是谁。

“可以和我谈谈吗？”

“好。”

“哎，这样可不行哦。”

“什么？”

“如果有陌生男人说要和你谈谈，应该报警才对，随随便便答应跟着对方走怎么行呢？”外貌冷漠，语气轻快。

多真从口袋里掏出手机，对男人说道：“那我现在报警好吗？”

“哈哈哈，不，这次倒用不着……”

“您到底要和我谈什么呢？”

“聊一聊。”

“哼。”

“好了，上车吧。”

男人的车里宽敞整洁。

他把多真带到了一家极具规模的大酒店。

“不报警吗？”男人一边停车一边说。

“为什么？”

“我把你带到酒店了，不是吗？”

“那我报警好吧？”

“别，别，可别真拨号啊。”

“……”

这真是个怪怪的男人。

二人来到酒店大堂的咖啡厅，男人说道：“我叫崔晟民。”

“啊，是。”

晟民默默地注视着多真的面庞，眼神中像是在期待着什么。

“为什么这么看着我？”

“哦，没听见吗？”

“什么？”

“我是你哥哥。”

“从外表的年纪看，叫你哥哥也行。”

“我看着有那么老吗？走到哪别人都说我是童颜呢……哦，对，不是说这个的时候。我是说，我是你的哥哥。”

“什么？”

“看样子父亲没有说过呢。”

“啊……”

爸爸没有对多真说过自己有孩子，多真却推测他有子女，毕竟是结过婚的人。但是多真不曾料到他的孩子竟然会直接找上自己，所以有些惊讶，也有些慌乱。

“不久之前，我听父亲说起过你的事情。”晟民说道。

“突然之间多出一个妹妹，我很高兴……哇，没想到还是这么漂亮的妹妹，感觉自己是挖到金矿了一样。”晟民的反应出乎多真的意料。

多真的爸爸，也是晟民的爸爸背叛了晟民的妈妈，有过外遇。晟民怎么会善待因此来到人间的多真呢？可是，晟民却冲着多真送上了善意的微笑。并非虚情假意的微笑。

“你不……生气？”

“生气？我为什么应该生气？”

“你的爸爸有外遇了啊。”

“怎么会，那是父亲和母亲的事情，又不是我的事。话说回来，你真是太漂亮了，能从这么漂亮的妹妹口中听到哥哥二字，真是让人激动啊。”

“……”

晟民说了很多。

晟民比多真大十岁，是大学生，他还有一个名叫晟芝的妹妹，所有这些都一五一十地娓娓道来。

“晟芝可能会受刺激，所以父亲只告诉了我，他好像很疼你，提到你的时候就是你如何如何，嘻嘻哈哈合不拢嘴，他平时可是不苟言笑的官员哦。”晟民边说，边作势把嘴角扯向两边。

“是吧。”

“肚子饿了吗？想吃什么？”

“不用，没关系。”

“现在想走了是吧？”

“对。”

“我可以经常来找你吗？”

“为什么？”

“理所当然的啊，你是我妹妹嘛。”

“我们只有一半相同的血缘。”

“那你也是我妹妹。”

“……”

“我可以来吧？”

“你随意。”

晟民开车把多真送到了她的住处附近。多真下车，晟民也跟着下了车。

“有没有什么需要的？”

“给我钱吧。”

应该要钱的。并非缺钱，每次和爸爸见面都会拿到一大笔钱，可多真却依然开口要钱，目的只有一个，就是避免滋生情感。

这个人给我钱，所以我才同他见面，所以，这个人也应当同样把多真视作收钱的机器，这样以后彼此都不会受伤害。

“我不会给你钱。”

“真抠门儿。”

“嗯，我是个小气鬼。”晟民笑了起来。

“那就没什么需要的了。”

“我会给你爱。”

多真正要离开，突然停住了脚步。

“我会给你亲情和关心，你是我妹妹，所以我会爱着你。”

“这种东西……我不……需要。”

"哦，但是我想给你，就因为你是我妹妹，所以我才希望呵护你，照顾你。就算不能在一起生活，我们也生活在同一片蓝天下，对吧？"

"这种话应该跟恋人说吧？"

"有什么事给我打电话，记住，就算是杀人，也有我帮你。"

"你说真的？"

"嗯，真的，不过要是真的杀人，倒是有点麻烦。"

"……"

"要记住哦。"

晟民握住了多真的手。

"我们是一家人，多真。还有，我是你的哥哥。"

"……"

"好吧，再见！"

多真心中一阵暖流轻轻流过。

晟民每周固定来找多真一次，一年中有几次是爸爸和多真，还有晟民，三个人一起吃饭。那段时间，多真似乎觉得自己也有了家人，心里暖暖地，期待起了原本不可能拥有的东西。

几年之后，多真才意识到这种想法大错特错。

秀英手捂着胸口，那种撕心裂肺般的痛苦并没有因此消失。假如要把心掏出来才能让痛苦消失的话，她真想这么做。

"我喜欢你。"

耳边传来正勋的话，但，这话不是冲自己说的。

很久很久之前开始，自己就只喜欢正勋一个人，但是正勋却没有向自己，而是跟其他女生表白了。

"我非常非常爱你。"

黄昏时在公园散步，两个熟悉的身影让秀英停下了脚步，她却宁可自己没有看到那些。

“正勋那么……那么真诚表白……宁可自己不要听见……”

从来不知道，平时对女生没什么兴趣的正勋，总是喜欢开玩笑的正勋竟然有这样的一面。

深情款款，哀婉曲折，手捧一颗真心，渴望着一个人。

多真冷漠地推开正勋，正勋却不以为然。

他明明受了伤啊，秀英自己也一样。正勋用眼神拒绝秀英的时候，她难过得要死，偷偷哭了好几天。但是，如今正勋还在若无其事地接近多真。

“真希望……我是多真。”

如果正勋能对自己说一次这样的话该有多好啊，自己一定会甜蜜地全身仿佛融化掉，幸福得好似飞上天际。

哪怕只有一瞬间，多想自己能站在多真的位置上，正勋他太可怜了。多真离开以后，正勋还留在那里，静静地闭着双眼，像是在感觉刚才还在这里的多真。

秀英收拾好心情，朝正勋走过去。

“哟，正勋啊。”

“哦，秀英是你。”

正勋瞪大了眼睛，有些意外在这里遇见秀英，随即脸上笑眯眯的，任谁看了都是一副“我坠入爱河了”的表情。

“你在这儿做什么？”

“那个，没什么……”正勋笑了起来。

“吃晚饭了吗？”

“嗯，你呢？”

“我也吃了，吃得太撑出来消消食。”

"我们溜达溜达?"

"好。"

两个人沿路散步，没有说话。秀英脑中依旧一片混乱，胸口还在隐隐作痛，心脏扑通扑通乱跳一通。这两个人走在一起，先开口的永远都是秀英，既然秀英不开口，二人自然无话可说。

"这样下去可不行。"秀英在心里说，她不安起来。

本来就是意料之中的事情，正勋第一次见到多真时脸上微妙的表情变化，秀英都看在眼里。秀英也很清楚，正勋总有一天会交女朋友，而那个人不会是自己，所以一定要度过眼前的危机，否则就连以朋友的身份留在正勋身边都别想了。

"你经常和仁赫联系吗?"秀英好不容易把话题引到仁赫身上。

"嗯，经常联系。"每每提起仁赫，正勋的脸上都洋溢着喜悦。

"他没给你打电话吗?"

"好像上上周打过一次?"

"他应该考试考得很好吧。"

"他脑子聪明嘛，你是不是也应该稍微用点功啊?见到仁赫你就不惭愧吗?"

"哎呀，朋友就是朋友，干吗要跟成绩联系在一起。"

"你说的是真的?那以后仁赫从名牌大学毕业，进了大公司成为精英，你就做个叫花子沿街乞讨喽?"

"你，你，我至于成个叫花子吗?"

"笨蛋。"

"呆子。"

"蠢货。"

"米虫。"

"米虫又是什么?"

“你啊。”

“作死是吧?”

“好了，对不起。”

幸好，还能像原来一样轻松讲话。秀英心中暗松一口气。

“那个……我……喜欢上多真了。”突如其来的话语让秀英停了下来，正勋望着秀英。

“要冷静。”秀英对自己说，“一定要冷静下来，这种情况自己应该知足，至少正勋先跟我说了，而且他第一个告诉的人是我，我是正勋最好的朋友，不是吗？所以……要笑才行。”秀英勉强挤出个笑容。

“这很正常，多真多漂亮啊。你表白了吗?”

“嗯，不过被她拒绝了。”

“这也难怪。”

“这怎么说的，我有哪儿不好?”

“谁让你是个傻瓜来着。”

“喊，总之……我被否了。”

“很难过?”

“嗯，心很痛。”

“那你不会放弃吧?”

“嗯，当然了。”

“你那么喜欢她?”

“嗯，非常非常喜欢。”

“我也非常非常喜欢你啊。”秀英在心中悄悄地说，“正勋，我那么那么喜欢你，一点都不想放弃，但是……但是看到有人能让你这么开心欢笑，我也会开心，会高兴。”

秀英轻轻拍着正勋的肩膀，鼓励说：“没关系，别担心，你其实是个超级大好人，多真会发现你好的一面的，所以别猥琐得像个跟踪狂，大大方方地好好努力，知道了吗?”

“真的会有那一天吗?”

“嗯，会有那一天的。”

秀英嘻嘻笑了起来。

“如果你们两个交往顺利，我们夏天去海边吧，找个风景优美的度假村，痛痛快快玩他个三四天。”

“嗯，好的，谢谢你。对了，有你给我加油，我也好像找回点力量了，你也是个大好人哦。”正勋搭着秀英的肩膀，呵呵地笑。

# 4

彻夜无眠。天色渐渐亮了起来。

出去散步好了，街道上十分安静。

多真慢慢行走，呼吸着新鲜的空气，身后传来了当啷当啷的自行车铃声。多真稍稍挪向路边避开车子，自行车却在她身边停下了。

“嗨。”是智熙在跟她打招呼。

清晨的阳光映照在她染成红色的发梢上，仿佛熊熊燃烧的火焰。

“正在散步?”

“嗯。”

“起得够早啊。”

“嗯，你呢?”

“我送报纸，刚刚送完。”

“哦。”

“我要去喝醒酒汤，一起去吧?”

“可以吗?”

“这有什么不可以的，上车。”

“摔倒了怎么办?”

“摔不着你。”智熙咯咯地笑了起来。

多真忐忑不安地坐上了自行车，双手不知所措地不知道该放哪儿，智熙比了比自己的腰说：“抓紧。”

“哦。”多真环抱住智熙纤细的腰。

“出发喽。”

“嗯。”

多真还是第一次坐上自行车，从来没有人载过她。多真没有想到，只有两个轮子的自行车竟然能跑得这么快这么稳。

一开始因为后座上载了人有点摇摇晃晃，但马上找到了平衡，急速向前冲。清爽的晨风吹拂面颊，智熙身上也传来了阵阵香气。

真温暖！多真合上了双眼。

“舒服吧？”

“嗯。”

“下次我再驮着你，现在到站了。”

多真和智熙下了自行车，一起走进路边小店里。智熙说：“我很喜欢这里的牛血醒酒汤，萝卜泡菜也不错。”

一大清早店里就坐满了来吃早点的中年大叔，难得出现两个小女生，大家都盯着她们。

“喂，大叔，你好啊！”

“哦，智熙来了，这次跟漂亮的朋友一起来的啊？”

“哈哈哈，这是新转到我们学校的学生。”

智熙好像和这里的大叔们很熟悉，多真尴尬地跟在智熙身后，和大叔们打着招呼。闻到牛血醒酒汤独有的香辣气味，多真顿时感觉饥肠辘辘。睡眠不足，一大早吃这个，热汤散发出的浓郁香气难以抵挡。

“你胃口真不错。”

“很好吃啊。”

“嗯，的确好吃。”

与亲热地同自己聊天的秀英，还有不停地说喜欢自己的正勋相比，多真觉得和智熙在一起更自在放松。吃饭过程中虽然没有交谈，却一点也不觉得别扭。

“我们走一走?”

“嗯。”

智熙推着自行车，多真跟在一旁向前走去。

“前几天，李正勋向我表白了。”多真也不知道自己是怎么回事，竟然说起了这些，原本闺蜜间才能说这些。多真话一出口就后悔了，智熙却点了点头而已，压根儿没当一回事。

“嗯，他好像真的很喜欢你。”

“你能看出来?”

“嗯，我确认。”

“我不知道喜欢是种什么感觉。”

“你没有喜欢过什么?”

“当然喜欢过了，我喜欢炒年糕，喜欢今早吃的醒酒汤，不过……喜欢一个人是什么感觉……我真的不知道。”

“你讨厌我吗?”

“什么?”

智熙笑起来，这微笑真是充满魅力。

“那你喜欢我吗?”

“不。”

“哇，你真冷漠，我就这么被甩了?”

“不是啊，哪有甩了你……”

“我开玩笑的，你太认真了。”

“嗯，经常有人这么说我。”

“意料之外啊。”

“嗯。”

走着走着，不知不觉到了多真家门口，似乎有那么点依依不舍。

“我回头想一想。”智熙在多真家门前说，“然后再告诉你，喜欢是一种什么感觉。”

多真没有想到，自己随口一说，智熙竟然会认真起来。

和智熙在一起时的多真与平日截然不同，如今的她变得像一个刚刚交了朋友，止乐呵呵地分享着纯洁友谊的憨厚女孩。

正勋上课时心不在焉，被老师罚去打扫卫生间，本来想找同学们帮忙的，谁知大家全都哈哈哈笑着把他一个人留那儿了。

“嘁，没有一个人可以信任，这些家伙到底在卫生间里做什么呢，怎么折腾得这么脏？”

正勋卖力地打扫着卫生间，高三的几名师兄走了进来，想要抽烟。

“正勋，被罚扫厕所了？”

“上课时间偷着吃盒饭了？”

“没有，师兄来抽烟啊？”

“嗯。”

“哎哟，您可以去外边抽吗？我这不正打扫卫生呢嘛，既然扫了，我就要把这个卫生间打造成星级酒店标准，让它变成大家可以舒舒服服躺着休息的温馨小屋。”

“你，脑袋进水了？”

“哈哈哈哈，还请您出去抽啊。”

“哼，你这是往外撵师兄啦？”

“哎哟，您赶紧出去！有这耗着的工夫，都够再洒一遍水了。”

“哈哈哈。”学长们嘻嘻哈哈地朝外边走去。

正勋正洒水擦拭，多真的身影突然浮现在眼前，或者不应该说是突然出现，而是这段时间正勋发现自己只要一静下来，满脑子想的都是多真。晚上睡觉之前，早上醒来的时候，心心念念全都是多真。

最近，班里男生凑在一起时总要议论议论多真。

“太正点了，天哪，怎么会跟个洋娃娃似的？”

“我头回见到这种美女，就像另一个世界的人啊。”

“她可是比大多数明星还要漂亮吧？而且好像没整过容呢。”

“估计是哪个有钱人家的千金吧。”

但是，没有一个人敢接近多真，因为她全身上下散发出一种生人勿近的危险讯息。

“嚯，搞定。”

正勋胡思乱想间打扫完了整个卫生间，秀英今天上补习班没等他，所以正勋今天要一个人回家了。

正勋在教室里遇到了智熙。没人敢招惹智熙。去年曾经有人惹得智熙不快，结果住进了医院，还有传闻说智熙曾经把学校的窗户砸了个粉碎。

虽然班里同学都不和智熙讲话，但是正勋并不讨厌智熙，何况不轻易敞开心扉的多真如今和智熙走得很近，经常聊天。

“师姐，还没走？”

“嗯，谈点事儿。”

“谈事？”

“谈谈未来。”智熙不情不愿地说了一句，把书包甩到了肩膀上。

"一起走吧。"

"不好。"

"哎哟，别这样啊，人家被抛弃了嘛。"

智熙只比大家大一岁，却成熟得像个成年人。

"你喜欢多真是吧？"走出校门的时候，智熙问了一句。

正勋笑了起来："哇噻，你怎么知道的啊？师姐，你是在关心我吗？"

"少说这些有的没的，我只关心我们家多真。"

"是多真告诉你的吧？我向她表白过。"

"嗯，心情很差？"

"没有，我很开心。"正勋咧嘴直乐，"我真的很开心，虽然被多真拒绝了，但好歹被人记住了不是。"

智熙有些意外，凝视着正勋，然后摇了摇头。

"多真喜欢什么？"

"牛血醒酒汤。每天早上我们一起去吃，2000韩元一碗。"

"啊啊啊，太好了。"

"你也想一起去？"

"哎哟，才不是。"正勋连连摆手。

"我想不是牛血醒酒汤的缘故，多真应该是更喜欢和师姐你在一起的时光，我掺和进去她会不自在的。"

"……"

"我只要知道多真还喜欢牛血醒酒汤就好。"

"就这样？"

"对，啊，师姐，我要往这个方向走了。"

"嗯，好，再见。"

"师姐你也路上小心哦。"

正勋挥挥手道别。望着这张同龄孩子罕有的纯真面孔，智熙不由得露出了微笑。

这个学期一开学成为同班同学的时候，智熙就注意过正勋。当然，并不是像其他女生们犯花痴那样迷恋他的漂亮面孔，而是因为正勋的性格。不管是男生还是女生，正勋和任何人都能相处得很融洽，他很懂得诚实地表露出自己的内心，从不揣测对方是什么心思，也不会为了所谓的自尊心而掩饰自己的真实想法。智熙相当欣赏正勋的坦荡，也欣赏和正勋形影不离的秀英。

有一次智熙去洗手间，听到里边的女生们正在谈论自己，就没有进去，在外边静静地听着。内容千篇一律。

“她真的很搞笑啊。留级一年还要装老大。”

“还敢染头发，这种学生怎么不开除呢？”

“去年她差点把一个学生打死，吓死人了，谁还敢上学啊？”

反正就是这些翻过来掉过去的话。就在这个时候，传来了秀英的声音。

“我被你们吓得都快不敢上学了，看看你们，一有时间又聚在一块儿对别人说三道四，有意思吗？”

倒不是因为秀英站在智熙这边帮着说话才喜欢她，而是欣赏她在这种情况下明确地表达自己的立场和意见。同龄的孩子都担心自己不能融入朋友圈子，所以往往照着别人说的做，人云亦云，其他人骂人的时候自己也一起跟着骂。然而，秀英完全不是这个样子。

正勋，秀英，真是相当不错的两个好孩子。智熙觉得多真和他们俩多亲近亲近是件好事。

“比我这种人要好。”智熙暗自说。自己和多真在一起对她没有丝毫帮助，既不能给她适当的建议，也无法分享同龄朋友间喜欢的游戏。多真应当多结交些正儿八经的朋友，就像正勋和秀英。

每天早上到了自己路过的时间，多真都会等候在家门口。

“又这么早起啊？”

“嗯，那个……我想溜达溜达。”

明明是在等自己，多真却羞涩地做着无谓的解释。这副模样可爱极了。真心希望她能够幸福，这么美丽的双眸不该像洋娃娃的琉璃眼珠一样满是空虚和疏离。智熙心中暗想。

“我想出来了。”

多真很喜欢每个遇见智熙的清晨，这样美好的晨间似乎可以修补自己千疮百孔的心灵。

“什么？”

“喜欢是什么感觉。”

“哦。”

多真默默地注视着智熙，智熙竟然还记得这件事。

“其实我也不是很清楚，也许没人能弄明白。据我所知，一定要亲身尝试才能喜欢上一个人。”

“尝试……”

“你和我去吃了牛血醒酒汤后喜欢上了醒酒汤是不是？如果你没有和我去吃过，还会喜欢醒酒汤吗？”

智熙放下汤匙，望着多真。智熙的眼眸里总是神采飞扬。

“人也是一样，没有试过就不会喜欢上一个人。假如你紧闭心门，不肯接受任何人的话，也就没办法喜欢上任何人。”

“人是会背叛的。”

“嗯，人是会背叛，还会伤害到我们。啊，吃完了我们就走吧？”

多真点点头。二人走到街上，一如既往，智熙推着车子，多真走在一旁。

“我没有尝过被人背叛的滋味。”

听到智熙的话，多真再次点了点头，智熙应该不会被别人背叛的，她是那么骄傲又勇敢。

“对我来说，人只意味着伤害。”

智熙直言不讳。

“小孩子真的很残忍，纯真有时也是一种残忍。小时候，学校的同学取笑我是孤儿，我揍了他一顿。她妈妈跑来大骂我一通，我说是他先取笑我是孤儿的，可是他妈妈却说，自己的孩子说的是事实没错，还说反正我没有爹娘才会有这么多麻烦。”

多真停下了脚步，智熙也停下来望着多真。智熙讲述了一个悲伤的故事，有关伤害的故事，可智熙的表情却和平常一样，沉稳淡定又积极向上。

“到了上初中的年纪，同学们倒是没有取笑我是孤儿，不过如果班里不见了什么东西，第一个怀疑的就是我，如果惹了什么麻烦，挨骂的也总是我，就因为我没有父母可以保护自己。”

“……”

“我那时交了一个朋友，她对我真的很好。我没有钱，零食什么的想都不敢想，放学后她带我去吃炒年糕和血肠，我真的很感激她。可是，有一天我偶然听到了她和朋友们的谈话，她们问她为什么要关照我，你知道她是怎么回答的吗？”

多真摇头。

“智熙可怜呗。看她可怜就好好对她喽。”

“……”

“在她眼中，我不是她的朋友，只是个可怜虫，就像在路上走着走着丢了个硬币给乞丐一样，她就是这么看我的。对我来说，这不是背叛而是伤害，深深刺入肺腑的伤害。”

多真心中阵阵痛楚。倘若智熙哭着或者生气地讲这个故事，自己不会这么难受，她这么勇敢而平静地揭开自己的创伤反而更让人觉得伤悲。

“很多很多人给我带来过伤害，有时候我甚至会想，这个世界上还有不会伤害到我的人吗？不过，我不会因此不去相信别人，如果对所有人都失去了信任，那我的生命也就走到了尽头。”

“你不怕吗？”

“当然怕了，很怕再受伤害，可是，不能因为怕就逃避啊。”

“这么做正确吗？”

“人世间的事情哪有什么正确不正确？说不定逃避筑起心墙更好呢，只是，我会选择正视面对，不会因为一时的痛苦而错过命中注定的那个人。”

“我太喜欢你了。”多真不由自主地蹦出了一句表白。

即使曾经否认，可多真内心非常喜欢智熙，都到了每天早上期待与智熙见面的地步。

其实，多真也很喜欢智惠，没有人搭理自己时，她会在自己身边为自己打气，笑着和自己聊天。就算是到了智惠背叛自己的那一刻，多真依然喜欢智惠，恰恰是因为这份喜欢，让多真更加痛苦，从而把自己包裹得更紧。

智熙嘻嘻笑了起来：“这句表白可真是出人意料啊，我也喜欢你。”

秀英今天值日提前到学校，正勋一个人上学，出门比平时晚了些，当他看见多真走在前边时，立刻冲了上去。

正勋做好了被无视的思想准备，冲多真打了个招呼："嗨，多真，早上好！"

多真却没有不理他，回应道："你好。"

多真和自己打招呼了！正勋惊讶地站在了原地，多真也停下来朝正勋望去。

"你不上学吗？"

"啊？上，走吧。嗯，走吧。"

正勋心跳加速。多真不仅打了招呼，还注意到了正勋的举动，这就是精诚所至金石为开吧。

"终于看到我的心意了！"

正勋开心得想要飞，真想大声呐喊。又怕自己反应过大把多真吓跑了，只得作罢。

于是，静静地走在多真身边。真希望时间能在这一刻停滞，两个人永远像现在一样肩并肩一路前行，那样该有多好。

正勋像个傻瓜似的胡思乱想。

"肉派……"

多真先开了口。

"哪里有卖？"

"嗯？"

"你不是说过一起去吃吗？"

"啊？"

"怎么了？不愿意？"

"不，不是，怎么会不愿意，我是太吃惊了。"

"有什么好吃惊的？"

多真见怪不怪，正勋却激动得难以自已："你看，我这里现在一直狂跳呢。"

正勋抓住多真的手放在自己的胸口，多真有些惊讶，但没有甩开他的手。

“是吧？感觉到了吧？”

“嗯，感觉到了。”

“我真的太高兴了，重回人间的感觉。”

“那你以前都是死的？”

“不是，怎么说好呢，鱼不也是这样吗？有时很新鲜，有时有坏了的味道，我现在就像是新鲜时的那种感觉吧？”

“这么说你是鱼啦？”

“嗯，有可能。”

“笨蛋。”

笨蛋，是亲近的人之间开玩笑时才会说的话啊！居然能从多真口中听到，正勋抑制不住内心的激动，快要晕倒了。想到了许许多多想和多真一起做的事情，想一起去游乐场，想一起看电影，想逃课去江边看风景，想找个时间去海边游玩……

这么多事情，应该先做哪一件呢？应该做什么？

正勋正纠结着，突然发觉不知不觉间已经来到了教室前的走廊上，顿时缓过神儿来。学校的同学们看到这两个人一起上学，个个都奇怪地望着他们。多真正要开门进教室。

“等一下！多真。”

正勋兴奋过度，嗓门大得离谱。多真停下脚步，学校同学们都吃惊地盯着正勋，包括在教室里和朋友聊天的秀英，以及趴在课桌上睡觉的智熙。

现在不说就来不及了，虽说是众目睽睽之下，正勋还是大胆表白：“多真，我爱你。”

四周鸦雀无声，上课时都会充斥着细碎噪音的教室里，静得掉根针都能听见，大家都屏住了呼吸。

“请你给我一个让你幸福的机会。”

瞄向正勋的目光这下子全都转到了多真身上。

咕咚。走廊上回响着不知谁咽口水的声音，所有人都紧盯着多真的双唇。

正勋是校园的校草，多真则是女神。

“我喜欢你，但并不爱你，你不介意吧？”

正勋回答说：“嗯，我不介意。”

“那就……”

呼吸困难，全身与心脏合体。

“怦，怦，怦……”正勋耳边听得到自己心脏跳动的声音。

正勋眼睛眨也不眨地盯着多真的红唇，美得不真实的完美双唇轻轻开启：“好吧，那我们交往吧。”

此时此刻，是正勋一生中最幸福的瞬间。

# 5

一见钟情，你相信吗？我对她，一见钟情了。

每个月一封，或者两封，正勋准时寄过来的信中，开场白就是这句话。

仁赫举着信咯咯直乐。正勋竟然也能聊起女孩子的事情了，原本只喜欢足球的小男生已经长这么大了呢。

“还说一见钟情……”

仁赫才不信有什么一见钟情的爱情，不，应当说他压根儿不相信爱情。

据说，仁赫的父母相识的时候就是一见钟情，到了没有对方就活不下去的地步，于是不顾家庭的反对偷偷举行了婚礼，但最终却以离婚收场。那一年，仁赫十三岁。

父亲和别的女人在一起，被妈妈发现了，妈妈气得嚷着要自杀，最后提出了离婚。父亲并没有试着挽留妈妈，反而像期待已久似的，直接在离婚协议书上盖章签字。

就算一见钟情，就算看起来没有对方就活不下去，那段时光也太过短暂，爱情会降温冷却，迟早消失得干干净净，就像不曾存在过一样。

也许真的有一见钟情，可是爱情并不能终其一生，退一步说，即使有这种事情，概率顶多是百万分之一吧？

“没准儿连这比例都达不到。”

仁赫苦笑着继续看信，望着正勋特有的歪歪扭扭的笔迹，耳边仿佛传来了正勋欢快的声音。

> 她是转到我们班的，真的特漂亮，完全就是女神啊，让人挪不开眼睛。
>
> 不过，我可不是为了那张脸着迷，每次望着那张脸，我总会在心里想：“哇，怎么能这么漂亮？”
>
> 后来才发现她的声音……太迷人了。
>
> 我听到她的嗓音，爱上了她。
>
> 所以，我和她说一起去吃肉派。我虽然喜欢肉派，可我更喜欢你，我希望再去澳大利亚是因为想你，不是因为肉派哦。
>
> 无论我怎么邀请她去吃肉派，她最后还是断然拒绝了我，她拒绝别人都那么美。

看到这里，仁赫笑着骂了一句：“笨小子。”

正勋永远都青春洋溢，像他这样的阳光男孩被人拒绝，仁赫颇感意外。

从小开始，仁赫父母之间的争吵就没有停止过，为了钱，为了亲戚，为了家务事……就好像是为了吵而吵似的，父母只要一碰面就吵个不停。有这样的父母，仁赫相当郁闷。

仁赫对透不过气来的人生无比厌倦，就在这个时候认识了正勋，正勋的微笑带给了他喘息的空间。对于仁赫来说，正勋不啻沙漠旅人眼中的一眼清泉。正勋不单单是仁赫一个人的绿洲，所有认识正勋的人，都能从他身上汲取氧气与水分。而多真，竟然拒绝了这样的正勋，还是断然拒绝。

虽然素昧平生，但仁赫已经开始讨厌起正勋心仪的这个女孩子。

不过，正所谓精诚所至金石为开，她终于接受了我的心意。

我们已经交往两个月喽。

真不好意思没早点告诉你，因为我们的关系还不太稳定，我没法随随便便往外讲。

可是，现在她经常保持笑容，也会和我说很多话，我才放下心来。以后我会继续努力，争取让她爱上我。

“让她爱上我？人难道不是因为相爱才交往的吗？”仁赫想着皱起了眉头。心里很不舒服，讨厌这个女生。

信中满载着正勋的爱情，而这个女生一边享受着正勋的爱情，一边又不肯爱正勋，真是令人讨厌到了极点。

前几天我们终于去吃肉派了。

她说过不喜欢吃肉，本来我挺担心的，可当我看到她第一口咬下去后瞬间绽开的笑容，我的呼吸都快停止了。

你知道幸福到快要窒息的感觉吗？就是这种感觉。

……

早晚有一天，你也会遇到自己爱的人，希望到那时我们能一起出去玩，我和多真，你和你的爱人，秀英和她的爱人，一定非常开心。

我已经遇到了，因为有多真，我真的很幸福。

多真就是我喜欢的女孩，崔多真，名字也很美吧？

仁赫又从头到尾把信浏览了一遍。

“金秀英怎么办？”

仁赫想起了正勋和秀英一起来澳大利亚玩时发生的一件事，当时所有人都看得出来，秀英脸上清清楚楚地写着“我爱李正勋”。等到仁赫单独和秀英在一起的时候，他直截了当地问过秀英：“你，是不是喜欢李正勋？”

仁赫永远忘不了秀英当时的表情，她表现出了错乱、难过、痛苦，还有显而易见的恐惧。

“真是这么难过吗？”

“嗯。”秀英哽咽地说道，“不要告诉正勋。”

“为什么？应该告诉他。”

“不行，不行，否则……连朋友都没得做了。我只要……现在这样就好，能像现在这样在正勋身边微笑就好，这就行了……仁赫，千万别……”

秀英没有哭出来，可她红肿的双眼中满是泪光，看起来比流泪更凄凉。

“千万不要告诉他，千万不要。”秀英恳求的语气让身为好友的仁赫心中非常郁结。

这个傻瓜，可能根本不敢向正勋表白，就算表白了，也会假装是开玩笑然后一笑而过吧。

爱是苦涩的滋味。

仁赫提起笔给正勋写回信说：祝你好运！

然后他又给秀英发了封邮件问：那个叫崔多真的女生，是个什么样的人？

不到一天就收到了回复的邮件，秀英在邮件里说：她美得像是不属于这个世界，惹人怜惜，让人情不自禁爱上她。

“姐姐，叔叔来啦。”

“姐姐，赶紧的!”

弟弟妹妹们拽着智熙的手。

周末早晨送完报纸可以痛痛快快睡一会儿，虽然在学校每天睡觉，可还是比不上脱掉鞋子伸直了腿躺着舒服。好不容易今天便利店也轮休，正想一觉睡到傍晚，弟弟妹妹们就叽里呱啦把自己吵醒了。

“叔叔?”

智熙睡得迷迷糊糊，睡眼惺忪地嘀咕着“叔叔”，突然从床上跳了下来。

“你说叔叔来了?”

“嗯，快出来吧。”

“叔叔和院长妈妈在一起呢。”

智熙大致梳理了下乱七八糟的头发，一出来就看见晟民和院长正坐在院长室里，几个月没见的晟民像是几天几夜没休息，异常憔悴。

“叔叔好。”

听到智熙的声音，晟民抬起头露出微笑，沁人心脾，无论什么时候都清澈澄净得如冰似水。

“好久不见。”

“嗯，好久不见，哎呀，这段时间没见面都已经长成个大姑娘了？”

“不是有句话叫女大十八变吗？”

“哈哈哈。”不知怎的，晟民一向爽朗的笑声中竟透着空虚。

“发生什么事情了？”

“哎……”晟民苦着脸，微微低下头。当他再抬起头来的时候，脸上挂着惆怅的微笑。

“怎么办呢？我妹妹不见了。”

看着晟民马上就要哭出来了，智熙的心搅成了一团。

坐在洒满了灿烂阳光的咖啡馆里，智熙注视着晟民的脸庞，很久之前开始，这个男人就在智熙心中占据了重要地位。并非同龄人情窦初开时的甜蜜爱情。

对智熙来说，晟民是绝对不能消失不见的灵魂朋友，精神伴侣。

智熙读初一时，第一次见到了晟民。

学校里有个男生总取笑智熙是孤儿，于是智熙一放学就把他从回家路上拖到了僻静的胡同里，然后往死里暴打一顿。

男生不停地道歉求饶，但智熙已经被愤怒冲昏了头脑，根本停不下手，她打到手背开裂流血还在继续，直到有人抓住了她的手腕，喊道：“放手！”

智熙想用力甩开，对方的力量却远远胜过她，无论智熙怎么挣扎，对方也没有松开她，被打的男生趁机跌跌撞撞地爬起来逃走了。

“你这样子下去，你的父母会很伤心的。”

“不会！”智熙怒视着对方。

她抬起头看了好一会儿，才看见对方的脸，逆光使得对方的脸庞缀上了深深的阴影。

“不会伤心，没有人会伤心!”

“……”

那男人没有说话，有点不知所措。他没有任何错处，只是智熙的悲愤情绪一旦爆发，心情难以平复。

“你听不明白吗？我没有父母！我是孤儿!”

“……”

“放手!”

“不放。”

“你这是，想干什么?”

“过一会儿就好了。”

男人在智熙身旁蹲坐下来。直到这个时候，智熙才好好端详起对方的面孔。

估计不出多大年纪，应该比智熙大不少，出人意料的是，男人拥有冷峻的眼神和凉薄的嘴唇。如果不是他抓住智熙手腕的手很温暖，智熙怕是要误以为这是个冰人了。

“你……今年几岁?”

“问这个干吗?”

“我好奇。”

“十四岁……”

望着他黝黑的双眼，智熙的怒火不可思议地消失殆尽，火山熔岩般滚烫沸腾的心口终于平静下来。

“才十四啊。听说，我有个和你一样大的妹妹。”

“什么?”

智熙暗想，真是莫名其妙。这男人怎么看都过二十了，居然对头回见面的小女生说这种奇奇怪怪的话。

“妹妹有就是有，没有就是没有，什么叫听说有啊？”

“我也是昨天才知道的。”

“……”

“昨天父亲对我说，我有个有一半血缘关系的妹妹。”

“哼……笑死人了，真是的。”

“什么地方这么好笑？”

“难道不搞笑吗，什么叫听说有个妹妹？离婚的人带着自己的孩子再婚组建家庭，这些人是不相干的人吗？没有血缘关系就不算家人了吗？”

“……”

“既然说是妹妹，不就应该接受她成为自己的家人吗？不管大人们有什么事情，孩子有什么错？孩子又不希望自己的亲生父母之间有什么不正常的关系，他只是刚好那个时候来到这个世界而已。所以，你有什么好苦恼的？又有什么好为难的？什么叫听说有个妹妹？如果你这么为难，干脆忘掉这件事好了，别去想什么妹妹、家人、亲戚之类的，忘得一干二净多好，就像她从来没有存在过一样忘了吧，可别自以为是地乱施同情。”

“你这小家伙……还挺能说会道的。”

“你给我放手！别烦我。”

“谢谢你。”男人呵呵一笑，清风吹来，轻轻掠过他的发梢。

真是个怪人，这个年纪的人压根儿不理睬小孩子的，他却不是这样。

“我叫崔晟民。”

“怎么了？”

“你叫什么名字？”

“文……智熙……”智熙无法拒绝他询问自己姓名时的温柔口吻。

“还有机会再见面吧?”

“我为什么要见你这个叔叔?”

“说不好哦，也许你会想见到我。”

“不可能。”智熙直接打断晟民的话，甩开了他的手。她能感受到身后传来晟民的目光，但还是头也不回地大步离去。

非常奇怪，从转身离开的那一刻起，智熙就开始思念晟民的脸庞，很想再见到他柔和的微笑，温暖的目光，被风吹拂的发梢。然而，智熙握紧拳头控制住自己的情绪，如果现在自己回头，会产生感情，如果产生了感情，就会有同等的伤痛。

再见晟民是一周以后的事情了。本以为再也不会相见，现在突然出现，智熙不由得停了下来。

“每次看到你都是在打架，你的理想是成为女子拳击运动员吗?”

被拳打脚踢的家伙赶紧跑路。

“狗东西！你给我站住!”智熙没理晟民，想去追那家伙，晟民一把抓住了智熙的手，和初次相遇时的情形一模一样。

“你怎么这么烦?”

“我见到同胞手足了。”

“那又怎样?”

“想不想吃红豆冰?”

智熙抵御不了红豆冰的诱惑，自幼在孤儿院长大，吃红豆冰和面包之类零食的次数一只手数得过来，红豆冰几年前吃过一次，只是小店里出售的那种900韩元一碗的红豆冰。

咖啡馆里的红豆冰和自己原来吃过的有天壤之别，满满的刨冰上撒了十分诱人的红豆和五颜六色的果冻，智熙大吃特吃起来。

“再来一份吧？”

“嗯。”

消灭掉三份红豆冰后，智熙注视着晟民，他英俊的面孔吸引了咖啡馆里所有女人的注意。

“同胞手足怎么样？”

“很漂亮。”

“女的？”

“嗯，太漂亮了，我觉得像是洋娃娃走了出来，简直是精致完美的洋娃娃。”

“性格呢？”

“怎么说呢，可能太成熟了吧？不过，你也很成熟，现在的小孩子都这么成熟吗？”

清冷面容的晟民摩挲着脑袋，十分洒脱，智熙轻轻地笑了起来。晟民跟个傻乎乎的大哥似的，说了好一阵妹妹的事情，夸她多么漂亮，多么可爱，多么惹人怜惜。

“我送你回去。”

“不用。”智熙不想让他看到自己走进孤儿院的模样。

“我送你。”

“为什么？”

“已经很晚了，你是女孩子，如今这世道对女孩子来说可是相当危险。”

“别搞笑了，我是那么好欺负的吗？”

“不是，不过你比不过成年男人的力量，我抓住你手腕的时候你不也挣脱不开吗？”

“反正不会有人对我怎么样的。”

“嗯?”

“那，看好了。”

智熙说出了只有孤儿院的孩子们才知道的秘密，她居然鬼使神差地这么做了，也许是觉得与其以后受伤难过，不如把痛苦放在现在吧。智熙撩起一点发梢，露出了被遮掩的残缺耳朵，模糊一团，完全看不出是耳朵，黏黏糊糊十分骇人。

“因为这个，没有人愿意收养我，所以我一直留在孤儿院里，反正没有人会买有瑕疵的商品。我这个样子，还有谁会绑架欺负我？只要露出……”

“别说了。”晟民脸上冰冷一片，深沉地凝视着智熙。

“别说了，文智熙。”

“为什么？我说的是事实，吓人吧？你不知道还会有这样的孩子吧？所以就把你的关心……”

“耳朵外表长什么样有什么要紧，能听见就算幸运了，不是吗?”

“……”

“以后别再耍小孩子脾气了，你自己也很清楚，耳朵的样子并不能决定一个人的本性。”

智熙紧紧咬住双唇。看到智熙耳朵的人一般有两种反应，要么嫌弃，要么同情，就连一起长大的孤儿院孩子们看见智熙的耳朵，都会低声惊叫。

然而，晟民的反应不属于这两类中的任何一种，他像是真的不在乎耳朵的美丑，不愿再谈论智熙的耳朵，然后坚持把智熙送回了孤儿院。

从那一天开始，晟民成了智熙所在孤儿院的资助者。晟民每个月必定会来两三次，每次来孤儿院，都要和智熙谈好久。智熙很喜欢和晟民聊天，因为晟民把智熙当成是大人，而且脸上总带着温柔的微笑。

智熙因为暴力事件想要辍学的时候，晟民就像是她的亲哥哥似的，大发雷霆。正是晟民如同亲人一般的训斥，让智熙改变了心思，也开始试着相信他人。

智熙开始相信，也许有某个人，茫茫人海中的某个人也会像晟民一样温暖自己。

“你和妹妹不是相处得很好吗？怎么会突然不见了呢？”

“我也不知道，她隐藏了自己的行踪，我找了很多地方，但哪都找不到，我该怎么办啊？”

晟民显得坐立不安。

“完全不知道原因吗？”

“嗯，完全不知道。”

“她常去的地方，或者特别喜欢的地方，这些地方都找不到？”

“嗯。”晟民脸色铁青，用一只手捂住了自己的脸，“该死，仔细一想才发现，我竟然一点都不了解她，哪怕已经和她相处了这么长时间，竟然一无所知。”

“她，有住的地方吗？”

“这个我也不知道。”

“真让人担心，那她身上有钱吧？”

“可能有一点，可是……该死！”

经常听晟民说起妹妹，于是智熙也喜欢上了这个女孩子，就像自己也认识她一样，可能是这个女孩总能给晟民带来欢声笑语，所以自己也很喜欢她吧。

这个女孩不知道智熙，智熙却对她产生了兴趣，感觉她就像是自己的朋友一样。所以，这样一个孩子不见了，智熙自然也会担心。

听说大概是两年前的时候，和女孩生活在一起的外祖父去世，不久之后外祖母也离开了人世，她就开始了一个人过活。晟民劝过妹妹一起住，女孩断然拒绝，说偶尔见面就足够了。

女孩到底为什么不见了呢？害得晟民这么着急担心。照晟民所说，女孩特别漂亮，希望只是晟民出于因为血缘关系而夸大其词，不然，这么漂亮的女孩子一个人住该有多危险啊，而且家里收拾得干干净净，人却不见了，肯定是发生了什么事情。

会发生什么事呢？有什么理由不告诉疼爱自己的哥哥，反而玩失踪？房子卖了，人失踪了，这不是绑架，会不会是受人胁迫才这么做的？

一番苦思冥想，时间已经过去了很久。智熙听到手机铃声才回过神来，原来是院长打来的电话。

“喂，妈妈，哦？啊，好，我马上回去，您让她等我啊，好。”

智熙一挂断电话，晟民就问她：“要回去了吧？”

“嗯，我约了朋友，不知不觉时间过得真快。”

“哦，好，我送你。”

看到晟民无精打采的样子，智熙有些过意不去，停下了脚步，犹豫片刻后开口说道：“要不一起见个面？反正这个朋友我早就想介绍给你认识了。”

“你朋友不会感到不自在吗？”

“有可能，她本来性子就比较冷，不过，她其实是个超级大好人。啊，还有，她相当漂亮，说不定比叔叔你妹妹还要漂亮呢。”

“哈哈哈，哪能啊？”

“一起去吧，你这样子，我怎么能把你丢下。”

“去见你的朋友解决不了我的问题啊。”

“可是，看到漂亮的脸孔，心情会好起来啊，然后脑筋会转得更快，没准儿就能想出办法了呢。”

“哈哈哈，虽然我现在没心情见谁，可既然是你的朋友，那就见一见吧，还能一起吃个晚饭。”

智熙点点头说：“好。”

走出咖啡馆，晟民的手机响了起来。

“哦，晟芝啊！我现在有点事……哦，好，我知道了，马上回去。”

“是叔叔的亲妹妹？”

“嗯，这丫头和男朋友分手了，正哭呢，看来我得走了。”

“好，没事，家里的事情嘛，那就赶紧走吧，下次再见，妹妹……一定会找到的。”

“好吧，不好意思。”

送走了晟民，智熙一个人回到孤儿院，多真就在孤儿院门前等着她，无论何时都美丽动人的朋友。

“干吗不进去等着？”

“没事，外边凉快点。”

多真虽然不怎么爱笑，可在智熙面前却总是会露出浅浅的微笑，智熙很喜欢看到她的笑容。

“没去见正勋？”

“明天见面。”

“哦，原来如此。”智熙暗中偷笑。

明天就是这两个人交往一百天的纪念日了，正勋一定是在准备什么盛大的庆祝活动吧。正勋虽然外表看起来玩世不恭，骨子里却是彻头彻尾的浪漫主义者。

多真极其自然地挽上了智熙的胳膊，就在几个月之前多真连别人挽自己的胳膊都会浑身难受，如今已经不把这当回事了。智熙看到多真转变了这么多，心中由衷地高兴。

“我们做什么好呢？”

“先溜达一会儿，然后去吃醒酒汤吧。”

“吃完以后去你家看碟怎么样？”

“嗯，就这么办。”

晟芝挽着晟民的胳膊撒娇说：“哥，请我吃牛排嘛。”

“什么？你不是说和男朋友分手正哭呢吗？”

“还不是因为人家想见哥哥吗，你最近怎么那么忙啊？都不怎么回家。”

“你啊，你这丫头。”

“哎哟哟，你不喜欢和我共进晚餐吗？”

只要晟芝瞪大双眼，噘起小嘴，晟民一定会马上抚摸起她的头。世界上最爱的哥哥，世界上最帅的哥哥。

晟芝总是以晟民为荣，高大挺拔的身材，走到哪里都出类拔萃的外貌，名牌大学毕业，知名公司任职，有这样一个哥哥，晟芝经常被朋友们羡慕不已。更重要的是晟民对晟芝言听计从，别人家兄妹之间关系一般不大好，可晟民和晟芝恰恰相反，不管有什么事情，只要晟芝开口，晟民一定立马出现。

“像哥哥这样的男人，哪还有啊？”

“你会遇到比我好的男人的。”

“怎么可能有那种男人，谁会比哥哥还帅？”

“那岂不是我这个做大哥的要娶你了？”

"哎，要是真能那样就好了。"

"坐车去吧？"

"不好，我们去坐公交。"

每次和晟民走在一起，所有人都会盯着他们，晟芝很享受女人们羡慕的目光。

"对了，你最近没什么事吧？"

"没什么事？"

"就是，那个……你好像特别忙。"

"有点忙。"晟民耸了耸肩。

晟芝眯缝起眼睛，观察着晟民的侧面表情。

有件事晟民已经瞒了晟芝好几年，他早就不是正值青春期的少年，已经是一个成年人了。这个年纪的人早已拥有了秘密，他一直在偷偷地和什么人联络，偷偷地和什么人见面？

刚开始晟芝以为是晟民的女朋友。

她偷偷地翻看了哥哥的手机，发现了一个陌生的名字"崔多真"。通话记录中联系特别频繁的一个名字，大部分是哥哥打电话或者发短信给她。

"早上好啊，睡得好吗？"

"什么时候一起吃顿晚饭？有没有时间？"

"学校好玩吗？多交点朋友。"

"需不需要什么东西？"

任谁看了，都会认为晟民在向这个名叫多真的女孩子示爱，这些文字刺痛了晟芝的双眼。而这个多真几乎不给哥哥回短信，仅有的回复也就是片言只语，诸如"嗯""不用"。

竟敢这么对待我哥哥？晟芝想想就生气。更让晟芝受刺激的是她听到了爸爸和哥哥的对话，在偶然听到的二人对话中，晟芝得知多真并不是晟民的女朋友或者单相思对象，要比这个严重得多，竟然是自己同父异母的妹妹。与爸爸外遇出轨的冲击相比，晟民隐瞒此事的做法，更让晟芝大受冲击。

晟芝有好几次都想开口问晟民，却又鼓不起勇气。晟民极其珍视多真，短信的字里行间都满载着关爱，偶尔还能听到晟民房间里传出来的电话内容。

一想到哥哥对她倾注了比自己更多的关爱，晟芝就怒火中烧。如果说错了多真的事情，晟民怕是会火冒三丈，所以晟芝连问都不敢问，心里却愤恨不已。

“都是你，抢走了我哥哥。”

以前只要晟芝一声呼唤，晟民就会放下所有的事情马上跑过来，可不知从什么时候开始，他总像有约在先一样，不怎么理睬自己的呼唤了。

“这是我哥哥，不是你这种货色可以随随便便抢走的哥哥！肮脏的野种。”

用不着去确认是谁家的孩子，用脚丫子想都知道那孩子肯定是个浑身脏兮兮、一脸穷酸相、丑陋不堪、胆小如鼠、可怜又可恨的穷丫头。不道德的妈妈生出来的丫头，也和她妈妈一路货色，可能走在街上连头都抬不起来呢。

“对，哥哥是太善良了，才会在这种穷丫头身上花心思，哥哥心肠本来就软，那个臭丫头肯定跟哥哥要这要那的，把爸爸跟哥哥当成了提款机。这个不知打哪儿冒出来的臭要饭的，一遇到有钱人就死缠烂打，一直到把油水榨光。这种人不能原谅。”

憎恶在心中蔓延。于是，晟芝开始暗中调查。

她妈妈早就去世了，外祖父和外祖母不久之前也去世了，现在一个人生活，独自住在市中心一个十分高档的公寓中。

晟芝满腹狐疑，去查了公寓的房主，原来是晟民，晟民居然连多真住的地方都给她准备好了。

“到现在为止，哥哥在那个臭丫头身上砸了多少钱啊？”

只不过是一个外遇生下的孩子，竟然有爸爸给她掏钱，还有哥哥为她费心，晟芝实在理解不了。

“我得去见见她。”晟芝紧紧咬住双唇暗下决心。

“走着瞧吧，我一定会狠狠收拾你，我的家，你别想插一杠子进来，想都别想。”

从晟民的手机中看到的多真的电话号码早就已经存了下来，之前没有勇气给她打电话，现在既然知道了臭丫头住着哥哥名下的公寓，还有什么好怕的？

哥哥，爸爸，你们以后会理解我的，我不想有人拆散我的家庭。

“你好？”手机那边传来的声音慵懒迷人，对多真恨之入骨的晟芝也不由得为之心动。

“请问是崔多真小姐吗？”晟芝平静下心情。

嗓音再怎么听着成熟，对方不过是个刚迈入高中校门的小孩子而已。

“我是，请问您是？”

“能抽出点时间和我见个面吗？”

“我没有工夫和不认识的人聊天。”

多真傲慢的语气让晟芝差点失控，晟芝勉强控制住情绪。

“我是崔晟芝。”

干脆说出来了，对待傲慢的丫头没必要和颜悦色。

电话另一端悄然无声。

“听到我的名字，大概能猜出我是谁了吧？”

“……”

“我，就是崔晟民的亲妹妹！所以，我要和你见面谈谈。”

两人约在一个咖啡厅，晟芝坐在那儿，整理了一遍要和多真说的事情。这时有人走过来，在晟芝的对面坐下。

“你和晟民哥哥长得很像，一眼就能认出。”多真琉璃般的瞳仁正对着晟芝。

晟芝惊呆了，完全脱离了自己的预想，一直以为会是一个俗不可耐的丫头才对。没想到她有着白玉般白皙的皮肤，明亮的大眼睛，高挺的鼻梁，红润的双唇，修长的四肢……眼前是一个毫无瑕疵的美女。

晟芝无法把眼睛从这超凡脱俗的容貌上挪开，怎么看年龄都很小，可怎么看又都比自己成熟。面对这样的多真，晟芝竟然心生怯意。

“你是晟芝姐姐吧？”

“我……”晟芝想说的话明明有很多，一时却卡壳了。

她原想这样说：“我哥哥不是你这种人想抢就能抢走的，不要再和我的家人联系，我的家庭不能为了你这种人闹得四分五裂……”压根儿就不给多真说话的机会，说完要说的话就直接走人。

但是，喉咙仿佛被什么卡住了，很难说出话来，好不容易才勉强挤出一句：“我不是你姐姐。”

“……”

她在想什么呢？面无表情，看不出多真的心思。多真正用坚定而深沉的目光紧盯着晟芝，这种眼神让晟芝十分不快。

“不要再和我哥哥和我爸爸见面。”

“凭什么听你的?”

“你问凭什么?”听到多真厚颜无耻的回答，晟芝清醒过来。

“你是真的不知道才问的吗？还真是够不要脸。”

“我没有不要脸，是你们先找到我的，也都是你们来和我见面的，我从来没有主动要求过见面。”

“你是外遇生下的女儿，你知道吗?”

“我知道，但是出轨是你爸爸和我妈妈之间的事情，不是我造成的，我为什么要为这件事受伤害?”令人羡慕的柔软双唇开合之间，流溢出的沙哑嗓音魅惑人心又凉薄如沙。见面本来是为了教训对方，到头来反倒是晟芝自取其辱。

晟芝浑身发抖，狠狠地瞪着多真说：“我哥哥和我爸爸只是看你可怜才来见你的，你知不知道你给我们家造成了多大伤害?”

“这个……我不知道。”

“我妈妈还不知道这件事，但是……她一旦知道会崩溃的，再也没法活下去了!”

“……”

“你想看到因为你的缘故弄得我们家家破人亡吗？是，照你所说，也许并不是你的过错，可是如果我们家散了，却是你和你妈妈害的，你明白吗?”

“我……”

真烦！明明只是小店里的衣服，穿在多真身上却看着比大牌名品更高贵，真让人讨厌。还有，年少无知却装成熟，感情不外露，真是烦死了。

好吧，多真的存在本身就会让自己烦得不得了，真希望她赶紧从世界上消失。

“你希望我怎么做?”

“彻底消失。”

“……”

“从我的家人眼前彻底消失，别想介入我的家庭，你不是我的家人，只不过是个引起了我家人同情心的可怜虫。”

“是吗？”多真完全不为晟芝的话所动。

“可这有点麻烦啊，如果我从现在的住处搬出来，就无家可归了。”

“我会给你一处房产。”

“未成年人不能做户主。”

“我会用朋友的名义买房，等你成年后是把房子卖钱，还是转到你名下都随你。”

“有钱人就是好啊。”

“臭丫头，你别跟我在那儿冷嘲热讽的！”

“好，这样就行了吧？”

“再也不要和我爸爸，还有我哥哥见面，你不是我的家人，你明白吗？”

“我明白。”

“但凡你再跟我的家人联系一次……我不会放过你，不择手段！我有这个能力。”

“明白，你买好了房子跟我联系吧，我会马上消失。”

“你……”

“我要走了。”多真先站了起来。

晟芝看着多真头也不回地走了出去，多真输了，她放弃了哥哥和爸爸，明显是她输了。晟芝一点儿也开心不起来，她暗问：“可我怎么觉得像是我输了呢？多真一无所有，爸爸也好，哥哥也罢，全都是属于我的。可我怎么觉得一无所有的人是我呢？”

晟芝百思不得其解。几天之后，晟芝拜托朋友，以朋友的名义买了一处房产，尽管心疼钱，可只要能把多真踢出去，这点钱算不了什么。

多真接过钥匙后扬长而去。

“这个世界上，我最喜欢哥哥了。”晟芝挽着晟民的胳膊说道。

晟民宽容地笑了笑：“是，我也是。”

“我说真的，哥哥，你别结婚，我们一起过吧。”

“哈哈哈，这个有难度吧？我还想要一个像小兔子一样可爱的女儿呢。”

“那你结婚的话也要找一个我喜欢的人才行，这样你就算结了婚，我们还可以这么亲密，经常见面。”

“嗯，好。”

真喜欢这么善良温柔的晟民。

多真消失后，晟民好像有些精神恍惚，一无所知的妈妈也发觉了他的异常，很担心他。

一定会忘记的，反正她又不是我们家的人，没有人会花几年时间关心一个路边的乞丐，哥哥只是经常见面的人突然消失有点空虚而已，很快就会好的，重新做一个只属于我自己的好哥哥。崔多真，你就不要再回来了，别再奢望挤进我的家庭。

# 6

多真双腿交叠等候着正勋，每次约会正勋都会提前二十分钟到，这一次多真也想体验下等待正勋的感觉，提前一个小时到达了约会地点。

明洞的美利来门前熙熙攘攘，人声鼎沸，周末尤其热闹。

多真坐在美利来对面的台阶上，一边看着过往的行人，一边陷入了沉思。和正勋交往已经有半年了，当初还是暮春，如今已步入冬季。

这段时间，真的发生了很多事情。

春天一起修学旅行，夏天一起去海边，秋天一起去郊游。

第一次和朋友们参加几天几夜的旅行，夏天的时候，正勋、秀英、智熙、多真四个人结伴去了海边游玩。

正勋说自己是万绿丛中一点红，得意洋洋地说应该享受王子般的待遇，吃了秀英一顿老拳，不敢再吭声。正勋一边嘟嘟囔囔“这哪是王子啊，连下人和搬运工都不如”，一边默默地自发搬运重物，主动处理麻烦事。

海滨的公寓式酒店整洁宽敞，有三个房间。

正勋闹着要和多真共度良宵，又被秀英收拾了一顿才老实。然而，那一晚谁也没回房间，四个人都坐在客厅里东拉西扯，胡吃海塞，直到天色破晓。

清晨的阳光隐隐折射到窗户上，大家都困得倒下了，多真的左边是智熙，右边是正勋。

虽然身体疲乏到了极点，可第一次旅行的兴奋令多真无法入睡，她只是闭上了双眼。突然，多真感到手中一阵温暖，是正勋的手。

正勋小心翼翼地掠过多真的手，不敢猛然握住，温热的指尖十分可爱，于是多真主动握住了他的手，正勋吓得差点缩回了手，但马上低声笑了起来。

乐曲般悦耳的笑声传来，比空调冷风更让人心旷神怡。

最后一天的晚上，多真和正勋手牵着手，共同漫步在沙滩上。旅游旺季海滩上游客很多，但这些并不重要。

喜欢踩在细沙上发出的沙沙声，喜欢浸染鼻尖的咸腥海味。两个人一边散步一边聊天，看到远处秀英和智熙在放烟火，就一起加入。

对了，有一天正勋亲手做了肉派，说是想让多真尝尝他在澳大利亚吃过的味道，于是带着在澳大利亚买的各种怪异装饰品来到了多真家中，摆得满满当当，然后开始做肉派。

正勋那天做的肉派有一点点焦，有一点点咸，却依然比大厨做出的肉派好吃百倍。

“你一个人啊?”

突如其来的声音干扰了多真的思绪，多真瞥了一眼说话的人，三个不认识的男人。多真没理他们，接着想自己的事情。

几天之前，正勋和秀英满脸喜色，听说他们在澳大利亚的好朋友要回韩国待几个月。

好像叫仁赫?

正勋总把这个朋友挂在嘴边，每次提起仁赫，正勋都兴奋得忘乎所以。真羡慕这个叫仁赫的，能有朋友这么珍视他。

“对我来说，智熙也算这样的朋友吗？”多真特别喜欢智熙。当然，她也喜欢秀英和正勋，可还是和智熙在一起最舒服自在，什么话都可以和智熙讲，遇到什么难事第一个想到的也是智熙。

不过，有一次正勋看到后，曾经说过这样一句话。

“多真你一和智熙姐聊天，眼睛就会闪闪发亮，嫉妒死我了，我都快成妒神的化身了。”

多真眼前浮现出正勋说话时夸张地鼓着腮帮子的模样，脸上不由得绽开了笑容。这时，一个声音打断了她的回忆。

“喂，听不懂人话吗？问你是不是一个人呢？”

多真再次看向他们，还是刚才那三个不认识的男人。

他们穿着近似，估计是在同一家店里买的，都穿着时下流行的垮裤，搭配鞋头翘起来的运动鞋，头上抹了厚厚一层发蜡，眼神神经兮兮地飘忽不定，一看就知道不是好人。

他们看到了容貌出众的多真自然挪不开眼睛，多真不禁皱起了眉头。

“有时间没？”

“没有。”多真淡淡回了一句正想转开头。

其中一个男人说：“你好像是一个人啊。”

“我在等人。”

“哎哟，谁竟敢让你这样的美女久等？”

“是我来早了。”

这时，正勋的手机短信来了：“多真，仁赫昨天到韩国了，今天方便一起见个面吗？”

多真回了短信：“嗯，没关系。”

“哇，太好了，明洞见哈。”

“嗯。”

正勋还不知道多真已经到了明洞。

“喂，你怎么不搭理人。”一个男人不耐烦地抢走了多真的手机。

多真慢慢站起来盯着他说：“把手机还给我。”

“你今天陪我们玩就还给你。”

“哦？那你们拿去好了。”

“什么？”

“我让你们拿走，你们这些家伙碰过的手机，我不想再碰。”

三个人的脸一直红到脖子根。

“你说什么？哼，臭丫头，找死！脸蛋儿标致就这么嚣张啊？嗯？”

“标致？我这不叫标致，叫美丽！”

“什么？瞧瞧你，这副死相！”

男人挥起了拳头，没有人站出来帮忙，不过多真不怪他们，没有人会帮助不相关的人，这就是人类。

但是，就在拳头马上就要落到多真身上的时候，突然出现了一个背影，挡在多真身前，清新的气息迎面而来，混乱中多真依然联想起了大海。

“砰！”沉闷的声响传来。倒下去的是冲着多真挥舞拳头的男人。

“妈呀！”惨叫声连连。

“臭小子，你谁啊！”

“我？”温柔的声线，“混球，我是她男朋友！”

多真还没弄明白眼前的情形，就听到了一个温柔低沉的男声传入耳畔，这声音让她出了神，都没有注意到三个男人骂骂咧咧地逃走了。

“没事吧?”他回头望着多真。

一见钟情。曾经以为世界上并不存在这种爱情。

目光交叠的瞬间，视线变得模糊起来。

世界上仿佛只剩下他和自己两个人。

曾经以为，这种爱情只是老电影或者电视剧中才会出现的荒诞故事。

可是，并非如此。

见到他的第一眼，就明白现实中也会发生这种陈词滥调的故事。

多真对他一见钟情。

仁赫比别人早一年毕业，固然是因为聪明，但同样离不开艰辛的努力，想回到韩国就更是刻苦学习。既然提前毕业，就计划在韩国待上半年，而且并没有告诉正勋，是想给他一个惊喜。

仁赫回到韩国的第一天，去见了在韩国生活的父母。继父生财有道，所以自己才能去国外留学，但这并不能缓解他和继父之间的紧张关系。

仁赫心中清楚，继父把自己送到澳大利亚，其实是不想见到他。

到明洞买新鞋，突然很想念正勋，渴望见到正勋沙漠绿洲般的清爽笑容，就给他打了个电话，才知道正勋今天约了女朋友在明洞见面。

“一起见个面吧!”电话那边的声音说道。

“算了吧，你觉得我像是喜欢做电灯泡的人吗?”

“哈哈哈，要是这么说的话，秀英也相当不识相……”电话里传来“砰”的一声，正勋惨叫着，“金秀英，你干吗打我！仁赫，秀英也一起过去，咱们得好好聊聊。”

“不会不方便吗？”

“我能有什么不方便的？”

“不是你，我说的是你女朋友。”

“好吧，我现在就问问她。”

仁赫还是不喜欢正勋这个名叫“多真”的女朋友。从正勋写给他的信中看得出来，多真对待正勋非常非常冷淡，已经交往半年了还这么冷淡，怎么看都像是耍正勋呢。

秀英解释说多真是个特别好的女孩子，可秀英本来就善良得看谁都是好人，这个多真一定和狐狸一样狡猾。如果今天见面发现她是在耍正勋的话，我会好好收拾她。仁赫正胡思乱想，正勋发了短信过来：“她没问题，我们在美利来门前见吧，我二十分钟后到。”

仁赫拨开人群，朝美利来走去。

走到台阶前，仁赫就在那儿抄着手等正勋，旁边不知道闹腾什么呢，好像是独自一人的女孩子正被三个男人骚扰。

本想袖手旁观，后来想着好不容易回国一趟，就当做好事了。于是，仁赫朝女孩子走去。那女孩跟小流氓的对话仁赫听在耳朵里，真是傲慢狂妄到让人难以置信，不过，嗓音却意外地优美。仿佛是风，大漠黄沙一般沙沙作响的干燥的风。

仁赫的胸口竟然一阵抽痛。就在这时，三个男人中的其中一个举起了拳头，想打向女孩子。

社会风气变了这么多吗？竟然打女人了。仁赫怒火中烧，身手极其敏捷地蹿了过去，闪电般出击，赶跑这三个男人不是什么难事。仁赫皱着眉头恶狠狠地说了句英语，他们赶紧灰溜溜夹着尾巴逃跑了。

“没事吧？”

仁赫很好奇夸自己美丽的女孩到底长什么样子，也想再听一听那风一样的嗓音，于是转过身来问了一句。

一见钟情。

曾经以为世界上并没有一见钟情的爱情，即便有，也和自己无关。但是现在，一见钟情了。

看到她面庞的一瞬间，呼吸停止。心脏仿佛被某种莫名的力量挤压击打，“扑通、扑通”狂乱跳动，似乎马上就要从胸口蹦出来。周围所有的声音都听不到了，两个人之间形成了一个巨大的真空地带。

只剩下他们两个。

世界上只剩下他们两个。

所以，非常幸福。

是的，希望只有他们两个，希望一直这样下去，直到世界末日，就这样只有他和她。

生怕一开口，她就会消失不见，她美得好似天上的仙女，宛如霎时坠入凡间的女神。

于是，默默地凝视着她，仿佛陷入她清澈的双眸之中，宁愿泥足深陷不能自拔。

真想就此在她的心中沦陷。

“咦？你们都见面了？”

“哐当！”真空地带被打破了，仁赫重新回到现实世界。

“仁赫啊！你太坏了，回韩国怎么不早点联系我，我好去接你啊，真是的。”

“仁赫！想死你了！”

正勋跑过来，吊在仁赫的后背上，仁赫吓得一个激灵，转头往后看。

“哦，正勋啊。”

“仁赫，仁赫，你一看就知道了吧？”

“嗯？”

“嘿嘿嘿，你没有一眼认出来吗？”

“什么啊？”

难道，难道……不会的，不可能。不应该是那样，拜托，拜托，拜托！然而，仁赫心中却已经了然。

“我女朋友多真呀，超漂亮吧？”

自己一见钟情的女孩子，竟然是自己最珍视的兄弟的女朋友。

“哇，咱们也马上就要成应届生了，仁赫，你们没有高考什么的吧？”

“啊？哦，嗯。”

“真羡慕你们。对了，弘益大学那边的肉派果然和澳大利亚的不一样，不过倒是比想象中好吃一点。”

“哦，是吧。”仁赫心不在焉地随口回答，自己都不知道在说什么，目光无法从多真身上移开。

几个好伙伴在家庭餐馆吃饭，多真理所当然似的坐在正勋旁边，默默移动着刀叉，昏暗的灯光令她看起来更加脱俗，每一个细小的动作都极其优美，刺痛了仁赫的心脏。

仁赫好像丢了魂儿，更荒唐的是，害得他失魂落魄的居然是好友的女朋友，那个和好友戴着情侣对戒的冷漠女孩。

扑通，扑通，扑通。

只是看一眼，心跳都会加速，愿意献出自己的一切，渴望听到她的声音，收获她的目光。但是，仁赫却不能这么做。

指尖一片冰冷。

真想大哭一场。

“怎么办?”

命运真是残忍。

“为什么?既然这样，为什么要让我对她一见钟情?”

真想扭转现实。

仁赫想都没想过要背叛正勋，虽然自己喜欢多真，每个细胞都愿意为多真或生或死，但多真是最好的兄弟的女朋友，仁赫没法对着正勋的女朋友说爱她。正勋比任何人都要重要，比总是吵架的亲生父母更加重要。怎么能背叛这样的正勋呢?绝对不可能，可是……

“怦。”和琉璃般清澈透明的双眸对视的一瞬间，心跌到谷底碎成粉末。

“真该死。”仁赫在心里暗骂，用叉子使劲对付无辜的牛排。

“好吃吗?比澳大利亚的牛排还差点?”正勋提着小心地问道。

正勋真诚的目光满是小心，清澈如水，正紧紧盯着仁赫。

真有想哭的感觉。

“姜仁赫，打起精神来，难道要为了女人抛弃兄弟吗?这不是别人，是李正勋啊，那个女孩是李正勋的女朋友。”仁赫在心里警告自己。他勉强露出个微笑，摇了摇头。

“很好吃。”

“真的吗?”

“嗯，真的。”

“哈哈哈，太好了。”

“我还是觉得上次在你们家吃过的泡菜汤最好吃。”

“是吗？那明天就来我家吧，晚上有时间吧？我爸妈也很想你，我妈宝贝你超过自己儿子呢。”

“哈哈哈，好，我知道了。”

“多真，你也一起来吧？”

“砰。”心又一次摔得粉碎。

“快说不想去。”仁赫在心中暗暗念道，“拜托，快说不想去，我不能再和你见面了。”

这是恳切的哀求。

“不见面的话慢慢就好了，这颗躁动的心早晚会平静下来，拜托，快说不愿意。”

“算了，我不想去。”也许已经心灵相通，多真静静地摇头说道。

仁赫松了一口气，可又觉得惋惜。其实，心底是想见面的。

一时不见就会想念的脸庞，一瞬未听就会渴望的嗓音。每一分，每一秒，都想和她在一起。

“清醒点，你这个笨蛋！”仁赫开始自责。

仁赫明白，坠入爱河之后感情不再受理智控制。可是，爱上好友的女朋友是背叛，无论如何都必须断了这份念想。然而，看到她和自己的兄弟坐在一起，自己满脑子都是对她的渴望，更别说挥泪斩情丝。这样的自己让仁赫作呕，简直要怀疑眼前的一切是不是真的。

“你住在哪里？”

秀英的声音把仁赫拉回现实。

“找好住处了吗？”

“嗯，在附近的酒店。”

“去我们小区吧。”

“来我家一起住吧。”正帮多真切牛排的正勋插了一句。

“干吗呀，那么见外，可以来我家住的，本来就把你当一家人嘛。”

“哦，我想先到处逛逛，就当旅行。如果我回去晚了或者在外边玩几天的话，你爸妈会担心的。”

“话虽如此……啊，你要去哪里旅行啊？在国内转转？”

“嗯。”

“我去下洗手间。”多真说着起身站了起来。

短短几个字也让仁赫的心脏漏跳了几拍，好不容易收回总是落在多真身上的目光，固定在正勋脸上。

我亲爱的朋友，最珍贵的朋友。

我不会背叛朋友，绝不，绝不，绝不。

多真跌跌撞撞地走向卫生间。她感觉到了仁赫的目光，切牛排的时候也能明显感受到他炽热的目光，偶尔抬眸也会四目交接。

难过，悲伤，还有厌恶。

不知道仁赫为什么要用那种眼神望着自己，但有一点可以确认，好想抱抱他。

正勋的声音不停在耳边响起，自己却控制不住想要拥抱仁赫的心情。真想拥抱他，真想亲吻他，真想告诉他，我爱你，我对你一见钟情，你就是我的生命。

狂热的心情就要爆发，又该如何冷静？

卫生间里十分安静。

“当”的一声关上门，闭上眼。黑暗中，眼前浮现出了仁赫的面孔，仁赫不在身边也能看到他的脸庞。

“为什么……”轻叹一声，“为什么是他?”

自己长这么大，第一次爱上的人为什么偏偏是正勋最要好的朋友?

不能背叛正勋。

非常喜欢正勋。

正勋包容了多真的一切，包括她的冷漠，也接受了多真所有的阴暗、伤悲与孤独。每当多真冷言冷语的时候，正勋总会报以纯真的微笑。

有了正勋春风般和煦的微笑，多真才能笑颜绽放，仿佛从冰冷刺骨的冬季荒野走向了春意盎然的青青草原。

这样的正勋，怎么能够背叛?天理不容!

正勋不能受伤害，他那灿烂的微笑也绝不能消失。

“快点清醒，崔多真。”多真开始自责。

“一定要清醒过来。”

然而，全副身心都已经被仁赫深深吸引，多真抓不住一丝一毫的理智。她用双手捂脸，跌坐到地上。

“我……没法……清醒……”

坐了好一会儿，多真突然很想智熙。智熙挺欣赏正勋，如果告诉她自己的心思，她会责怪自己吧。但就是很想智熙，如果不找人倾诉这快要崩溃的情绪，也许自己会粉身碎骨。

多真刻不容缓给智熙发短信，问她忙不忙，是否可以过去看她。智熙说，你不是有事吗，那就过来吧。多真泪水夺眶而出，在心里感谢智熙，自己还没说，她已经知晓自己的心情。

走出洗手间，多真却不得不停下了脚步，因为仁赫出现在了洗手间门口。

他倚靠在洗手间前边的墙上，多真望着他的身影移不开眼睛，昏暗的灯光在他面前不再黯淡，他全身散发着光辉，夺目的强光。

多真告诫过自己要清醒一点，可一看到他，那份决心荡然无存。

哗啦啦，传来了世界坍塌的声音。

多真失神地在他的脸上探寻着，在那张漂亮俊朗得让人流泪的面孔上搜寻。

仁赫也直直地注视着多真，黑得发亮的眼睛转瞬不离多真左右。

他们忘记了这里是餐馆的洗手间，只是不停地在对方的脸上一再探寻。

多真勉强控制住双腿，以免自己奔向仁赫的怀抱，然后艰难地挤出了一句话。

“为什么……”

“你……”

仁赫的手慢慢伸向多真的脸颊，快要触及时又改变了方向，最后落到多真的肩上。

战栗！多真全身在抖，所有神经都集中到了他的手，以及手指触碰到的肩上。

“扑通、扑通、扑通……”多真心中好像有一团火在熊熊燃烧。

“你……”仁赫传出了断裂的话语，“你再也不要出现在我的面前。”

多真很想闭上眼睛，但还是凝视着仁赫，他冷酷残忍的话让多真的心跌到了谷底。

“不要再让我看到你这张脸。”

“……”

“如果我和李正勋见面，你无论如何都要回避，有我在，你就不要来。”

“……”

为什么？多真心如刀割。

爱上一个人，不能保证他也爱自己。可是，从来不知爱上一个人，会被他用这样无情的话语割得遍体鳞伤。撕心裂肺，一地鲜红。忍住快要喷涌而出的泪水，多真盯着仁赫。

“为什么……要让我这么做？”

“……”

仁赫很久都没有回答，他呼吸急促，手心浸汗。

“因为……”过了好一会儿，仁赫开口说道，“因为……”

他抓住多真双肩的手加重了力道，肩膀疼得好像快被捏碎了。可是，哪怕是痛楚，多真也喜欢并渴望着他的触碰，宁可默默忍受着疼痛。

“我……”

一个字一个字往外蹦似乎十分痛苦，仁赫的脸扭曲成了一团。多真很想伸出手去抚摸那张俊秀的面孔，告诉他没关系，不要难过。

“因为我……会想要你。”

“……”

“该死！”仁赫猛然松开多真，转身离去。

多真一个人留在原地，花了好长时间才消化了仁赫的话。

“会想要我？为什么？”多真脑子好像不大够用了。

仁赫痛苦难过的表情和可怜兮兮的语气锥心刺骨，让多真一时无法理清思路。

仁赫回到座位好半天后，多真终于明白了。

# 7

多真回到座位，眼神避开了仁赫。

“在洗手间待了好久哈，是修了一间洗手间吗？”秀英呵呵笑着说。

对不起的还有秀英。多真很清楚秀英对正勋的心意，不过在自己和正勋交往的这段时间，秀英丝毫没有怪罪多真，对多真还像以前一样好。

一边和秀英求之不得的男生交往，一边又在心里想着其他男生，多真感觉很对不起秀英。倘若秀英知道了自己的心思，怕是会心生怨恨，看不起自己吧，曾经善良亲热的眼神也会变得冷硬锐利。

“我想先走了。”

“啊？怎么了，为什么？”

“哪里不舒服吗？”正勋一脸担忧地问。

多真不敢看正勋的脸，低声说：“嗯，身体有点……不舒服。”

“哎呀，是不是我勉强你来才会不舒服？”

“没有，不是的。”

“那我送你回去吧。”

“不用，没关系的，你和朋友好久没见了，没必要为了我先走。”

“那也不能让你一个人走啊，都这么晚了。”

“没关系。”

“有关系。”

突然冒出来的声音让多真浑身一僵，多真小心翼翼地转过头朝那边看去，仁赫却看都没看多真。

“刚才还被小混混调戏，这个时间一个人走难道不危险吗？”

“被小混混调戏？”正勋睁大了双眼。

“啊，哦，那个……对。”

“啊？那你怎么不说啊？哎呀，难怪你这么心神不宁的。”

多真不知说什么好，索性就不吭声。

“还是别一个人走了，我送你。”

“好，那走吧。”

多真不想再被仁赫的声音搅乱心境，于是接受了仁赫的建议，站了起来。

“不好意思啊，秀英，我先走了。”

“没事，没事，我正好和仁赫好好聊聊。啊，对了，要不我们一起走，去咱们小区？”

“不行！”多真很想大喊一声。

本来就是觉得和仁赫共处一室太难受，才想先离开的，怎么到头来成了和仁赫一起走？心里难过得透不过气，明明喜欢的人就在面前，却要去拼命压抑情绪。

“算了，我们过会儿再走。”

仁赫能这么说，真是谢天谢地。

“他们是情侣，应该想两个人单独待在一起吧？”

“啊，是吗？啊哈哈，好吧，那我们吃完再走。”

“再见。”多真也不知冲着谁道了个别，走出了餐馆。一来到室外，迎面而来的就是初冬的寒风，但郁闷的心情却没有丝毫缓解。

“走吧。”正勋自然而然地伸出了手，多真犹豫了一下，还是握住了他的手。

“你觉得仁赫怎么样？”

“嗯？”

“我问你仁赫怎么样，果然很帅吧？”

“啊，嗯。”

“哎呀！你可不能因为他帅就变心哈。”

“好。”

“马上就到圣诞节了。”

“嗯。”

“这是我和你一起过的第一个圣诞节，真令人激动啊。”

多真默默地走着，听正勋唠叨。

“我没有和女朋友过过圣诞节，也不知道应该做些什么，但我想最重要的是能和你一起过节。”

“……”

“估计到那天情侣们会挤爆街道和商店，是不是需要先预订？”

“……”

“啊，好期待啊。”

“正勋，对不起。”多真在心里道着歉，她很想哭出来，但是她又自责说，“我这种人没资格哭。”

正勋把多真送回家，接着回去找仁赫和秀英，一直待到很晚。看到正勋兴高采烈地说起多真的事情，仁赫一方面为正勋高兴，另一方面也很痛苦。

“来我家住吧，这边太远了，坐地铁还要三十分钟呢。”正勋苦苦劝说。

“唉，如果去你家住，你父母会感觉不方便的，咱们现在不是小学生的时候了。”

“哎呀，我爸爸还不是把你当儿子看待？”

“但始终不是儿子。”

“哼，不管怎么说，这边实在太远了。”

“就是嘛，仁赫，不如来我们小区附近找个房子吧，干吗非要住在这么远的地方啊？”

看着正勋和秀英一脸惋惜，仁赫轻轻叹了口气：“好吧，我知道了，就在你们附近找个房子。”

仁赫招架不住正勋的要求，正勋一噘嘴撒娇，仁赫就拿他没办法。

“什么时候回澳大利亚？”

“半年或者一年后。”

“啊？怎么待这么长时间？”

“嗯，因为我提前毕业了。”

“啊，难道……你跳级了？”

“正是如此。”

“天啊！怎么可能，你这个让人嫉妒的家伙！你顶着这么个光环，我们都不敢直视你了！天才啊，劳您大驾一边凉快去！”

“就是，就是，你太过分啦！原来你学习这么用功啊？这种精英人士能和我们这些凡夫俗子玩一块儿去吗？”

“秀英啊，太吓人了，他快吓死我了，这是什么生物？还是人类吗？”

“谁知道呢，我想应该不是，可能哪里多长了一个脑袋。”

“太吓人了，太吓人了。”

“两个笨蛋。”仁赫被他俩逗乐了，笑着骂了一句。他看了看时间说，“好了，今天就到这儿吧，你俩再不走一会儿该没地铁了。”

“我要睡一觉再走。”正勋说道。

“仁赫，我们好久没共度良宵了吧？”

“嗯，没兴趣。”

“什么啊，姜仁赫，你怎么这么冷酷无情？学习好了不起啊？多长一个脑袋就嚣张啊？”

仁赫一把推开正勋凑过来撒娇的小脸儿，正勋却不屈不挠地继续骚扰。

“你是打算让秀英一个人回去吗？”

“我没关系的。”

“不行，你也是女孩子。”

“哎哟，行了，算了吧，谁敢招惹我？”

“可不，谁敢惹秀英一准儿自讨苦吃？”

“砰”的一声，秀英打了正勋一拳。

“啊！干吗打我？”正勋叫道。

“因为你讨人厌。”

“我怎么了？”

“自己清楚。”

仁赫知道秀英对正勋的心意，正勋不把秀英当女生时，秀英的表情都会很受伤，十分明显。别看现在秀英嘻嘻哈哈的，她的眼神明明白白地告诉了所有人，自己已经受到了很大的伤害。

“真是不简单。”仁赫在心里十分佩服秀英。自己心心念念的男生在跟别的女生谈恋爱，自己还能笑得出来，甚至对着那个女生送上微笑。

“换我可做不到，早嫉妒死了。”仁赫暗自叹了一口气。

“你回家吧，顺便把秀英送回去。”

“嗯？那你今天去我家住吧？”

“嗯。”

“欧耶！”

看着正勋喜笑颜开，仁赫不由得苦笑。

“喂，我不用人送的，你们这么把我当公主，多别扭啊，真是的。”

“你是女孩子嘛，当一回公主也正常。”

仁赫先站了起来。他和正勋把秀英送到家门口，然后去了正勋家。正勋家一点也没变，正勋的父母也很欢迎仁赫的到来。

小时候，仁赫极度厌恶自己的父母，很希望正勋的父母就是自己的父母。如今虽然没有这种幼稚的想法了，可还是羡慕正勋有这样好的父母。

洗过澡，两个人在正勋的房间里并排躺下。

“现在这样，让我想起了过去，我们念小学的时候差不多每天都睡在一起，对吧？”

“嗯，你们家真是一点也没变。”

“可是，我已经成了英俊潇洒的帅哥。”

“哦，算是吧。”

“怎么，你犹豫什么啊？快说我是英俊潇洒的帅哥。”

“好，你是英俊潇洒的帅哥。”

“哎呀，怎么听着这么不对劲儿呢？怪怪的，好像少了什么。”

照着正勋说的做了，可他还是不大满意地嘟嘟囔囔。仁赫呵呵笑着闭上了眼睛。

“真该死。”仁赫差点骂出声，一闭上眼睛，眼前出现的全是多真的身影。原本刚才已经忘记了的，不，其实并没有忘记，只是自己刚才试图去忘记。

多真栩栩如生的幻影丝毫不打算消失，反而越来越清晰，离仁赫越来越近。她清润透亮的肌肤，虚幻脱俗的美眸，红润的双唇，像覆盆子一样甜蜜诱人，又像鲜血一样散发着危险致命的气息。

和多真在洗手间前相遇，差一点吻上了她的红唇。

与多真视线交叠的那一刻，大脑里一片空白，正勋、秀英、朋友、友谊……全部荡然无存。

只想亲吻眼前这个可爱的女孩子。

仁赫万分庆幸自己没做出这等傻事，可还是像个傻子一样蹦出一句：“因为……我想要你。”

仁赫大脑不受控制地说出这话，他原本想说的是，你这样的丫头配不上正勋，我一点儿不想看见你……唉，还不如不和多真碰面。

其实，就算自己想说谎也说不出来，脑中酝酿好的完美说辞到了嘴边却怎么也讲不出口，试了好几次，该说不出口还是说不出口，反而是完全没有想过的心思毫无隐瞒地脱口而出。

“因为……我想要你。”

真是疯了，竟然说出这种话。

多真是正勋的女朋友，是自己最珍视的兄弟的女朋友。无论怎么辩解，爱哥们儿的女朋友都是天理不容。

“都怪我。”仁赫在心里自责。

一见钟情，命中注定。

类似的话无法为这种感情辩解，更不能让人信服。爱上了最珍视的好友的女朋友，是大错特错的，

现在甚至把这种情感表露出来，简直错得离谱。

“这不是命运之错，全是我的错误，我……真是该死。”

仁赫把牙齿咬得咯吱咯吱响，在心里暗骂自己。

“我很喜欢多真。”

正勋慵懒的声音重重地砸在仁赫的心脏上。

“小赫，跟你说哈，我真的很喜欢多真，不过多真……可能不大喜欢我。”

听到这话，仁赫瞬间竟然感觉一阵轻松，像是卸下背负的巨石。仁赫转念又被内疚折磨，自己不如死了算了。朋友为爱难过，自己却有些幸灾乐祸。

仁赫为了抵御对多真的渴念，心里诅咒自己：“我死了算了。”

“多真是我的生命，我爱她爱得要发疯。我对她的爱根本停不下来……但是，如果我坦诚表现出来的话，又怕她会吓得远远躲开。”

仁赫默默地听着，不知如何作答。

“我太爱她了，压在心里捂得严严实实，都快藏不住了，我……到底该怎么办啊？”

“……”

“我……就像个傻瓜一样，明知道多真不爱我，却又觉得她只要待在我身边，我就满足了。我虽然这么想，还是希望多真能爱上我，人是不是都这么贪心？还是我想要得到的太多？”

仁赫听着好友的自白，心里真是又感动又难过。

“和多真交往的时间越长，越觉得离她越来越远……我真的

不知道该怎么办。”

“我也是啊。”仁赫闭着眼睛，心中默默地说道，“我也不知道该怎么办。”

醒来时哪儿都疼，全身上下的刺痛阵阵袭来。

“难道是没睡引起的？”

多真惊讶地睁开双眼，发现疼痛来自心脏，从胸口扩散到全身。

“唉。”

“怎么一大早刚起来就唉声叹气的？”

多真慢慢转过头，智熙正趴在桌子上望着她。智熙已经洗漱完毕，连头发都洗了，正在桌前读书。

“你什么时候起来的？”

“两个小时以前？”

“你起得真早。”

“嗯，可能是已经养成习惯了，要不就是上岁数觉少了？”

“傻瓜。”

多真咯咯笑着把被子拉到下巴的位置，智熙笑着躺了上去，和多真一起钻进被子里。

“你，最近经常叹气啊。”

从遇见仁赫的那一天开始，已经过去了一个星期。整整一周没有再看见仁赫，但他的面孔仍然清晰可见。还有他的声音，甚至他的男人气息。

多真不想告诉智熙，她喜欢上仁赫的事情，万一和别人说了自己的心思，好不容易控制住的情绪就会失控。

“吃了早饭再走？”

“哦，不用，今天算了，我要回家拿习题集，马上就考试了，我得带着书去打工。”

“学习这么用功?”

“马马虎虎啦。”

上次期中考试，智熙拿了全校第一。智熙是个值得尊敬的女生，放学后打工，忙得焦头烂额，怎么还有时间学习？更了不起的是她这么努力拼命，却一点也没有表现出来。

“现在开始要好好学习了，这一次也要拿第一。”

“真厉害。”

多真低声笑着，也打算起床。今天是星期六，不用上学。

因为见到正勋和秀英时心中尴尬，多真十分期待不用上学的日子。

没有脸去见毫不知情还依然温柔多情的正勋，自己承受不来他纯粹的笑容，他温暖体贴的爱情不该给自己，应该送予其他人，给那些值得的女生。

“那个人不该是我。”多真十分确定地对自己说。

曾经觉得正勋很不错，待人亲切，温柔多情，最重要的是自己和他在一起时很放松，正勋常常让她开怀欢笑。

于是，以为一辈子和正勋在一起也挺好，既然不大可能拥有轰轰烈烈的爱情，只要正勋愿意，就这样一直交往下去，然后结婚也无妨。

然而，遇见仁赫的那一刻，所有一切都改变了。

多真知道她不可能和仁赫交往，仁赫是正勋最珍视的朋友，绝对不能和仁赫相爱。

可是，多真没有办法带着心中那份快要爆发的爱留在正勋身边，她心中满是对仁赫的强烈渴望和热情，她做不到厚颜无耻地继续和正勋交往下去。

为了那份放松自在，和正勋这么交往着，最后会演变成对正勋的欺骗，这简直是对正勋纯洁神圣爱情的玷污与亵渎。即便会永远失去正勋送给自己的微笑与轻松，也要结束这种关系。

遇见仁赫的那一天，多真就下定决心和正勋分手。仁赫也好，正勋也罢，只要不再见面就好，那份火热很快就会消失。

几次想和正勋说清楚，却每每望着正勋灿烂的笑容开不了口，于是拖了一周，直到今天。

“多真。”

智熙抓着门把手已经推开了房门，又回过头望着多真，多真也躺在床上看着智熙。智熙露出一个浅浅的笑容，与清冷的晨间阳光十分协调。

“我永远站在你这边。”

多真心头一震。

“所以……嗯，反正无论怎么样。我走了。”

咣当，门关上了。留下多真一个人，智熙盖过的被子尚留余温。智熙总是会说出多真最需要的话。

帮助多真敞开心扉的智熙即使看不起她也没关系，智熙的一句话在这一刻给她带来了莫大的安慰。

智熙离开后，多真又躺着思考了好一会儿。突然听到有人按门铃，有些意外这个时候谁会来找自己。

是智熙又回来了吗？

多真慢慢起来，抓起对讲机：“你好。”

“我是房主。”

“啊，好的，请稍等。”

房主没道理来找自己啊。

房子是晟芝买的，条件是多真再也不见她的家人。

多真现在是未成年人，所以写的是晟芝朋友的名字，仅仅是借用了名字而已。和房子本身没有丁点儿关系的人，是不应该自称房主的。

多真不想让对方进屋，来到外边一看，一个中年妇女正抄着手站在那儿。

“家里只有学生吗？”女人一看见多真就皱起了眉头，挑衅似的问道。

多真点了点头：“是的。”

“都快到腾房子的时候了，怎么一点动静都没有呢？”

“什么？”

多真完全不知道她在说什么，女人不耐烦地接着说：“好吧，和学生说了也没用，你父母什么时候在家？”

“我……没有父母。”

“什么？”女人一脸错愕，而多真更不明所以了。

晟芝已经和朋友说好，等多真成年之后就把房屋产权转让给她。现在说腾房是怎么回事？自己没有父母，为什么让对方这么惊讶？她隐隐地感到不安。

“那这里是你一个人住吗？”

“对。”

“天哪，那以前是谁交的房租？”

“什么？”

“我说的是房租，听说是按月交房租呢。”

“等一下，这话是听谁说的？”

“什么听谁说的？当然是前任房主说的了。”

多真知道，似乎被人摆了一道。晟芝的朋友被金钱冲昏了头脑，把房子卖掉了，既然是归入自己名下的房产，卖掉又有什么问题呢？

依照眼前这个女人所说，前任房主说多真住在这里按月交房租，不过马上就会搬走，所以不会有什么问题云云。

一开始多真以为是晟芝下套坑自己，后来觉得不像是晟芝做的。晟芝应该知道，如果发生了这种事情，自己一定不会默不作声地吃哑巴亏。可能是晟芝的那个朋友偷偷卖的房子，估计现在不知道躲到哪去了，晟芝应该还不知道这件事。她不由得苦笑连连。

好友都会背叛自己，自己怎么能糊涂到相信见都没见过的晟芝朋友呢？这种事情本该事前想到的。

“无论如何，我们是要搬进来的。你要是不腾房可不好，这里真的只住着学生？”

“保证金呢？”

“嗯？”

“你什么时候给过我保证金？”

“我听说，你住进来的时候没交保证金吧？”

“我交了。”

反正这房子是没法住了，这个女人没有过错，她只是被晟芝的朋友欺骗，买下了房子而已。既然找不到能负责的人，也没法夺回房子，那就该争取可以拿到的东西。

“什么，我听说你明明没有交保证金！”

“我交过。”

“合同上没有这些条款！”

本来女人听说一个女生独自住在这里时多少有些过意不去，

可现在突然态度大变，金钱果然能改变一个人，多真毫不示弱。

“我交了两万块呢，会有人按月收房租又不要保证金吗？前任房主也没有跟我说过要腾房。大婶你这么为难，那我搬走好了，不过保证金必须还给我。”

“你有合同吗？”

“什么？”

女人冷笑着瞪着多真。

“我问你有没有写交过两万块保证金的合同？”

“……”

“没有的话，怎么能把这么一大笔钱给一个学生呢，你找到合同我就给你钱，你倒是拿出来给我瞅瞅啊。”

多真哑口无言，束手无策。

从一开始就没有租房合同之类的东西，因为房子本来就是多真的。

越来越冷，包裹自己的世界冰冷刺骨，多真全身颤抖不止。

女人露出胜利的微笑，紧紧盯着多真。多真朝女人平静地问道：“最晚什么时候腾房？”

# 8

多真有一个星期的时间搬家。

一个星期之后必须离开这里。

本来对这处房子就没有感情，因为是晟芝安排的，现在更加没有好感，可一想到马上就要搬出去，多真心里却有些难过。

是啊，仔细一想这个房子里也发生过不少事情，智熙经常过来住，正勋和秀英也来玩过，让自己第一次感觉到房子的温暖。但是，多真很快割舍了惋惜之情，她习惯了割断不舍，因为经历了太多次搬家，所以今天这样的事情迟早会发生。

多真拉开衣橱下边的抽屉，从尽里边掏出一个保险箱。保险箱上有两道密码锁，多真打开了自搬到这里就没有开启过的密码锁。

保险箱里装满了珠宝首饰，全部都是晟民送的。

晟民告诉多真不会给她钱，却给她买了很多首饰当礼物。晟民经常询问多真想要什么，多真就说自己喜欢首饰，因为首饰以后卖起来比较方便。

果然是有钱人，晟民总会买些昂贵的首饰送给多真。这些东西应该能卖很多很多钱，何况最近金价一直在上涨。

多真把首饰塞进一旁的帆布包里，还挺沉。

“我得找房子。”多真又拿出存折。

爸爸给自己的钱，除了留下零花钱，其余的全都存了起来。多真这么做原本只是为了应付不时之需，现在体会到了存钱的好处。

世事难料，没想到这些钱会在这种情况下派上用场。

存款金额很可观，再加上卖首饰的钱，也许可以全税租一处小小的房子。万一不够的话，再卖掉晟民当作礼物送的那些名牌包包应该够了。几十个名牌包中，多真只用过一个，其余那些可以高价卖出。

“哥哥，谢谢你；还有，对不起。”

多真对晟民满怀愧疚之情，他真心实意送的礼物包包竟然会以这种方式卖掉。

“可我没有办法，我也要活下去，我……我还不想死。”

多真一脸凄凉地站起来。

“哎，要去找房子了。”

多真拿着首饰到金店变卖，可是人家给的价格很低。

“再加点儿吧。”

“不行啊，我们也要养家糊口。已经加过价了，你去别处看看，哪里能给到这个价格？”

本来是相当值钱的金饰，金店开出的价格却比预想中低了很多。存折上的钱也不少，可单凭那笔钱很没有安全感，不单单要租房子，还要考虑到以后的生活费。

多真正犹豫不决，突然听到一句话，顿时呆住了。

“真意外，你还挺会讨价还价的。”

那声音让多真的心往下一沉，她先做了个深呼吸，平静下心情，然后缓缓转头望去。

仁赫竟然站在那里。

"啊……"

多真傻乎乎地发出了奇怪的声音，仁赫的脸上似乎闪过一抹淡淡的微笑，或许只是自己的错觉，仁赫的表情又变得冷肃漠然，甚至透着不快。

"你怎么……在这里?"

如果不说点什么，仁赫可能会掉头就走，理智上应该由着他离开，情感上却想多看他一眼。竟然跟个傻子似的，这么渴望一个只见过一面的人。

"马上要过圣诞节了，我想送她个小戒指，你自然有正勋准备礼物，可是能想到秀英的人只有我啊。"

略带责备的语气让多真心中一凉，也搅乱了她的心，因为仁赫回答了她提出的问题。

仁赫的目光始终没有离开多真，紧紧盯着，像是要把她看透，而多真似乎也快要被吸入那黝黑深邃的瞳仁之中。多真小心地避开了仁赫的视线，手伸向桌上的一堆金饰，迅速抽出一件首饰。

Tiffany的项链。

"你想送给秀央?"

"嗯。"

"把本来要卖掉的东西拿去送人，对方一定很开心吧?"

"我需要钱，没有办法。"

"需要钱？你遇到什么困难了?"

"这不关你的事吧?"多真口是心非地冷冷答道。

"赶紧离开。"仁赫在心里命令自己。对，赶紧离开，本来就是从一开始就不打算再见的女生，说话又这么呛人。

心里这样想，行动却恰恰相反。仁赫不仅没走，反而在多真身旁的椅子上坐了下来，然后把桌上放的那堆首饰挪到自己这边儿。

被仁赫的外貌迷得七荤八素的老板回过神来，尖叫着问道："哎呀，大哥，你这是做什么呢？这些是我们要买下来的！"

"首先，我比你小。"仁赫用手指把首饰拨拉开，分成两堆，低声说道，"其次，大姐，欺诈可不好哦。"

"什么？欺诈？你说谁欺诈？"

"我刚才可是听到了，谁能用这种价格买到这些？Tiffany、Chanel、Hermès……全都是奢侈品。"

"这些都是二手货。"

"可是，毫无瑕疵啊。喂，你……"

多真失神地望着仁赫的手指，听到仁赫的话，猛然抬起了头。

"把这些收拾一下。"

"啊？"

"让你收拾起来，不是说需要钱吗？那就得卖个好价钱啊。"

"……"

"要不然你就在这儿卖掉吧。"

"我收拾。"

老板叽里呱啦嚷了起来，一个劲想留住仁赫和多真，什么跑来捣乱妨碍做生意啦，小小年纪脸皮比铜墙厚啦，别的地方也不会多给钱啦，最后还得回这儿来出手啦，可以再加一点钱啦等等。

但是，仁赫看着多真收拾好首饰，就头也不回地大步走了出去。多真一看自己落在后边，连忙快步跟上去。她整个大脑完全被仁赫一个人占据，想跟着他，想多看看他的脸庞，想多听听他的声音，还有……很想抱紧他。

如果被那双有力的臂膀紧紧抱住，自己的心脏也许会炸裂，即便如此，依旧不悔。

走在前边的仁赫放慢了步伐，明显是为了迁就多真的速度，但多真只想走在仁赫身后，她怕自己若走在仁赫身边，看到他英俊的面孔会抑制不住内心的冲动，可是仁赫并不打算就此放过多真。

“做什么呢？我没兴趣在身后拖一个尾巴。”

仁赫干脆停下脚步等起了多真，无奈之下，多真只得和他并肩而行。

“为什么需要钱？”

“我……有事。”

“还以为你是富家女，是我弄错了吗？看你那些大牌首饰，可不是穷人家随随便便买得起的。”

“……”

“不会是你偷了父母的东西拿出来卖吧？”

“我……”

无论怎样的冷嘲热讽都可以忍受，可是一旦涉及到自己的人品，多真立刻强硬起来。

“我没有父母。”

多真直直地注视着仁赫，琉璃般的双眸染上了些色彩，交织着愤怒。

仁赫发现自己说错了话。从多真的表情来看，并不是因为青春叛逆才说没有父母，而自己为了掩饰欲望与感情说出的话已经伤害到了她。

“蠢货，怎么不去死。可我真的很想很想她。”仁赫暗自骂自己。

仁赫以为看不到多真就会忘记，可她的面庞却越来越清晰，好想听听她的声音，多看看她的面容。

怎么办？怎么办？怎么办啊？

仁赫每回都要问上自己几十次，依旧得不到答案，这个问题原本就没有答案。

老天，居然，我爱上了发小儿的女朋友。

爱情就这样发生了，真是无可奈何。

一定要克制，多想想正勋纯净的微笑，一定要竭力控制住对多真的渴望。

可是，刚刚在金饰店看到多真的背影，所有的努力瞬间化为乌有。一根发丝，一缕呼吸，都让他不能自已，不想错过多真任何一个小小的动作，目光一直停留在她身上。

“不行，不行。”仁赫不停地自责，尽一切努力不让感情流露，所以，语气才会那般冷漠，嗓音才会仿佛寒冰。而现在，却伤害了多真。

“对不起。”

“没事。”

多真淡淡地回了一句，先一步向前边走去。两个人保持着半步的距离，速度不快也不慢。

仁赫望着多真脊背挺直、优雅前行的身影，仿佛看到了神话中的女神从天上降临人间。

“要不要……喝点东西？”仁赫不由自主蹦出一句话，话一出口马上后悔了。

或许多真会说，不想喝，不想和我这种人一起喝咖啡！

没想到，多真竟然说：“好吧。”说完，她还露出了甜美的微笑。

老天爷不帮他，不给他借口。

仁赫差点跪在多真面前，她灿烂的笑容比阳光更耀眼，神圣得险些让他跪倒在地顶礼膜拜。

“你请客的话。”

多真又加了一句，仁赫多少缓解了一些紧张情绪，松了一口气，这个不染尘埃的女孩也是人啊。

仁赫和多真一进咖啡馆，立刻吸引了所有人的目光。他俩像是金童玉女，有吸引他人注意的魔力。他俩对旁人的目光视而不见，只顾着找空位置坐下。

点完咖啡，等待咖啡上桌的这段时间谁也没说话，但这已经足够了，至少在仁赫看来是这样。

她就在自己面前，仁赫已经心满意足了，他默默地凝视着多真的脸庞。既然不能拥有，不能带走，那就把她天使般的脸庞牢牢地镌刻在自己心中吧。

多真这个女孩子，越看越看不透，洋娃娃般缺少表情的面容，仿佛注视着虚空的眼神，不食人间烟火的气质更为她增添了几分独特的魅力。

仁赫突然想起了多真在明洞被小混混骚扰时说过的话。

“我这不叫标致，叫美丽!”

耳边好像又传来了多真当时的声音，她是名副其实的美丽，自己夸自己的话说出来一点也不别扭。

“我很小的时候，妈妈就去世了。”

“……”

以为绝对不会开启的红唇率先开口说话，更意外的是多真居然主动谈起了绝对不会告诉别人的个人隐私。

仁赫屏住呼吸，就像进入了梦境一样，害怕一个轻微的声响也会让多真就此缄口不言。他讨厌咖啡馆里嘈杂的各种声音，很想大喊一声，太吵了，闭会儿嘴，没听见女神在说话吗？

仁赫紧紧地握起了放在膝盖上的手。

“我爸爸是政界名人，名字就不说了，我爸妈他们没有结婚，爸爸有真正的夫人。”

“……”

“我爸爸有过外遇，而我就是外遇生下来的孩子。”

仁赫哑口无言。平静地袒露实情的多真依旧美得耀眼。

“妈妈去世后，我见到了爸爸，后来还见到了爸爸的儿子。哥哥是个好人，对我很好，虽然我是个不光彩的妹妹。不过，哥哥的亲妹妹并不喜欢我，这是人之常情，有谁会喜欢自己爸爸外遇生下的孩子呢？所以，她叫我不要再和爸爸，还有哥哥见面，她会给我买一处房产作为代价。我答应了她的要求，对我来说，金钱比家人更加重要，因为我没有亲人可以依靠。”

多真告诉仁赫，她就是这样得到了房子的。没想到上当受骗即将被撵出住处，所以需要一大笔钱。

仁赫知道，任何安慰的话语都抚慰不了多真的心灵。

“因为我不是你的什么人。”仁赫在心里哀叹，“我的安慰根本帮不了你。”

仁赫在心中暗暗叹了一口气，还有什么比没有自己的位置更令人难过的吗？现在，能给多真带来力量的人不是自己，而是正勋，多真的男朋友是李正勋。

“那些首饰都是大牌，卖给二手名品店可能价格会高点儿，或者挂到网上的二手市场。”

与其说些安慰的话，还不如提些建议，也许能帮到她。既然不能为她的心灵提供支撑，那就在其他方面帮帮她好了。

仁赫明白，自己不可以再接近多真了，现在应该做的是马上离开，再也不要见多真。可是，他无法扔下多真。

多真外表虽然看起来冷静漠然，但她写满了伤痛的眼神像极了惨遭遗弃的小狗，仁赫怎么也不能狠心地丢下多真离开。

“我现在也在找房子，既然你也要找房子，我们一起去吧，两个人一起的话中介态度也会好些。”

多真惊讶地盯着仁赫，他纳闷儿地问：“干吗这么看着我？”

“没什么，我很意外。”

“意外？”

“为什么要帮我？”

“因为我爱你，你夺走了我的灵魂。”仁赫在心里喊。

这种话当然不能说出口。仁赫缓缓呼吸，注视着多真，直直地盯着夺走了自己灵魂的那双黑眸，缓慢又有力地说道：“你……”

哗啦。

心很痛。

仁赫理所当然地伸出援手，让多真又惊又喜，所以才问了那么一句。假如多真知道会听到那样的答案，一定不会问他的。

仁赫像看一个陌生人一样，冷冷地注视着多真说道：“你是我好兄弟的女朋友。”

哐当，心沉到了谷底。

的确，自己是正勋的女朋友。对于仁赫来说，崔多真是李正勋的女朋友，除此之外，什么都不是。

自己在期待什么？

“我像是那种兄弟的女朋友有麻烦，自己袖手旁观的人吗？”

听到仁赫又加了一句，点明显而易见的事实，多真的表情变得十分僵硬，勉强保持着微笑。

“嗯，我还以为你是那种人呢。”

“哼。”

他俩来到中介公司里，仁赫详细地了解房屋情况，客厅位置、排水管道、房屋朝向都一一确认，看来他看房不是一次两次了，沉稳老练。

“这栋villa（乡村小别墅）也不错吧?”

多真注意到了一处比较便宜的公寓，房龄好像不长，感觉还不错，仁赫却打断了多真的话。

“不行，你是女孩子。”

“女孩子就不能住villa了?”

“太危险了。”

多真沉默不语。

“你是一个人住嘛。”

“……”

“独身的女孩子怎么能住在villa之类没有门禁监控的地方呢?应该选择进小区要查验业主身份的地方，比如一些不错的商住楼或者公寓。”

细心的仁赫甚至考虑到了治安问题，多真心中暖暖的。虽然他语气冷淡，嘴上说着只是在帮好友的女朋友，却考虑到了大大小小的方方面面。

“这里看着不错。”仁赫指着房册上一处公寓。

“太贵了。”

“钱我可以借给你。”

“你好像很有钱啊。”

“正好有点钱，我继父很有钱，钱这一项上从不亏待我。”

明明说的是好事，声音中却透着苦涩。多真直视着他，发现他的脸上挂着苦笑。

“怎么这么看着我?”

“没什么。”

“我爸妈，他们离婚了，成天吵翻天，最后离婚了事。然后他们又各自再婚，现在过得都挺滋润的。”

“啊。”

仁赫说得若无其事，其实能感觉到他曾经受到很大伤害，脸上的笑容苦涩，眼神极其孤独。真想抱抱他，轻轻拍那宽厚又落寞的双肩。

“我是你好友的女朋友，我的安慰起不到任何作用。”多真在心里自我解嘲。

“你不用借钱给我，我不想跟男朋友的好朋友借钱。”

“好吧，那你怎么办?”

“我想找间便宜点的房子，危不危险并不重要。”

“不要任性，如果你有事，会有很多人伤心的。”

“不会。”

“不会?”仁赫压低了声音。

仁赫很吃惊，紧紧地盯着多真。

“李正勋，金秀英，他们对你来说不重要吗?你就一点也感觉不到他们的心意吗?”

仁赫愤怒的斥责击中了多真的心脏。

“你把他们当作什么了?”

“对不起。”

“你用不着和我说对不起。”

“……”

“真该死。”多真在心里说，“原来他真的这么讨厌我。”

多真陷入了沉思。

他在明洞的家庭餐馆里说的“我想要你。”是什么意思呢？会不会是“想要你”的后边漏了“去死”两个字呢？

陷入了一阵沉默。

多真感觉自己快要哭出来了，紧盯着桌子想要把桌子看出个洞来，这时仁赫把宣传册推给了多真。

“这里。”仁赫修长的手指正指着一个地方。

“这里……是villa啊。”

“嗯。”

“你不是说villa不行吗？看起来是让我自生自灭了吧？”

“别说招人烦的话，这里有两处房子，彼此相邻。”

仔细一看果真如此，还以为是相同的广告，其实标记的门牌号码不同。

“我住其中一处。”

“什么？”

“我租301，你租302吧，这样的话价格能接受吧？如果还想找比这个便宜的，只能住老房子了。”

“不，不是……你……打算住在隔壁？”

“嗯。”

“为什么？”

“什么为什么？你一个人住villa不是危险嘛，租公寓钱又不够。”

“可是……你的钱够啊，没必要住到villa来。”

“别问个没完没了好不好，真烦。”

“……”

“反正你要见正勋，我也会经常和正勋见面，既然都要见，干脆一圈儿见了不好吗？”

“不是让我不要出现吗？”

“又怎么了？”

“上次和正勋、秀英一起见你的时候，你不是让我不要出现吗？说不想看到我的脸。”

“那个……”

仁赫答不出来。他在心里说：“我肯定是疯了。怎么就说了自己要租隔壁的房子呢？”

仁赫苦恼极了，命运真是爱捉弄人，让他控制不住自己的感情。

头快炸开了。仁赫一句话也不说，紧咬牙关。

“就这样吧。”好一会儿，仁赫下定了决心，“爱情不会因为逃避而消失，反正我只在韩国待六个月，六个月的时间能怎么样呢？我和她是不可能的。嗯，六个月以后呢？如果李正勋知道了，我会好好处理，所以不要再逃避了。”

仁赫明白，逃避也没有用，况且，无处可逃。

心跳加速的热情已经深植入体，即使不再相见，自己对多真的爱也会越来越浓烈。所以，即使见面也不会比现在的情况更糟。

见到多真的那一刻，就是一见钟情坠入爱河的一刻，一切都已沦陷。

“我不讨厌你。”仁赫勉强开口说道，“那时我太敏感了，从澳大利亚回韩国没休息过来，飞行时间很长，时差还没倒过来，所以对陌生人不大友好，忘了那天的事吧。”

仁赫勉强找了个借口。多真会相信吗？

洋娃娃一样精致的小脸上读不出她的想法。多真沉默了片刻，在仁赫变得焦躁不安时终于开了口。

“知道了，我会忘记的。”

“哦，好吧。”

多真的声音听起来那么缥缈。

“谢谢你帮我卖首饰和租房子，以后我们就是邻居了，请多关照。今天就去签约吧，可以吗？”

多真的声音没有高低起伏。

“哦，好吧。”

“嗯，那就签约吧。”

走出咖啡馆后，多真再也没开过口。去中介公司签约，去银行取钱付款，多真什么话也没说。仁赫心中不安，但没有刻意打破沉默。于是，他只是默默地陪伴在多真身旁。

“我走了。”

多真不等仁赫回答，就转身离去。

不知是不是眼睛出了问题，仁赫觉得转身而去的多真变得越来越模糊，身影似乎就要消散在空气中，他一时情急竟不由自主地抓住了多真的手腕。手心传来的触感让仁赫放下心来。

是啊，这是真的，多真没有消失。

“怎么了？”多真问道。

这一次的答案同样令仁赫绞尽脑汁。

他犹豫了一下，说道：“吃了晚饭再走吧，我们马上就要成近邻了。”

9

多真拒绝了仁赫共进晚餐的提议，她爱上了仁赫，做不到泰然自若地和他待在一起。

“我正在和正勋交往。”

谁也不爱的时候觉得待在正勋身旁也无妨，因为正勋也不错。可是现在情况完全不同了，自己爱上了一个男生，这个男生却不是正勋。

假若没有爱上仁赫，大可以和他吃一顿晚餐，但偏偏爱上了仁赫，那就不能这么做。作为正勋的女友，爱上了他人，还和那个人共进晚餐，这简直是对正勋的莫大羞辱和背叛。

“不，正勋，我已经背叛了你，一边和你交往，一边爱上了你最珍视的朋友，虽然我不会与仁赫交往，可我的心已经全部交给了他。”

多真决定和正勋分手。她的心放在其他人身上，没法和正勋交往下去，否则就是欺骗正勋，亵渎他的爱情。

多真回到家，一个人收拾好行李。要收拾的东西虽然不多，但因为有书桌和床等家具，仍然需要找搬家公司。

被正勋关爱呵护了许久，决定和他提分手，而自己这个时候想的却是搬家公司什么的。多真很讨厌这样的自己，自己都理解不了自己，也不想去理解。

“我看不起自己，讨厌自己，痛恨自己，无法原谅背叛了你的自己。所以，正勋，请原谅我。你太过善良，如果你憎恨我，厌恶我，你自己会非常非常难过的，然后你也会讨厌起那时的你。所以，正勋，请原谅我，怨恨和憎恶就由我来承担，我绝不会原谅自己的。你一定要保留那份清澈纯洁，是我太自私，不想看到一个连这些都失去了的正勋……”

多真拿出手机。

“哎，我怎么会坏到这个地步？我怎么会变得这么自私，这么不堪？”

她打开短信窗口，在心里说：“我真讨厌自己，自己太可恨了，我怎么……怎么会……”

多真编好一条短信：正勋，我们见个面吧，三十分钟后我在学校门口等你。

多真在等正勋回复的空当，自言自语道：“为什么我不爱你呢？为什么……没有爱上你，却爱上了其他男生？”

这时，正勋的回复到了：嗯！我马上到。

正勋发来的短信虽然简单，多真却仿佛看到他纯洁清澈的眼睛，听到他热情真挚的话语。多真一时心如刀绞，难以忍受的疼痛袭来，她低头抽泣。

“别哭了，崔多真，你有什么脸哭？眼泪对你来说太奢侈了，它不是为你这种人准备的。别哭了，崔多真，你没有资格哭。”

多真不停地自责，泪水止不住地往下流。

天气转凉的时候，正勋对多真说过脖子不能受凉，还送了她一条格子围巾做礼物，多真把脸埋在一次也没有戴过的围巾里。

围巾没有遭遇严寒，却被泪水浸透了，抵御风寒的围巾阻挡不了伤悲。

“多真是不是有什么事啊？”

正勋躺在秀英家客厅的沙发上，嘎吱嘎吱地大嚼特嚼点心，自言自语。

“多真最近好像有什么烦心事，表情很沉重。”

“嗯？是吗？这么一说，最近放学都没有和多真一起走过呢。”

“是不是因为考试啊？”

“多真成绩很好，不会为了考试发愁吧？”

“是吧？哎，真让人担心。”

“笨蛋，担心你还不赶紧去看看多真，你可以一把搂住她说‘过来，美人，你的烦恼，我通通都带走。’”

“哪儿跟哪儿啊，金秀英，你太恶心了，我都快吐了。”

“你想死吗？”

秀英挠着正勋的肋下，正勋痒得咯咯咯笑个不停，气喘吁吁地奋力挣脱秀英的魔爪。

“干吗呀，突然袭击我？你给我等着，我会发起突然袭击！”

“哎哟，我好怕怕啊，李正勋……”

“你会为你这句话后悔的！”

正勋和秀英嬉笑打闹，占据了他心中一角的刺痛感却没有消失，莫名地痛，很痛，因为痛所以夸张地笑，夸张地打闹。

已经在和多真交往，却感到孤独。

一开始，只要多真同意交往，自己就感到十分幸福。多真不爱自己，却愿意和自己一起散步，手拉着手，观看电影，共进晚餐，自己心满意足。但是，欲望无止境。

开始渴望得到多真的爱，希望多真的真命天子是自己。可是，正勋特别清楚，这些都不可能，于是变得非常落寞。

正勋不想勉强多真爱自己，那样会给多真巨大的压力，可是每次见到多真，都忍不住想问问她。

“你爱我吗?”

他怕自己一旦开口询问，多真会逃到自己触及不到的地方。越是害怕，越是不敢开口，反正心中其实已经有了答案。

“多真不爱我，但是她迟早会爱上某个人吧？就像我爱她那样，她也会爱上一个男人吧？这个人会是我，还是其他人呢？拜托……希望是我，拜托。”

正勋不想失去多真。尽管多真冷淡，很少露出笑容，自己对多真的爱只有越来越深。

秀英的目光一直落在正勋身上。正勋很孤独，虽然并没有表现出来，但相识已久的秀英知道他的心中有多么孤独。

看到曾经总是笑容灿烂的正勋如今叹息连连，秀英也很难过，她愿意为正勋做任何事情，却什么忙都帮不上。能让正勋开怀大笑的人，是多真，只有多真才能抚平正勋的孤寂。

有时候，秀英也会埋怨多真。

我爱的人，你完完整整地抢走了，竟然还要让他过得这么辛苦。换作我，有了正勋就等于拥有了全世界，可你拥有了正勋却不愿意付出真心。

怨过，恨过，秀英努力摆脱这些念头，如今心态平和多了。

然而，一看到正勋这么烦恼，秀英好不容易控制住的情绪与妒忌又重新回到她的身上。

“你为什么不能爱正勋呢？明明是可爱又善良的男生啊，而且比任何人都要爱你，为什么要让正勋这么痛苦？如果能让正勋对我说一句爱我，我愿意舍弃我的一切。”

正勋抚摸着手机，很明显，他正在等多真的短信。明知道多真绝对不会主动联系自己，还是期待着奇迹的发生。

看着正勋痴心不悔的模样，秀英对正勋也生气起来。从同为女生的角度来看，多真永远都不可能爱上正勋。

多真的心中早已筑起了一道墙。

多真比最初相识时亲切多了，可也仅仅是这样，至少正勋和秀英对多真的了解都远远不够。

“别傻等了！再也不要一直盯着不会响起的手机！永远不要期待一份没有回应的爱情，拜托，回到现实吧。”

秀英长叹一口气，止住了想要嘶吼的冲动。她不知道，正勋的叹息多了以后，自己也经常唉声叹气。

叮咚，您有一封未读消息。

听到轻快的短信铃声，正勋一下子跳了起来：“来了！”

“什么？”

“来短信了！多真给我发短信了！”

“哦哦！”

“终于来了！哇！皇天不负苦心人啊，多真终于主动给我发短信了，我走好运了！”

“哎哟，那要是人家来电话，你不得晕过去啊？”

“嘻嘻嘻嘻嘻。”

正勋笑得神采飞扬，开始给多真回短信。

一条短信就让正勋如沐春风。果然，只有多真一个人才能抹去正勋的寂寥落寞，秀英心中一片凄凉。

“咦？多真说现在要和我见面。”

“哦，是吗？”

“嗯，我出去一趟。”

“嗯，再见，然后你直接回家吗？”

“嗯，晚安，明天见！谢谢你陪我玩，老友！”

秀英控制着情绪，真想对正勋说不要走。

“如果我说想让你再陪陪我，你会怎么回答呢？可能会非常尴尬地道歉吧？你就绝对不会选择我吗？”

秀英一边在心里胡思乱想，一边送走了正勋。

曾经以为不停控制的负面情绪，总会有彻底消失的一天。但是，再怎么拼命，再怎么努力，一点儿用也没有。

看到正勋对多真痴心一片，深深爱意表露无遗，秀英更加无法自拔。

“正勋，怎么办？我，实在是太喜欢你，真的控制不住我的心了。”

学校前边黑黑的街道上，依稀可见多真的身影。模模糊糊的高挑身影哪怕离得再远，也能一眼认出，早已清晰地刻入了心间。

多真静静站立的身影像一幅画，路灯投射下来的灯光更增添了一份梦幻的气息。

耀眼夺目的美丽让正勋停下脚步，远远望着她。

多真的两只手规规矩矩放在身前，一动也不动，光是看着这幅美景，正勋就傻傻地笑了起来。

“多真！”

正勋挥着手跑过去，多真慢慢地抬起头看着正勋。

洋娃娃般精致的小脸上一如既往地没有任何表情，倒也不觉得有什么异样。

正勋的大脑里满是喜悦：“多真终于主动联系我要见面了！”

“嗨！我来了，正想着给你打个电话，你的短信就来了，看来我们心有灵犀哈。”

“正勋。”多真的声音透着一丝异样。

正勋激动的心情瞬间冷却，看着多真的眼睛，不安的感觉越来越强，有些不妙。

多真空灵的眼眸中写进了伤悲与痛苦。正勋觉察到这种情绪，有如晴天霹雳一般。

多真要和自己说分手!

怦，怦，怦。

自己的一颗真心如遭频频雷击，破裂遍地。

心要回到原处啊，赶紧抓住它，装回到胸口才行。但是，正勋丝毫动弹不得，只能紧握双拳，傻傻地站在原地，看着多真一步步向自己走来。

“正勋。”

“……”

本想答应一声，却说不出话来。

咕咚，咕咚。

只有唾液下咽的声音。

“我们……”

“多真!”正勋高声呼喊多真的名字。

“多真！我们圣诞节怎么过？我发现了一家很棒的西餐厅，用很多洋娃娃做装饰，特别漂亮，简直就是少女的最爱。我们一起去照张相吧，他们在举行最佳情侣的圣诞节庆祝活动，夺冠的话可以穿婚纱拍照，还免费提供晚餐！我们一定会被评为最佳情侣的。”

多真要说的事情，正勋不想听，就故意叽叽喳喳自顾自说了起来，自己都没有意识到自己在说什么。

多真用一种难过的眼神望着正勋，眼泪马上就要喷涌而出。

正勋很想看到多真的表情，期盼着多真的眼睛中饱含感情。可是，不是这种方式啊！他绝不想看到现在这样噙满了伤悲的双眸。

“吃完晚饭，我们坐夜车去正东津，我来订票，不知道现在买票还有没有，万一不成就坐汽车去好了，大巴每小时发一班。我们就坐大巴去正东津看看冬天的大海吧，大概日出的时候就到了，刚好可以欣赏圣诞日出，再在海边买碗即食面吃。”

“正……正勋……”

“一边吹着冰冷的海风，一边吃碗面，哈哈，估计会很好吃吧？不过，吃完面手是不是也要冻上了？那我们就手牵着手在附近转转，然后去咖啡馆里坐着打发时间吧，聊聊天，看看窗外的大海，到了发车时间就坐大巴回首尔。怎么样？多真，就这么定了吧。”

正勋仿佛在苦苦哀求。

自己越说，多真的表情越难看，正勋却不得不一直说下去。他怕自己一旦停下来，就会听到多真说出自己最怕的事情。

正勋跟多真讲了圣诞节计划，还有新年计划，接着是寒假计划，以及以后的计划；而多真只是双手交叠在身前，一动不动地听着正勋的一个接一个计划。

“好好想一想，还有什么？还有什么啊？”

正勋再也想不出还有什么可以说，狠狠抓着头，突然想到了一件事。

“等我们结婚……”

“正勋，好了！”多真打断了正勋的话，干净利落。

“不要再说了。”

多真眼中的感情消失了。

“多真。”

“不，不要再说了，对不起，我不能和你结婚，你也知道的。”

“不，我不知道，我想和你结婚，当然……”

“不，对不起。”

“多真。”

“不要再说了。”

“……”

“正勋，我们分手吧。”

“砰”的一声，正勋即便早有思想准备，亲耳听到宣判的那一刻，天仿佛塌了下来，山崩地裂，粉身碎骨。

所有的一切都消失了。

眼前一片漆黑，什么都看不到了，只看得见多真。分手宣言传来的时刻，多真仍然是自己唯一的光明。

“为什么？”

不是没有想过与多真有一天会分手。他曾经对自己说，假如多真提出分手，自己会不问缘由地答应，倘若追问原因，多真可能会为难。

然而，真遇到这种情况时他却做不到。

“不需要理由。”多真冷冷地答道。

多真的话没错，都到了要分手的时候，就算知道理由，结局也不会有所不同。

也许，自己应该挽留补救，但此刻多真坚定的神色和冷漠的目光却传递出一种讯号：“挽留也没有用，我们分手分定了。”

只是很想知道为什么。

正勋知道多真不爱自己，但一直以为多真或多或少还是对自己有好感的。怎么会突然提出分手呢？没有吵架，也没有发生什么不愉快。

“我想知道。”

“我不想说。”

“你有喜欢的人了吗？”

正勋的傲气上来了，多真琉璃般的眼眸中闪现出一丝细微的波动。

人真是奇怪啊，为什么非要自己把自己折磨得那么凄惨？如果正勋一言不发地回去，心就不会像现在这样撕裂般疼痛。

为什么总是一边认为自己并不想知道，一边又不停地追问为什么。

“是不是这样？你有了喜欢的人？”

多真的眼神又回到了最初。

“嗯。”

怦，怦，怦。

曾经以为心脏已经跌到了谷底，现在却坠落得更深，呼吸停止了。

“是谁？”

“这个需要告诉你吗？”

“是我认识的人？”

“这个也要告诉你吗？”

“是谁？我想知道。”

“为什么？”

“我当然要知道。”

“凭什么当然？”多真平静地问正勋。

心口很痛，望着正勋痛苦挣扎的眼神，多真感到力不从心。倘若可以逃走，恨不得拔腿就跑。

真希望正勋什么也别问，是自己自私了。正勋问了，问为什么。

多真不想回答，却在突如其来的问题前暴露了自己的感情。

“是不是有了喜欢的人？”

正勋的问话中充满了好奇、痛苦与指责，自己虽然没有回答，但正勋似乎已经察觉到了什么。

他问是谁了，自己又该如何回答？

是你的朋友，你最好的朋友姜仁赫，我看到他的第一眼就爱上了他，所以现在我的世界中只有他。一定要这么说吗？你向我抛出这个问题，就是为了听到这个答案吗？

和正勋分手，远比想象中痛苦和艰难，这份感情压抑得太辛苦。

很想哭，可自己背叛了正勋，怎么能在他的面前流下眼泪呢？

好不容易，好不容易忍住眼泪，假装不在乎，装扮成一个这种时候也没有感情的冷血女人，可正勋还是不死心。

真想赶紧离开这里，大哭一场，在没人看到的地方放声大哭。

“虽然你不爱我……我们也总算是交往过，现在你突然提出分手，对方难道不能问问原因吗？”

“嗯，对，你的话没错，可我没法回答你，我爱的人是姜仁赫，这种话我决计说不出口。我会放在心里，这份爱，我会深藏心间，不会告诉任何人，安安静静地让它慢慢消失，绝对不会流露出来。”多真心里说。

“我想知道，告诉我，你爱上的人，是谁？”

“我不想说。”

“为什么？难道你爱上了不该爱的人吗？”

“不是，我不想扯上关系。”

"和谁？难道和我？"正勋一脸苦笑。

多真摇了摇头："不是，是和那个人。"

答案出人意料，正勋瞪大了双眼。这副吃惊的表情，仿佛回到了平安无事交往的日子。

"为什么？你不是和我分手，选择了他吗？"

"不，我谁都不会选。和你分手，是因为我爱上了别人，却和你交往，感觉对不起你而已。我想，你也不愿意找一个爱着别人的女生做女朋友吧。"

"那也没关系！"

"什么？"

"没关系，就……留在我身边就好，哪怕爱着别人，只要能留在我身边……"

"正勋，不要再说了，你现在是要在我面前把自己贬得一文不值吗？"

"不是，我没关系的……"

"我有关系，我……不想再继续堕落下去，现在的我已经非常不堪，所以不要再说了，不要让我更加看不起自己。"

正勋沉默不语。

寂寥的沉默重重压在肩上，多真静静地凝视着正勋，希望听到他的回答，关于分手的回答，说"嗯"的回答。

正勋不但没有回答，反而问起了多真。

"我们……还可以做朋友吧？"

"我们还可以吗？"

其实，多真心里有这份期待。

希望分手之后还能和正勋继续做朋友，真是自私。不过多真也很清楚，只要正勋仍然爱着自己，就不可能保持朋友关系。

掩饰起感情做朋友，心会痛，会愧疚，这要比断绝来往更加辛苦。

“嗯，就算是朋友吧，我想陪在你身边。”

但是，正勋却说他愿意做这么辛苦的事情。

“反正我们念的是同一所学校，没法一直不见面，还有，我……见不到你的话，我会饿死的，没准儿会变成木乃伊。”

这个时候，正勋还在想着哄多真开心，这让多真既感激又愧疚。

“所以，我们就做朋友吧，让我陪在你身边。”正勋一字一顿，艰难地说道。

多真无法拒绝。

刚才勉力坚持着和苦苦哀求的正勋分手已经耗光了她所有的力气，现在再推开正勋，正勋和自己一定都会崩溃。

于是，多真慢慢地点了点头。

“嗯，好，我们，就做朋友吧。”

“欢迎光……啊，多真啊。”

收银台里捧着教科书在看的智熙下意识地问好，发现是多真，露出了微笑。看到智熙的笑容，多真多少减轻了些痛苦。

多真也想对着智熙送上一个微笑，却怎么也笑不出来，也就不再勉强，转身走到冰淇淋区拿了两个甜筒。冰冷的触感传到指尖，切实感觉到自己还活着。

和正勋提分手心很痛，却没想到会这么痛。多真紧咬双唇，不让自己哭出来。

多真结账买下两个甜筒，其中一个递给智熙，然后轻车熟路地绕过收银台，走到智熙身旁蹲坐下来。

和便利店老板混熟了，老板并不反感多真经常过来玩或者坐在收银台旁边。多真来了以后，男顾客数量反倒有所增加，所以老板也很欢迎多真。

“在学习？”

“嗯，要考试了。这么晚，你一个人去哪儿才回来？”

“没去哪儿。”

“哼。”智熙见多真不愿意说，就耸了耸肩膀，一屁股靠在柜台上吃起了甜筒。

刚吃完甜筒，有顾客过来结账。

顾客走后，多真开口说道：“我和正勋分手了。”

“嗯。”

“你倒是不吃惊啊。”

“嗯，因为我觉得你们早晚得分。”

“为什么？”

“你们都交往这么长时间了，你却更喜欢和我在一起，而不是正勋。”

“有吗？”多真低声笑着。

又有一名顾客过来，打断了谈话。顾客一走，智熙就蹲坐到了多真旁边。

“需要安慰吗？”

“嗯。”

“要哪一种好呢？冷静版，还是温情版？”

“就不能既冷静又温情吗？”

“这个有难度，我又不是编剧。”

“那两个都要吧。”

“你还真贪心，先来哪一个？”

"温情版吧。"

"好吧。分得好，有相遇就有分离，我们年龄还很小对不对？这个年纪谈情说爱也不一定会结婚，青涩稚嫩时的相遇，也许已经注定了分手。有太多人在我们这个年纪经历了初恋，然后又痛苦地分手，最后遇到另一个人，过得比以往更加幸福。痛苦很快就会散去，人是一种善于遗忘的动物，永远埋在心里伤心难过的是怪胎。所以，你用不着觉得自己对不起谁，也不需要怨恨谁。"

"你练过吗？"

"嗯，不错吧？"

"简直了。"

"嘿嘿。"

多真双手抱膝，下巴抵在撑起的膝盖上望着智熙。

"现在该冷静版了。"

"分得好。"

"这就完了？"

"要更冷静的？"

"嗯，要让我的心碎成粉末。"

"好吧，为了李正勋好，你真的应该这么做。你不爱李正勋，而李正勋是值得拥有爱情的男生，善良、细心、体贴、热情。你和他交往了这么久，享受着他对你的深情爱恋，你却无法爱上他，这样的话为了他好，分手是正确的。当然，李正勋现在一定非常难过，说不定会难过好几个月。可是，等他遇到一个非常非常爱他，他也深爱的女孩子时，他会忘记曾经和你交往过。总之，他会忘记你这个人，他人那么好，一定会遇到特别好的女孩子。"

智熙紧紧地盯着多真，接着说道："为了李正勋好，你做了一个非常正确的选择。”

咚。温热的液体滴落到手背上。

漏水了吗？

多真抬起头，天花板好好的。

“好了，想哭就哭出来吧。”

听到智熙的声音，多真才意识到自己已经泪流满面。

“尽情哭吧，我陪着你。”

“什么嘛。”

多真挤出个微笑，却是个怪异扭曲的笑容，眼泪止不住地往下落。智熙抱着多真的肩膀，把她搂在自己怀里，动作轻柔温暖，智熙的肩膀结实沉稳。

多真靠在智熙肩上，闭上眼睛喃喃自语。

“什么嘛，真是的，这明明是超级……温情版啊。”

# 10

仁赫躺在酒店里，想起了多真。

今天白天刚刚见过多真，一会儿工夫又开始想念。

“该死。”也不知道这是骂的第几次了，占据了整个胸口的郁闷还是没有消失。

“要不喝点酒？”

仁赫不怎么喝酒，心烦的时候偶尔喝一点，他总是孤苦伶仃一个人。

他不明白为什么有人会开开心心地喝酒，酒那么苦，喝下去心里也是苦的，怎么还能边笑边喝酒呢？

酒店冰箱里放着几种酒，价格昂贵，但无所谓了，钱多的是。

正在选酒，手机响了，是正勋打来的。下意识地看了眼时间，已经是夜里两点了。

正勋没有深更半夜打电话的习惯，仁赫不由得心顿时一沉，一定是出什么事了。

“喂？正勋？”

“……”

没有动静，仁赫不安的感觉更加强烈了。

“正勋！”

呜……呜呜……

电话那边传来隐隐约约的呻吟声，不，应该是哽咽的声音。

“正勋，你出什么事了？怎么会这样？”

“仁赫……”

“我在，你说。”

“……”

听筒里又没有动静了。

仁赫在电话里听到了短暂的啜泣与哽咽的声音，即使不是面对面，也想象得到正勋脸上痛苦的表情。仁赫的心被揪了起来。

“我……”

“嗯。”

“分手了。”

咣当，天塌了的声音，仁赫不由自主地抬头看了看天花板，天花板没有任何问题，看来崩塌的是自己的内心。

他曾嫉妒正勋。

正勋可以尽情地牵起多真的手，可以和多真佩戴同一款对戒，可以告诉别人多真是他的女朋友。仁赫妒忌正勋。

但是，仁赫从来没有想过正勋和多真分手，他知道一旦分手，正勋的灵魂将变得千疮百孔，干涸则枯，所以并不希望他们分开。

仁赫认为，自己能在一旁偶尔见到多真的脸庞就好。

“你在哪儿？”

没有回答。

“我问你在哪儿呢，李正勋。”

“学校……我在学……学校……”

正勋断断续续地回答，字与字之间传出的啜泣声刺痛了仁赫。

“你在那儿等着，别挂电话。”

仁赫把电话放在耳边，同时迅速披上外衣，匆匆忙忙地，连裤子穿反了都不知道，临出门前才发现，赶忙脱下来重新套上。

沉默的电话另一端偶尔传来哭泣声，像是在告诉仁赫电话没有挂断。

仁赫急匆匆地打了辆车，不停地催促司机。幸好是大半夜，路上没什么车，不到二十分钟就开到了学校附近的马路上。

仁赫走进通往学校的小巷子，看到了一个蜷缩着坐在校门口的身影，样子十分可怜，仁赫加快了脚步。

“正勋。”

一直到走到正勋面前，仁赫才挂断电话。正勋慢慢抬起头，不知道哭了多久，眼睛都肿了，鼻头也红了。

正勋就像被遗弃的小狗，眼里一片凄凉，他抬头望着仁赫，突然抱住仁赫，“哇”的一声大哭起来。仁赫紧紧拥抱正勋，轻轻拍着他的后背。

“我……爱……有……”

话里掺杂着哭声，听不清正勋说的是什么。

“那……说……我……但……没……”

“好了，好了。”

仁赫虽然听不懂正勋在说什么，但还是假装听明白了似的，不停安慰正勋说没关系。

“真是个废物，什么没关系，你这个该死的伪君子。”仁赫在心里骂着自己。

他讨厌虚伪的自己。

泪水止不住地流下来，触及到的地方慢慢融化了，就好像喝过圣水的吸血鬼灰飞烟灭一样。

胸口如火烧一般，仁赫真想抓住正勋大哭一场。

正勋哭了好一会儿才止住眼泪，抽泣着松开仁赫，跌坐到地上。

仁赫也坐到地上，交叉着腿，望着正勋。

正勋眯起红肿的眼睛，嘻嘻笑了起来，露出一个忧伤的微笑。

“起码……有过来陪我的朋友……真好。”

“不要觉得我好，我是爱上了你女朋友的疯子。”仁赫在心里说。

“我还算个男子汉吧。”正勋揉了揉干涩的双眼，“男儿有泪不轻弹，所以，我不能和秀英说……要一个人哭，一个人哭完了再回去，本来是这么打算的，可是……这……”

正勋揉着眼睛的手落到了胸口上，紧紧攥住自己的胸口。

“这里好像真的被撕裂了一样，再怎么哭……这里还在继续撕扯，好像全被撕开了……现在已经撕成碎片了……没有可以撕的地方了……为什么还是撕痛……”

“……”

“为什么……这里一直在痛……越来越痛？”

“……”

“所以，我需要找个人……需要一个懂得这种撕裂痛苦的人……”

“好。”

“呜……呜……奇怪啊，我不哭了……不流眼泪了……怎么还一直是哭声？”

“……”

“仁赫，我……该怎么办啊？我，没有多真我该怎么活啊？”

“你能活下去的。”仁赫很生气。

虽然自己爱多真，但多真应该爱正勋才是。即使自己心中满是孤独，心脏被撕扯得四分五裂，多真也应该爱正勋才对。这样，正勋才能一直保持微笑。可是多真和正勋分手了，应该是多真提出来的。

仁赫有多爱多真，就有多恨她。

“你可以活下去！天涯何处无芳草？比她漂亮的，比她脾气好的，遍地都是。只要你露出一个微笑，从你身边走过的女孩子都要晕倒一大片，还有什么问题？”

“问题是，这些女生都不是多真。”

“……”

“那些女生不是多真，怎么会没有问题？”

“过段时间就……”

“不要告诉我慢慢会好起来，不会好的，心会一直撕痛，会在这里一遍遍撕扯，我可能就那么死了。”

“……”

“我很讨厌自己。”

“你到底怎么了？你什么也没有做错。”

“不是。”正勋轻轻摇了摇头。

“我错了，仁赫，我知道多真不爱我，我知道多真外表看起来很冷漠，其实特别可怜，特别孤独，她很期待能爱上一个人。我希望那个人是我，曾经想过即使那个人不是我，也希望她爱上一个人后能减轻内心的孤独，这样我就可以真心祝福多真，虽然难过，但也会为她的幸福而祈祷。”

“……”

“可是，不是这样。”

“……”

正勋的眼中渗出丝丝寒意。

这不是自己认识的那个正勋。那个纯洁开朗的正勋不见了。亮得刺眼的眼中只有暗潮涌动的黑暗，令人不寒而栗。

仁赫简直不敢相信，正勋会变成这个样子。

“正勋……”

“没有就好了。”

“什么？”正勋放下了手，放到地上的手紧紧攥起，自言自语似的说道。

“真希望多真爱上的那个男人从世界上永远消失，这才是我的真心话。”

“……”

这一次冲击更大。多真爱上了别人？仁赫简直无法相信。他不知道该说些什么，紧紧咬住了嘴唇。

与好友的痛苦相比，自己听到多真爱上别人的消息反而更加激动，仁赫对自己的态度感到恶心作呕。

仁赫强忍住恶心的感觉，正勋看着他笑了起来。哦，还是原来的正勋。

“看看，我自己真的很讨厌吧？”

“不是。”

“……”

仁赫伸出手，握住了正勋垂在地上的拳头。正勋蜷缩着，浑身颤抖。

“正常的。”仁赫望着正勋，轻轻地说，“这么想是正常的。”

天空万里无云，和灰暗的心情形成了鲜明对比，直到昨天还像马上下雪似的阴云已经消失得无影无踪。

温暖的阳光穿过冰冷的空气直射地面，亮得耀眼，伸开手遮住额头，仍然难以睁开眼睛。

到了后天，就必须把房子腾出来了。

这段时间期末考试，没有时间搬家……其实，这只不过是自己找的借口。

多真在这里住了不到一年，却留下了许许多多一生都写不完的美好回忆，真想继续住在这里，哪怕一天也好。

十二月已经正式步入了冬季，初冬的寒风刺骨，也许是心里空荡荡的，更觉得天气寒冷吧。

多真身上穿着厚厚的粉红色羽绒服，她把拉链拉到头，又把手揣进兜里。

戴手套出来就好了，假如知道会这么冻手。

多真突然想起来，和正勋的情侣对戒还没有摘下去，分手那天正勋忧伤的眼神深深刺进了多真的心口，都忘了把戒指还给他。

学校里，正勋若无其事地和多真打招呼，可多真对着正勋怎么也笑不出来。

估计秀英还不知道正勋和多真分手的消息，这让多真有些意外，本以为正勋会第一个告诉秀英。可能正勋有自己的打算，所以多真也没有特意去和秀英讲分手的事情。又不是什么好事，没必要四处宣扬，过段时间，大家自然都会知道。

来到中介公司，多真看到了一个熟悉的背影。

仁赫正坐在中介公司温暖的沙发上，听到多真进门的声音，抬起了头。

四目相对的瞬间，多真觉得自己真的好想他。

仁赫知道吗？自己已经和正勋分手了。

“嗨。”仁赫还和平日一样。

“你好。”多真柔声问好，想坐到仁赫对面的位子上。

这时，中介大叔从洗手间出来了。

“哎哟，学生来了？来，来，坐这边。”

大叔边说边指着仁赫身旁的座位让多真坐，多真迟疑了一下，仁赫马上挪了挪身子。

“坐吧。”

多真坐到了仁赫旁边。怦，怦，怦……她生怕仁赫听见自己心跳的声音。

中介大叔滔滔不绝地说着房子的这个那个，多真一句也没听进去。她所有的神经全集中到了旁边坐着的仁赫身上，他一个细小的动作也会让自己心中一颤。

“那你们什么时候搬家？”可能是大叔一下子租出去两套房子，心情很好，脸上堆满了微笑。

仁赫说今天，多真说明天，他俩几乎是异口同声。

仁赫望着多真：“你明天吧？”

“嗯。”多真点点头。

和中介大叔又聊了一会儿，离开了中介公司，仁赫很自然地走在多真的身旁。

“你家在那个方向。”

“嗯，是的。”

“那你为什么往这边走？”

“我要知道你家在哪儿。”

“嗯？”

“这样明天才能帮你搬家啊。”仁赫回答得理直气壮。

多真停下脚步，仁赫也跟着站住。

多真转过身子，正对着仁赫，仁赫一副不明所以的表情。

“为什么帮我？”

“还有人帮你吗？”

“我会找搬家公司。”

“那也需要有人帮忙，你一个人能全都搞定吗？”

“我已经和正勋分手了。”

“我知道。”

看起来正勋告诉过仁赫了，没错，他们俩是亲密无间的好兄弟啊。

“那你现在没有理由对我这么好了，你不是说过，你之所以帮我，是因为我是你好友的女朋友吗？”

“你现在不是正勋的朋友了吗？”

“……”

“正勋的朋友，就是我的朋友。”

仁赫脸上曾经闪现的嘲笑似乎又出现了，虽然随即消失不见。

“朋友要搬家，哪能那么不仗义，假装不知道日子呢？”

“你随意吧。”

多真心里一直记着那个短暂出现的嘲讽笑容，既像是冲着多真，又像是冲着他自己。

仁赫皱起了眉头，好像不大满意多真的回答。

多真视线勉强离开他的脸庞，继续向前走。

“我家就住这儿。”多真站在门前说。

“房子不错，从这种地方搬到那边的房子里，能习惯吗？”

“蜗居地下室我也能住。”

“为什么要分手？”

多真最不想听到这个问题。仁赫问得太过突然，她一时间有些不知所措。

仁赫一只手伸进口袋紧握成拳，等待多真的答案。

“我需要对你说原因吗？”

“这是我好朋友的事情。”

“你刚刚还说，我也是你的朋友。”

“可是，对我来说，李正勋更加重要。”

明知故问，但亲耳听到他这么说，心里还是痛得厉害。

“那你怎么不问李正勋？”

“我真弄不明白。”仁赫低沉的嗓音中透着愤怒。

“李正勋人很好，坦白说，他比你这种人好太多了，你到底有什么了不起的，凭什么甩了正勋？”

仁赫低声咆哮，多真备感受伤，却没有表现出来，只是静静地注视着仁赫。

“对，没错，他比我这种人好太多了。”

“那你到底是为了什么？”

“我爱上别人了。”

难道是自己的错觉，仁赫的眼中似乎有些挣扎。

仁赫沉默了一会儿，多真平静地等他开口。过了好一会儿，仁赫煞费力气地开口问道：“谁？”

“你。”真想这么告诉他，“我爱上你了，仁赫，我对你一见钟情，所以没法待在正勋身边了。睁眼闭眼间全是你的身影，此时此刻和你面对面依然如此，你让我怎么能继续留在正勋身边呢？我还怎么去接受正勋的爱？”

险些脱口而出，多真好不容易又咽了回去。

“我告诉你，你认识人家吗？”

“也是，没错。”

仁赫挤出一个难看的笑容。

“反正我也不认识。”

“……”

“进去吧。”

“嗯。”多真头也不回地进了家门。

多真能感觉到仁赫的目光，火热的视线落在自己背上，让人难以承受。

他为什么总用那种眼神看着我？热情无限，又充满憎恶。所以才会是那种像要把多真撕成碎片的目光？

仁赫知道多真是爱上了别人，才和正勋提出分手的，这一点已经从正勋那里听说了。

然而，他还是想听多真亲口承认，所以傻傻地问了那个问题，明知多真没有义务回答自己。

也许，内心深处的一个角落藏着私心，希望多真爱上的那个人是自己，世界上还有比这更卑鄙的想法吗？

仁赫一动不动地站在原地，眼前紧闭的房门像是提醒着他与多真之间的距离。他自己都没有意识到心中的渴望，有多希望这扇门能够开启。

可是，已经关上的门就不会再打开，再过几个小时也是一样。

仁赫并不知道。

门的另一边，多真倚在门上跌坐在地，闭上了眼睛，感受着门外仁赫的一举一动，倾听着他的呼吸，抚慰自己受伤的心灵。

搬家这天正好是考试第一天，因为考试日可以比平时早离开学校，有更充裕的时间来搬家。

同学们在教室里临时抱佛脚，比平时安静了不少，但也有几个同学已经放弃了，自顾自去聊天。

聚在后排叽叽喳喳的几个学生明显对多真带有敌意，多真从后门刚走进来，他们就不怀好意地怒视着多真。

多真自然感觉到了他们的目光，但压根儿没搭理。

“见到别人也不知道打招呼。”

“没见着她斜眼瞥我们吗？根本就是仗着那张脸，谁都不放在眼里吧？”

“哎，真倒霉，怎么偏偏和这种人分在一个班啊？干脆转学算了。”

平时与多真关系不错的正勋、秀英、智熙都不在教室，这几个女生如鱼得水般数落侮辱起了多真。其他正在用功的学生虽然不满，但也没有站出来帮多真的意思。

大部分同学都不喜欢多真，鉴于秀英和正勋的关系，他们也只是和多真保持在打招呼的程度上。

冰冷的敌意，残酷的漠视。

多真更熟悉这些，就像回到了原来的座位一样，反而觉得更自在。

嘎吱一声，教室的门开了，智熙走进来。智熙一出现，那些指向多真的责难就像约好了似的，全都听不见了，嘲笑声也没有了。

智熙看起来十分疲惫，一会儿要参加考试，所以她没有像平时那样趴在桌上睡觉，而是掏出书来复习。

“什么时候搬家？”

“今天。”

“要帮忙吗？”

“不用，没关系。”

“真的？”

“嗯，你要看书复习呢。”

其实，多真心里琢磨的是仁赫，一想到那天他脸上露出的扭曲笑容，心里就很不舒服，不明白为什么仁赫会露出那种微笑。

不知道仁赫今天会不会过来帮忙搬家，万一仁赫过来，自己怕是会在他面前控制不住情绪。多真不想让智熙看到这些，因为智熙比任何人都会察言观色。

快到考试时间，正勋和秀英才赶到教室，两个人都是跑着来的，气喘吁吁。

“都怪正勋睡懒觉！”秀英嘟嘟囔囔的。

“我昨晚不是复习睡得晚吗。”

“别逗了，你是打游戏打到半夜好不好。你老妈说的！”

“哎哟，我是学习学累了，才玩那么一小会儿嘛。”

秀英大可不必等正勋，完全可以自己一个人先来学校。可她一直等着正勋，然后一路同行，现在又说正勋找借口。

教室里的女生们都羡慕地望着秀英。也许，她们心中都希望自己也能像秀英一样，每天和正勋一起上学。

考试一结束，多真匆匆忙忙收拾东西准备回家，正勋走了过来。

“中午一起吃饭吧。”

刚把书包背到肩上的智熙意外地看着多真，正勋竟然不知道多真今天搬家。

“抱歉，我今天有事。”

“哦，好吧。”正勋露出个苦笑。

“啊，那个……”

多真想起了戒指。她已经把戒指摘下来放进了书包里，本想还给他，却看到秀英走到了正勋身后。于是，多真把提在手上的书包背到了肩上。

还是等秀英不在的时候，再把戒指还给正勋吧，看样子正勋还没告诉秀英分手的事情。

“那我先走了。”

“一起走吧。”智熙跟了上来说。

“你没告诉正勋要搬家？”

“嗯。”

“为什么？”

“没有为什么。”

“哼。”

“我想和他保持一定的距离。”

“因为已经分手了？”

“嗯。”

“你还真是奇怪。”

“什么？”

“最近你有点奇怪哦。”

“我本来就这样。”

“不是，你和正勋交往的时候，开朗了许多。”

“那不是因为和正勋交往，而是因为你。”

“那现在文智熙效应消失了吗？”

“不，这倒不是，只是我……没法再面对正勋。”

“……”

“从一开始就不该和别人太亲近，对不对？”

“怕伤害彼此？”

“嗯，如果我不接受正勋的爱，正勋就不会像现在这样受伤，他也不会心里难过。虽然他笑得若无其事，可我能从他的眼睛里看到忧伤……我觉得自己真的错了。”

“正因为你接受了正勋，他才能短暂地享受爱的时光，和自己心爱的人手牵手，戴上情侣对戒，告诉别人，这是我的女朋友。”

“……”

“人与人之间的关系不可能一直好下去，一个特别特别幸福的人也会因为一件很小的事受伤难过，可我们不还是应该抱着小小的希望，希望关系会维持下去，继续和别人交往吗？”

过了好一会儿，多真才说了一句。

“我也不知道。”

“嗯，好吧。”

智熙露出了温柔的笑容。

“没关系的，我走了哈。”

“嗯，谢谢你。”

智熙和多真道别后，朝孤儿院走去。

智熙心里一直想着多真今天搬家不找自己帮忙的事情，多真好像不希望自己今天过去，不是因为不需要智熙帮忙，而是似乎需要别的什么，所以智熙也不能执意跟过去帮忙。

多真和正勋分手之前，智熙就感觉到了多真的变化，眼眸里涌现出深深的孤独与渴望。不过，智熙判断不出来这是好事还是坏事。

多真开始渴望某种东西固然是好事，但……

“智熙。”

“咦？叔叔。”

看到孤儿院门前出现的那张开心的笑脸，智熙不由自主笑了出来，加快了脚步。

“你怎么来了？”

“听说你最近要考试？来给你送幸运麦芽糖。”

“哈哈哈，那是要高考时才送的啊。”

智熙一边纠正，一边接过晟民送的长条麦芽糖。麦芽糖中间装饰着一个粉红色的蝴蝶结，可能是晟民觉得只送一根麦芽糖拿不出手才打了包装吧，智熙能体会到晟民的用心。

“又要打工，又要学习，一定很辛苦。”

“已经习惯了，现在。”

“有没有什么需要的？”

“哦，没有。你找到妹妹了吗？”

“嗯。”晟民苦笑连连，嘴上说找到了妹妹，脸上完全不是喜悦的表情。

“发生什么事情了吗？”

“没有。”

“那怎么这副表情？”

“我的表情怎么了？是不是很男人，很性感？”

“少来，怎么看都是叔叔。”

“我还不到三十呢，走到哪儿别人都说我是刚毕业的大学生。”

“是就好了。”智熙说着把麦芽糖掰成两半，递给晟民一半。

两个人坐在孤儿院门前的台阶上，把麦芽糖放进口中，甜蜜的味道弥漫整个口腔。

“其实，我已经找到妹妹很长时间了，可我妹妹并不知道我已经找到了她。”

“没见面？”

“嗯。”

“为什么？”

“我怕。”

“怕什么?”

“我怕吓跑了妹妹，怕看到人性丑陋的一面。”

“你担心妹妹不成器?”

“不，不是这个妹妹。”

“那……是亲妹妹?”

“嗯。”晟民捏着麦芽糖。

“妹妹失踪的事情和亲妹妹有关系?”

“可能……好像是。”

“所以你想逃避?”

“嗯，我是个胆小鬼。”

晟民的眼中闪过一抹凄凉。

智熙多少可以理解晟民的心情，亲妹妹和同父异母的妹妹，手心手背都是肉。

“有没有和亲妹妹谈过?”

“没有。”

“看来，亲妹妹也知道还有一个妹妹了。”

“也许吧。”

“亲妹妹应该是大受刺激了。”

“嗯。”

“一定很恼火吧?”

“估计是。”

“所以就去找另一个妹妹，惹出了什么事?”

“我也这么想。”

“你已经知道了吧，亲妹妹做了些什么。”

晟民转头望着智熙。他脸上的表情像是马上就要哭出来了，智熙下意识地把手伸向晟民的脸庞，就在快要触及到的时候又收了回去。她有强烈的预感，不可以抚摸晟民。

“我的亲妹妹找到了另一个妹妹，让她远离我们家人，作为交换，给她买了一处房子。”

“原来如此。”

“可以握住……我的手吗？”

晟民伸出手，智熙犹豫不决，如果与晟民有了身体上的接触，似乎什么东西就要被毁掉了，理智告诉她不能这么做。

不行，不行，不行！可是，她真的想握住晟民的手。

耳边传来了甜美的诱惑声音。

其实很想握住那只温暖的手，不是从很久以前就想这么做了吗？为何不敢，是因为怕他心里的想法和你心里想的不一样，才不敢去握住他的手，不是吗？

不是这样的。智熙在内心的辩解越来越苍白，诱惑的声音也越来越大。

握住吧，你告诉多真要好好把握，自己却要逃避吗？那你还怎么和多真讲那么多大道理？

不一样，我的情况不同。

握住吧，就算有所改变，也是握住以后的事情，现在就按照自己的心意去做吧。

大而修长的手还停留在智熙面前，智熙伸出颤抖的手，指尖碰到了晟民的手。智熙紧紧闭上双眼，因为现在和晟民面对面，自己不敢去看晟民的面庞。

智熙感觉到晟民的手包裹住了自己的手，比想象中更加温暖。

两个人很长时间都没有说话，沉默地静静坐在那里，彼此感知对方的存在。

智熙小心翼翼地睁开眼睛，吓了一跳，晟民的眼睛离自己很近，正目不转睛地盯着自己。

“你……你干吗?”智熙的嗓音颤抖着。

晟民扑哧一笑：“有人说，女人闭上眼睛，男人就会有想去吻她的冲动。”

“花花公子。”

“哈哈。”晟民笑得很落寞，不过没有松开智熙的手。

“对了，我想了想……觉得逃避其实意味着希望抓住什么。”智熙说道。

“想要抓住?”

“嗯，我想她逃避是希望有人能抓住自己的手，哥哥的妹妹跑开了一次又一次……其实不就是希望有人能紧紧抓住她的手吗?”

“是吗?”

“嗯，我这么觉得，她应该很需要你这个哥哥。”

“……”

“抓住她吧，你的另一个妹妹，抓住这个妹妹并不代表要舍弃亲妹妹啊。”

“嗯。”晟民点了点头，脸上不带一丝笑容。

# 11

“你来了？”仁赫倚在墙上望着多真问。

“嗯，来了。你也来了？”

“我不是说了过来帮忙吗。”

仁赫穿了一身方便搬运行李的运动装，藏青色的运动装搭配黑色外套，十分帅气。

“搬家公司什么时候到？”

“马上。”

“好，行李都收拾好了？”

“嗯。”

“是你拿出来，还是我进去搬？”

“你进来吧。”

咔哒，咔哒。多真开门的手颤抖不已，钥匙差点掉了，仁赫好像没有注意到。

进入房内，收拾好行李的宽敞房间显得无比凄凉，仁赫的存在却仿佛填满了整个屋子，还有，多真的心。

要搬走的行李并不多。

没几件家具，把书桌、床、冰箱、电脑、书柜之类的搬走就差不多了，衣服和生活用品单独打了包。

“要搬的东西不多啊。”

多真指了指装着教科书的大包。

“房子挺大，没怎么装修。”

“嗯，反正没有人来。”

仁赫往客厅一角随便一坐，多真也找了个地儿坐下来。

谁都没有说话，气氛有些尴尬，但时间真的过得很快，即使不说话地坐着也好，真希望一直这么下去。

叮咚。

搬家公司来了，多真连忙站起来，仁赫却快一步起身，按了对讲机。

“对，请进。喂，你坐着别动。”

仁赫一边开门一边对多真说。多真半站不站地弓着腰，注视着仁赫。

“你不是要考试吗，一会儿搬完了行李还要整理收拾，你还有体力吗？看着瘦巴巴的，你现在就休息会儿吧，这儿交给我就行了。”

“可搬家的人是……”

“喂，真是的，你就不能不一句一句、没完没了地顶嘴吗？”

“好吧。”

既然他这么坚持，没必要非拦着他。事实上，多真非常疲惫，搬家、考试、正勋、秀英、仁赫……这些让她连续几天晚上没睡好觉。

多真找了一个不会影响他们的地方，背靠着墙闭上了眼睛。

原本以为仁赫在这里，自己不会睡着，可是她错了。仁赫的嗓音和工人的脚步声让多真很安心，反而放松下来。

轻轻的呼吸声。

多真合上双眼，不一会儿就进入了甜蜜的梦乡。

仁赫失神地凝视着恬静入睡的多真。也许，王子在树林里发现睡美人时的心情也和自己一样，他有些恍惚。

额下高挺的鼻梁美得让人移不开眼睛，长长垂下的睫毛美得令人屏住呼吸。多真的一分一毫，仁赫都爱得发狂，包括她偶尔表露出的空虚，以及眼中浮现的冷漠。

仁赫向搬家公司工人交代怎么怎么做之后，就朝多真走去。

靠近一步，沉醉在她的气息中。

多靠近一步，融化在她的温柔中。

再靠近一步，深陷在对她的爱慕中。

最后一步，遗失在她的魔法中。

仁赫像多真一样靠着墙，在她身边坐下，一边透过墙感受着她的体温，一边闭上了眼睛。

很温暖。没有身体接触，也能感觉到温暖；没有身体接触，也会怦然心动。

他爱她如斯。

浅浅的呼吸声也让仁赫幸福无比，看着多真熟睡的面孔，仁赫所有的疲惫一扫而光。

“我……”

多真醒来的时候，仁赫竟然不由自主地说出了绝对不能讲出来的话。

“我……崔多真……”

不，就算是睡梦中也绝对不能说出来。

“你……你真的……”

仁赫越说表情越痛苦，眉头紧皱，愁容满面。

“我……真的爱……”

“你是谁?”

就在这个时候，一个陌生而又清冷的声音传来，仁赫睁开眼睛，先看到了一双穿着黑色正装裤的长腿，他慢慢抬起头打量起长腿的主人。

眼神冰冷，面容冷峻的男人。

男人顶着一张冷漠肃然的冰块脸，紧紧盯着仁赫，似乎下一刻就会掐住他的脖子，强大的气场让仁赫脊背发凉。

“我问你是谁？”

“这……”

好不容易回过神的仁赫慢慢站起来，注视着眼前的男人，两个人个头儿差不多。

“你又是哪位？”

仁赫以为男人会挥起拳头，或者冷嘲热讽，再或者火冒三丈。他以为会看到对方的这些反应，谁知错得离谱。

听到仁赫傲慢的答复，男人的脸上居然瞬间出现了调皮的微笑，简直难以置信。刚刚还凶巴巴地像要杀人似的冷酷男人，顷刻间变身为一个淘气的少年。

仁赫对这意外的变化一时间没有反应过来，男人那边却咯咯地笑着说道：“你的脸离我这么近，是打算和我接吻的节奏吗？”

“你说什么？”仁赫皱起眉头，下意识地后退了一步。男人呵呵一乐，朝多真走去。

仁赫不允许身份不明的男人随意接近多真，挡在了男人面前。

“怎么，你被我迷住了？”

其实，这个揉着下巴胡言乱语的男人相当有魅力。

一个念头忽然从脑中一闪而过，难道这个人就是多真爱上的男人？

完全有这种可能。

这么说虽然有点对不住正勋，但不得不承认，眼前的男人，比仁赫自己还要有魅力。仁赫对他傲慢无礼，而他面对比自己年龄小很多的仁赫的阻拦，依然可以做到面带微笑，从容不迫。

男人身上穿的衣服价格昂贵，看着多真时的眼神也温柔多情，他有着和多真相似的高挺鼻梁和红润双唇，英俊潇洒足以吸引任何女人。

“看来就是这个男人了。”

仁赫确认后，心底一片寒凉，同时也对这个男人心生反感。

仁赫盯着男人，眼里带着杀气。

“站住。”

“哼。”

男人顺势停下脚步，望着仁赫，丝毫不介意仁赫眼中的杀气。

仁赫觉得这个男人根本没把自己这样的人当成对手，心中更加不快。

“可是，我有什么理由不快呢？我和崔多真又不是什么特殊的关系。”

仁赫虽然对自己的未来感到绝望，却没有打消对这个男人的反感心理。

“你自然是生了一副相貌堂堂的好脸蛋儿，可是很抱歉，我对男人之间这样那样的龌龊事不感兴趣。”

“谁要做龌龊事了？”

看起来一表人才，那男人精神好像有点问题。

“喂，那就不是喽？什么呀，胡说八道。”

男人像老人一样扶着额头笑了起来，流露出意想不到的成熟一面。

这男人让人看不透。说他冷峻现实吧，喜欢开玩笑；说他幽默风趣吧，又老练成熟。

“总之，我是来找多真的，要和多真谈点事，你能回避一下吗？”

“不行，你到底是谁？”

“一定要告诉你吗？你又不是多真的监护人。”

“你不说，我就不让开，谁知道你是不是变态？”

“哈哈哈，好一阵儿没见多真，她身边竟然多了一个护花使者。”

虽然与事实不符，但仁赫并不反感“护花使者”这个标签，眼前这个男人也许还不错嘛。

“那个，好吧，反正你马上也就知道了，我是多真的……”

“哥哥？”

回答的人是多真。

刚刚睡醒的多真看着眼前这一幕，不敢相信自己的眼睛，睁大了双眼注视着面前的男人，就像是看见了一个绝对不应该出现在这里的人，仿佛已经逝去的人一样。

意外，还有恐惧。

的确，是恐惧，多真的眼里写满了恐惧。

仁赫的脑中拉响了警报。

如果多真对这个男人感到恐惧，自己就一定要拦住他。

男人想要进一步走近多真，仁赫一把按住了他的肩膀，猛然迸发的力量让男人十分意外，瞪大了双眼盯着仁赫。

“走开。”

男人举起手。仁赫见他举起双手，以为他要开打，只见男人伸直了手指，然后再一根根折起来。

一、二、三、四、五……十根手指全折了下去，然后再展开三根。

“十三。”男人说道，“我找了你整整十三个月。”

男人看的不是仁赫，而是多真。

“为了找你，我足足折腾了十三个月，你就不能给我一点时间，和我说一会儿话吗？”

男人虽然在笑，但眼底一片凄凉，哀婉的嗓音就连仁赫听了都跟着心痛不已。这样一个男人，难怪多真会爱上他，估计多真会让仁赫松开手，和那个男人谈一谈吧。

那么，自己明知无法抵达终点，却又只顾着朝前方盲目奔跑的爱情也会消失得无影无踪。

“我正在搬家。”多真的声音十分冷淡，“没有时间。”

多真淡淡地说道，站起身来，整理好衣服说了一句，却看也不看那个男人。

“你回去吧。”

“你又要消失？”

“不，我不会消失，消失的是哥哥，请从我眼前消失。”

“为什么？”

“因为我不想看见你。”

“为什么？”

“因为我讨厌你。”

“为什么？”

“没有为什么，我讨厌你的脸庞，讨厌你的嗓音，甚至连你的存在本身也讨厌极了。”

“为什么？”

“讨厌……不是没有理由的吗？”

多真的声音开始微微颤抖，随着谈话的继续，最初的冷淡感觉越来越模糊。

“就算是这样……为什么？”

"我……"

一直背对着男人的多真突然转过身来面向他，表情难过得无以言表。

"我不想见你，所以，希望你离开，拜托，你一定……要走。"

晟民突然之间的登场，让多真慌乱又恐惧，很想离开这里。

虽然已经和正勋分手，和秀英的关系可能也不会和以前一样，但这里仍然是最初让多真感受到温暖的地方。

妈妈去世后，第一次感觉找到了自己的归属。

不想失去朋友们，哪怕被赶出家门，身无分文，也想留在这里。

可是，晟民既然出现了，一切都不可能了。如果晟芝知道了晟民又和多真见面，一定会再次找上门来，不知道她还会做出什么事情。

"你这是做什么呢？"多真的声音冷冰冰的。

仁赫依然按着晟民的肩膀，似乎没有多真的允许，他就绝不会松手。这会儿，他心里踏实多了。

"如果只是情侣之间的争吵，我会松手；可是，如果是女人讨厌的跟踪狂，我劝你还是最好马上离开这里。"

"情侣之间的争吵……那个，这么说也行吧。"

晟民耸了耸肩膀，望着仁赫。

"我叫崔晟民，是多真这丫头的哥哥，亲哥哥。"

仁赫万万没想到晟民会这样介绍自己。

不管到哪儿，多真都是个外遇出生的孩子，是晟民的眼中钉才对。

虽然晟民是个好人，愿意接纳并照顾多真，但也一定会把多真当作负担，自己是不能被他的亲妹妹晟芝和母亲知晓的讨厌鬼。

事实上，晟民会找到多真也让她很意外，而且还找了足足十三个月。她以为晟民一个月找不到就会放弃，也许反而会觉得轻松，彻底放开手。

但是，晟民找到了多真。

“你的哥哥？”仁赫的脸上满是惊讶。

“真的吗？”仁赫回头问多真。

应该怎么回答啊？真的说晟民是自己亲哥哥吗？哪怕只有一半相同的血缘？

“多真，我们是亲兄妹呀。”

这话真让人激动，多真眼泪差点落下来。以为自己不曾渴望，但其实一直在渴望，家人。

“真的吗？崔多真？”仁赫再次问道。

多真慢慢地点了点头。

仁赫松开晟民，晟民笑得一脸灿烂，接着说：“喂，多真，趁着哥哥不在，收获护花使者了？”

“不，才不是。”

“什么不是，你看看他，生怕你我是恋人关系，恨不得咬我几口吧？”

听到这话，多真和仁赫的脸都红了，仿佛彼此的心事被看穿了一样，羞得难以呼吸，都把头转到一旁。

“不是那样的。”

不知道是不是因为确认了晟民是多真的亲哥哥，仁赫的语气变得客气起来。

“嗯，不是那样，就……”

“是朋友。”

正犹豫不决，不知道该怎么描述二人的关系的多真突然替仁赫回答了。

“哼，是吗？行了，怎么样都好。我想和多真说点儿事，可以回避一下吗？多真的朋友。”

仁赫的心沉到了谷底。

这个名叫晟民的男人并不相信自己和多真只是朋友。至少，他看出来自己爱多真了，否则，没理由这么刻意去强调“朋友”二字。

仁赫观察着多真的表情，担心多真也察觉了自己的心思，但多真面无表情的脸庞上看不出任何东西。

“你知道新家地址，我就先带着行李过去了。这里的钥匙留下也要还给房主，你就交给我吧，一会儿去新家就行。”

“这样也可以吗？”

“嗯，没事，不会有什么麻烦的。”

多真谢过仁赫后，和晟民一起走了。

晟民很庆幸，多真没有追问刚才的“爱”什么的，万一追问起来，自己根本就是哑口无言，束手无策。

多真紧握住马克杯，白色的马克杯上画着一张笑脸，可是看起来却很忧伤。

“你过得好吗？”

听到晟民的话，多真抬起了头。晟民的微笑就像那个笑脸，带着莫名忧伤的笑脸。

“其实，你最好不要来找我。”

“是因为晟芝吗？”

“你知道了？”多真十分惊讶，晟民竟然知道。

“嗯，妹妹的事情嘛。”

“那你怎么还来找我？哥哥的妹妹不希望你和我见面。”

“可你不是想见我吗？”

“还真骄傲，真是的，我从没有想要见哥哥。”

“好吧，那换一种说法，是我想见你行了吧？”

晟民即使受到伤害，也能积极地引导话题继续，所以，多真才不想见他。

多真冷淡的态度和疏离的举动总是会伤害到晟民，而晟民受到的伤害，多真自己也会逐一感受到。

这给了多真梦想，梦想且渴望着绝对不可能拥有的家人。

晟民和多真之间的关系非比寻常，若有一天断了联系也没什么稀奇，毕竟，这只是一种不得不形成的关系。

不该有梦想和渴望。

“为什么要搬家？”

“晟芝的朋友把房子卖了，跑路了。”

“什么？”

“本来就是钱闹的不是，朋友也好，家人也罢，都可以抛弃。”

“居然有这种事。”晟民皱起了眉头，似乎有些尴尬。

“搬新家你哪儿来的钱？”

“这里那里攒了些钱。”

“房子怎么样？”

“挺好。”

“不危险吗？”

“嗯。”

“钱……需不需要？”

“需要，但是哥哥你不会给啊，你说过你只会给我爱的。”

“我可以给你。”

“不用了。”多真果断拒绝了。

她不想用这种方式再和晟民产生联系，讨厌自己把他当成家人的想法，否则一定会受到更大的伤害。

晟芝提起“我哥哥”的时候，多真就没法称他是“我哥哥”，多真太清楚面对这种不堪时的感受了，仿佛在心口插上一把尖刀。

“你怎么找到我的？”

“很辛苦。”

多真问出了心中的疑问，回答异常简洁，真不愧是晟民，多真差点笑出来。

当然，不能笑，但多真心里放松了许多。

“怎么辛苦了？”

“我去家里找你，你不在，行李也不见了；我去你的学校找你，他们说你无故缺勤。既然行李都没有了，应该不是被人劫走的，所以我只能漫无目标地四处寻找，在明洞站着等过很久，也在家和学校附近转悠过很久。”

过了几个月。

后来，晟民又突然回到学校去打听，听说多真转学了，匆匆忙忙，像是受人所迫。

“那……你应该知道很久了？”

“嗯，我怕你再跑开，一直暗中注视着你。”

“真瘆人，竟然有人一直盯着我。”

“不觉得很酷吗？”

“怎么会。”

多真和晟民聊着没什么营养的话题，突然意识到已经过了很长时间，多真放下一口未尝的热巧克力，站起身来。

“我要走了。”

“我会再去找你。”

“最好别来了。”

“这是你的意思?”

“不，是晟芝希望的。”

“……”

“哥哥你有家人，请不要让家人伤心，不然哥哥也会难过的。”

“你也是家人。”晟民重重地说道。

多真露出微笑，只是这笑容令人不安，像是就要随风而逝，晟民不由地握紧了放在膝上的双手，他怕多真真的消失。

多真唇边溢出清风般淡淡的笑容，对晟民说：“我只是你身边无数行人中的一个过客。”

# 12

多真不知不觉地朝原来住过的房子走去。

房门紧闭，她想都没想就打开门走了进去，直到看见空无一物的客厅，才意识到原来自己已经搬家了。于是，再关上门走出来。

向新租的Villa走去，不再回头，毫不留恋地转身离去，多真可以做得很好。因为她一直都是这么生活的。

Villa有三层。没有电梯，只能爬上去。

吧嗒，吧嗒。

每上一层楼，自动感应灯都会亮起。

301室。

以后就要住在这里了，门上干净得连张小广告都没有，前几天过来的时候还贴着很多脏乱的小广告，估计是仁赫都清理干净了。

一想到默默清除小广告的仁赫，心里一阵刺痛，眼角不经意间看向302室的房门，仁赫住在那里，仁赫就在门的另一侧。

以后会在同一层，近距离的空间里吃饭、睡觉、生活了。

心脏扑通扑通乱跳。

多真心里清楚这是一场绝无可能开花结果的爱情，怦然心动却又凄凉落寞。

咔哒。多真用钥匙打开门，走进房内，行李收拾得干干净净，没有一处感觉不到仁赫的足迹。书按照字母顺序摆放整齐，电视放置的位置方便观看，厨房布置也考虑得很周到。

仁赫完美地整理好了一切，多真回头完全不需要再动手。

多真把包丢在地上，坐到沙发里，柔软舒适的沙发坐起来却一点也不舒服。

“该学习了。”

明年就上高三了。

上大学的学费全都用来租房子了，不知道还能不能上得了大学，真没办法的话就要打工挣钱了。

多真给智熙打了个电话，告诉她搬家很顺利，然后坐到了书桌前。智熙说等考完试来给多真温锅，简单聊了几句，挂断电话翻开了课本。

早上的考试似乎已成为很久远的事情，校园生活完全没有真实感，艰辛、寂寞、痛苦的日子才是现实。

叮咚。刚做完五道数学题，门铃响了。多真吓了一跳，智熙不会这个时间过来的。

突然想起仁赫就住在隔壁，访客也许是仁赫，这个想法让多真心跳加速。

“谁啊?”

“我。”

果然不出所料，是仁赫。

一打开门，仁赫就开口说道：“以后要确认了是谁再开门，我只说了一个字你就开门，如果不是真的我怎么办?”

早知道是你。

只要听到你的呼吸声，就能知道是你。

短短一个音，也能听出来是你。

“你怎么来了？”多真收起心中的想法，冷冷地问道。

仁赫把手中提着的袋子举到多真面前：“我们俩来温锅吧。”

本以为便利店口袋里装的只是即食面，等东西掏出来，多真有些意外，洋葱、黄瓜、素面、螺肉罐头、鸡肉罐头、生菜……

“这是打算做下酒菜吗？”

“既然要做，就做点像样的东西吃吃。”

“你想吃什么？”

“回到韩国，特别想吃凉拌螺肉。”

“好吧，还有呢？”

“沙拉。”

“好。”

“我来做吧。”

“这是我家，你是客人，我来吧。”

“不行，说要温锅的人是我，你能同意我就感激不尽了，你就相信我，交给我好了。”

仁赫硬要把多真推到一边，自己站到水槽前边，然后和多真普通朋友一般随意聊着天。

仁赫做菜很熟练，铛铛铛铛，切黄瓜的刀工也不错，切好的黄瓜就像仁赫的性格一样规规矩矩。

“看样子你很会做菜？”

“我在澳大利亚的时候一个人生活嘛。”

“这样啊。”

多真准备拌沙拉，把鸡肉稍稍过水焯一下，又把生菜切成合适的大小。

“你也挺会做菜嘛。”

“嗯，我也一个人生活了很长时间。”

两个人并排站着一起做饭，谁也没再说话，但他们的心中经过了无数心灵对话。

多真觉得太幸福了，什么也不想，一起做饭的一刻仿佛是在梦中。所以，就连呼吸都变得小心翼翼。

多真朝燃气灶走去，打算煮素面，背部碰到了仁赫的胸口。极短的一瞬，却让他们强烈地感到了永恒。

丁点儿的接触面积蔓延至全身，酥麻的感觉一直环绕至指尖。仁赫屏住呼吸，费力地把自己的身体从多真身边挪开。

差一点就紧紧抱住了多真。

吱吱啦啦，连撕生菜的手指都那么美，真想从后边抱住多真。

倘若这就是人生的尽头，只要能拥抱多真，沉醉在她的气息中，死而无憾。

“如果你是我的女人该有多好？”

仁赫心中不可抑制地冒出一个冲动的想法。

“真希望现在这里就是我们的家，我们彼此拥有，我可以尽情地拥抱你，忘情地亲吻你，我们一起躺着看电视，一起进入梦乡。”

仁赫心中隐隐刺痛。

噗噗。水烧开的声音唤醒了仁赫，连忙放入素面，煮上一会儿。

仁赫捞起素面，放到冷水里过凉的时候，多真捞出已经焯熟了的鸡肉。

“我来撕吧，你拿着这个。”仁赫把筛子递给多真。

“不用。”

“太烫了，小心手。”

“……”

多真无法拒绝他担心的语气，照仁赫说的接过了筛子。

仁赫熟练地撕着鸡肉扔到碗里，多真目不转睛地盯着他。很喜欢他专注地做菜的模样，很想搂住他的脖子尽情亲吻。

“如果你是我的男人该有多好？”多真心想，“这样，我也……第一次有了可以尽情呼唤为家人的人，不用战战兢兢地担心可能消失不见的家人。”

渴望不可能得到的东西很痛苦，多真的人生一直在期待那些得不到的东西，值得信赖的朋友、温暖的家庭，还有……

百万分之一的爱情。

多真不由得苦笑。

酸爽的凉拌螺肉和撒上了奇异果调味料的鸡肉沙拉做好了。

“会喝酒吗？”

“会一点。”

“洋酒怎么样？”

“嗯，能喝一点。”

“等着。”

仁赫回去拿洋酒的工夫，多真在桌上摆好了碗筷。很快，仁赫拿了瓶洋酒回来，满满一瓶呈现清澈琥珀色的洋酒。家里没有专门的酒杯，拿来两个玻璃杯倒了一点进去。

“要不要干杯？”

“庆祝什么？”

“这个嘛，你有没有什么心愿？”

“就当庆祝幸福的圣诞节吧。”

“好，为了幸福的圣诞节。”

多真，仁赫，都不知道幸福的圣诞节是什么。

恋人之间、朋友之间、家人之间聚在一起互赠礼物的欢乐圣诞节，在他们的人生中一次也没有出现过，节日自然也没有意义。

他们的圣诞节都是一个人独自度过，格外寂寞。所有人都快乐幸福的时候，自己孤零零地被孤独环绕，郁闷惆怅。

但是，现在他们都期待着一个幸福的圣诞节，虽然不见得会幸福。

“好。”

仁赫露出浅浅的微笑，举起酒杯，多真也举起了酒杯。

砰。玻璃杯相碰，发出了清脆的声响。

“凉拌螺肉味道真好。”

“真让人意外啊，你。”

“什么?”

“看你的样子不像会吃这种东西呢。”

“也不知道为什么大家都觉得我不像吃这些东西的人啊！我跟你说，其实我超喜欢醒酒汤，酷爱猪血内脏呢。”

多真难得讲话不那么淑女，仁赫大笑起来。

“哈哈哈。”

多真第一次看见仁赫开怀大笑，她瞪大了眼睛，想把这一刻永远留在心间。她屏住呼吸，直直地盯着仁赫的笑容，要把这难得一见的灿烂笑容镌刻到心里。

仁赫止住笑，不好意思似的抹了抹脸。

“你还真是，第一次见别人笑吗？干吗那么盯着我?”

“那个……我是第一次见你笑。”

“哦，是吗?”

“我从来没在你面前笑过吗？将心比心，我也很想笑，想和你幸福地生活在一起。”仁赫心里想着，一脸苦笑。

“我也没见过你开心大笑啊。”

“我本来就不怎么爱笑。”

“我也是。”

“嗯，我也这么觉得。”

“怎么才能让你笑？”

“怎么说呢，没什么好笑的事吧。”

“那……这样如何？”

仁赫突然站了起来，开始挠多真的肋下，多真的惊讶意外多过触碰到腰间时的酥痒感觉。继而，心动超过了惊讶，战栗盖过了心动，汹涌澎湃的爱情又超越了战栗慌乱。

然而，多真一直在压抑，压抑，压抑，不停地压抑，只留下痒痒的感觉，她不能流露出其他感情。

“啊，哈哈哈。”

看到多真放声大笑，仁赫挠得更起劲了。多真咯咯直乐，挣扎着要摆脱仁赫，却斗不过仁赫。

两个人像小孩子一样翻滚打闹了好半天，仁赫才收了心，放开多真。

“我们俩这是做什么呢。”

“就是啊。”

整理好衣服，回到座位坐好，四目相对的时候又会“噗“一声笑起来，大笑不止。

“我们真是幼稚。”

“嗯，可不是嘛。”

嘻嘻嘿嘿。

吃饭过程中，欢声笑语不断。

盘子里的食物不断消失，有些恋恋不舍，温锅结束就意味着各回各家。

刻意放慢举筷速度，还是走到了相聚的最后时刻。

把餐具洗得干干净净，两个人肩并肩，就像相濡以沫的夫妻二人站在一起。

洗碗的时候不小心碰到手背，收拾碗筷的时候胳膊不小心撞在一起，依然肩并肩站在那儿，手上的活儿不曾停下来。

“已经夜里一点了。”

“嗯，到了乖宝宝睡觉的时间了。”

“我并不是乖宝宝。”

“我也一样。”

“酒还剩了一些……想不想爬到屋顶上？”

“能上去吗？”

“我刚上去过，门开着，很干净。”

“嗯，那就走吧。”

没有理由拒绝，多想在一起多待一会儿啊。

十二月的风虽然冰冷，可因为和仁赫在一起，好像感觉不到寒冷了。有仁赫在身边，哪怕身处北极也无所谓。

看着洁白的积雪，感受着仁赫的气息，即使冻僵，也是一种幸福。

房顶上很干净，边上放着烧烤工具，看来住在这儿的人经常上来烧烤。

还有一张干净宽敞的木榻，不知道是谁带过来的，以及一条深绿色的毛毯。

把毛毯铺在木榻上，两个人坐下仰望着星空。

最近的天气一直不错，夜空也清澈透亮，能见度很高，天上的星星很少能看得这么清楚。

“今天星星格外多。”仁赫喃喃自语。

“嗯。”

多真沉醉在梦幻般的璀璨星光中，融化在温柔靠近的仁赫的气息里。

“小时候，不知道为什么特别喜欢星星……一天到晚盯着星星看个不停，每天每天地看，好像每晚看着星星，就会有住在星星上的人跟我说话一样。”

仁赫的声音传来，恍如梦境。

“没想到你还挺纯啊。”

“哈哈，没想到吧，我原来是个梦想多多的小男生呢。”

低低的笑声。

“我喜欢大熊和小熊。”

“大熊？小熊？”

“嗯，大熊座，小熊座。”

“曾经有一位名叫卡利斯托的公主，有着动人的美貌和高超的狩猎技巧。风流的宙斯去诱惑她，卡利斯托无法抵御神的爱情，就和宙斯坠入了爱河，后来生下了一个儿子，名叫阿卡斯。”

仁赫的声音伴着星光淡淡散开。

“宙斯的妻子赫拉是个善妒的女人，不肯原谅卡利斯托，就把她变成了一只白熊。”

“太不像话了。”

“嗯，她非常地为所欲为，仗着自己是神的身份。”

“后来呢？”

“阿卡斯失去了母亲，被一位善良的农夫抚养长大。也许是因为遗传，阿卡斯也和妈妈一样，拥有高超的狩猎技巧，成了一名出色的猎人。有一天，变成白熊的卡利斯托在森林里和儿子阿卡斯相遇了，卡利斯托很久很久没有见过儿子了，激动万分，朝着儿子跑过去，想要拥抱他，完全忘记自己已经变成了一只熊。而阿卡斯并不知道自己的母亲变成了熊，他以为熊要攻击自己，就射出了弓箭。宙斯见此情景，把母子俩带到天上变成了星座。于是，卡利斯托和阿卡斯变成了天上闪亮的星星，永远彼此守候着，生活在一起。”

“真让人难过。”

“嗯，是很难过，变成星星能怎么样？既不能动弹，也不能拥抱对方。”

“就是。”

“就像我现在这样，就像我不能说出我爱你一样。”仁赫在心里哀叹。

仁赫低声的叹气让多真听见，她慢慢地睁开眼睛。

“我们这是做什么呢，跟青涩的初恋小情人似的坐着讲星座故事。”

“那也无妨，就算幼稚青涩，我也想听到你的声音。”多真暗自说。

多真转过头望着仁赫，这才发现仁赫一直在注视着自己，眼神交会的瞬间，深深地被仁赫的双眸吸引，坠入黝黑莫测、深不见底的眼眸之中，不能自拔。

间或传来的汽车声音停止了，醉汉酒后闹事的声音停止了，只留下一个真空地带，什么声音也听不到。

仁赫的双唇已经覆在了多真的唇上，她竟然后知后觉地刚刚意识到。

有些生涩，也更加温柔，滚烫的唇瓣绞进了多真唇间。

甜美湿润的气息让多真呼吸停滞，仁赫双手扣住多真的肩膀，但是多真丝毫感觉不到疼痛，她和仁赫的亲吻甜蜜得宛若梦境。

接连不断的唇瓣相依，让他们忘记了时间流逝，呼吸间的温情充斥着他们的空间，冰冷的冬夜寒风也不能靠近他们身边。

多情的吻，吻到令人想哭。

“时间啊，求求你停下脚步吧。”

多真在心底呐喊。

“求求你，就这样，就这样，永远停在这一刻吧。”

仁赫猛然停了下来，和他的吻来时一样突然。寒风涌入了仁赫松开的湿润双唇间，冷冰冰，空荡荡，多真用真诚的眼神凝视着仁赫。

“我……现在……”

难过到扭曲的面容。

仁赫咬紧牙关，按住多真的双肩。多真觉得很痛，不是肩上传来的痛，而是心底的痛。

“我……”

无情的时间没有停下脚步，依然在悄悄流逝。

“该死。”

“……”

“对不起。”

这……会把心脏撕裂吧。

多真闭上了眼睛。断断续续的嘶哑嗓音，和刚才讲述星座故事时截然不同。

“对不起，崔多真，以后你就……忘了这件事吧，对不起。”

说完，仁赫站起身，离开了屋顶，把多真一个人留在了那里。

当啷。关门声传来，冷风毫无顾忌地吹得更加猛烈，耳朵疼得像要被寒风吹掉了似的。

多真没去管衣服有没有扣严实，而是蜷起膝盖，缩成一团，双手抱住膝盖，把脸埋入了膝间。

“天啊，怎么办啊？心完全被撕裂了。”

# 百万分之一的爱情

白　猫［韩］　　韩美玲 译

下
Volume II

The Love of One Millionth

백만분의 일의 사랑

作家出版社

# 13

夜不成寐。

毫无睡意。

仁赫逃也似的回了家，再怎么讨厌自己，再怎么嫌弃自己，也于事无补。

怎么会接吻了呢?

这件事从一开始就是个错误，不该去多真家温锅，但倘若时间回到几个小时前，仁赫依然会这么做。

“去找多真，是因为我想见她，如果不能马上见到她，我会死掉。”

仁赫用手捂住脸。

“讨厌鬼，吻过了，道歉了，竟然还扔卜她跑了，真是太龌龊了，姜仁赫，你什么时候变得这么无耻?”

仁赫不住地自责，心情却一点没有好转。

非常柔软。

多真的双唇柔软得让自己全身融化，如梦似幻，大脑一片空白，理智也消失得无影无踪，就像从来不曾存在过一样。

只剩下想要亲吻多真的欲望，还有要拥有多真，让这个女人属于自己的肮脏欲望。这些念头支配了仁赫。

灌下寒彻肺腑的冰水，心情没有变好，脑中乱成一团，什么都思考不了。

和多真接吻了。单单一个念头，占据了整个大脑。

“疯子。”

仁赫重重地倒在了床上。

多真没有拒绝仁赫的吻，甚至没有试图抗拒或者逃避，反而温柔地接受了这个吻。

“为什么？为什么你没有把我推开？”

早已知道了答案。

其实，很久之前就知道答案了，只是自己不想去承认，不想去接受，所以一直佯装不知而已。

仁赫明白，初次相见的那一刻，多真也爱上了自己。

“是的，崔多真也爱我。”

话说得无比骄傲，可事实如此，否认不得。

多真凝视仁赫时的眼神，面对仁赫露出的微笑，只会对着仁赫流露的娇嗲嗓音。

这些，都是爱情的证据。

“该死！”

承认了这一事实，心里却更加难过，自己这么爱她，两人如此相爱，却不得不推开对方，无论如何都要推开对方。

一场悲剧。

又不是现代版的罗密欧与朱丽叶，这算怎么回事？

真想马上跑去找多真，却又不能背叛正勋，整件事令人匪夷所思，却实实在在地发生了。

“其实，我已经背叛了正勋，就在接吻的那一刻。不，应该说是从爱上多真的那一刻起。”

现在开始不见面就行了，可仁赫自己也知道这是不可能的，看不到多真就会像空气全部被抽光一样，再也不能呼吸，眼前没有她的身影，还怎么活得下去？

辗转反侧之间，时间一分一秒地过去了。

不知不觉已经是清晨六点，冬季日出晚，窗外还是漆黑一片。

“睡不成了。”

什么时候都不能做缩头乌龟，爱情并不是人生的全部。

“不对，崔多真好像已经成了我人生的全部。”

仁赫披上外套走到外边，来到和多真接吻的屋顶，想再感受一下那一刻。

他让多真忘记这件事，自己却并不想忘记，就算多真忘了，自己也会永远铭记。

当啷。仁赫一边胡思乱想，一边推开了屋顶的门，突然停下脚步，简直不敢相信自己的眼睛。

木榻之上有个人影。

昨晚，仁赫和多真肩并肩坐过的木榻之上蜷缩着一个身影，和多真一模一样。仁赫一时怔住，分不清是现实还是幻觉。

“该死！”

当仁赫反应过来是现实的时候，人已经冲了出去。

是多真，还是昨晚的模样，蜷缩着身子。

“喂，你！”

仁赫粗鲁地抓过多真的肩膀，多真慢慢地转头望向仁赫，四目相对，多真露出一个清新的微笑。

不知道夜里得有多冷，多真的嘴唇冻得发紫，全身上下像冰块一样。

“喂，你！”

又是一声怒吼。

“嗯……没关系。”

“什么没关系，你真是！到底……该死！你说什么没关系！”

“嗯……”

多真闭上了眼睛，仁赫抱过她。好可怜，用冷漠武装自己的她太可怜了，可怜到会因为短短一句话而受伤崩溃。

自己很清楚这一点，却为了保护自己的内心，对她冷言冷语，自己真是天底下最该死的家伙。

瑟瑟发抖的身体可怜兮兮，仁赫心如刀绞。

冬夜在房顶上待一个通宵该多冷啊，独自舔舐伤口该多疼啊，暗夜之中孤零零一个人又该多孤独啊。

仁赫抱着多真从房顶上下来。

“嗯……嗯……没关系。”多真不停地喃喃自语着没关系。

仁赫，我没关系，你说让我忘记，我因此受的伤，通通没关系，所以，不要担心我。

多真传递着心底的声音。

仁赫回到家，把多真放到自己的床上，把地暖温度调到最高，给多真盖上厚厚的羽绒被，一直拉到脖子的位置。可多真依然在发抖，仁赫看了几乎落下泪来。

手伸进被子，寻找多真的手，用自己的双手紧紧覆盖她冰冷的手。

“对不起。”仁赫用难过的语气道歉。

“嗯……没关系。”

“什么没关系？那个……你应该狠狠骂我该死。”

“怎么……会……”多真露出了微笑。

“我……你……”

冻僵了的嘴唇费力地开启，这时，多真的手机响了起来。多真合上双唇，望着仁赫。

仁赫紧紧咬着牙，很想掐死这个时候打电话过来的家伙。多真用没有被仁赫握住的那只手在口袋里摸索着，然后掏出了电话。

假如没有这通电话，也许自己已经向仁赫表明心迹了，整整一夜眼前不停地浮现着，那个亲吻，那种嗓音，那缕气息。

就算话没有说出口，也不想抹杀自己的这份心意，就这么半途而废太可惜了，平生第一次绽放的爱情花蕾太可惜了。多真打定主意要向他表白。

正要开口，电话来了，真可恶，真可恶，多真恨恨地盯着手机屏幕。

是正勋。

多真没有接电话。

“谁啊？”

多真不想回答。

“是正勋吗？”

“嗯。”

挂断的电话再度响起，多真紧紧攥着手机。

“不接电话？”

“……”

“正勋这孩子，不会无缘无故这个点给别人打电话，现在打电话应该是出了大事。接起来看看吧，分手了也不用变成陌生人。”

仁赫维护正勋的一字一句，像一把把尖刀插在多真心口，与独自一人坐在屋顶忍受冬夜寒风时相比，此时此刻更让多真心寒。

好不容易凝聚起来的勇气消失了，竭尽全力打开的心门关闭了。

“那……”

多真抽出了被仁赫握住的手，仁赫握住多真时没有用力气，多真很容易就把手抽了出来。

多真掀开被子，从床上坐起来。

“你这么担心的话，你接怎么样?”

多真递过了电话。

刚刚挂断的电话不知疲倦地再次响起，仁赫没有理会电话，只是紧紧盯着多真，多真也紧紧盯着仁赫。

昨晚的吻只是一场梦，现实如此残酷，虽然彼此相爱，却要掩饰爱意，不能流露一分一毫。

“打给你的电话，为什么让我接?”

“担心的人是你，正勋最好的朋友也是你。”

“你就不算正勋的朋友吗?”

“这个嘛，你觉得呢?”

“正勋真是可怜。”

“嗯，和我有关的人都会变得很可怜，你既然知道，最好离我远一点。”

“不要说这种让人心寒的话!”

仁赫发火并不是因为多真的态度，而是对自己生气，为多真轻视自己而生气。

变得可怜，和多真有关的人都会变得可怜。

“因为有你，我开始期待圣诞节的幸福！我的心像要撕裂，像要爆发，可这一刻我是幸福的，因为可以看见你。”仁赫很想告诉她这些。

“再见吧。”

留不住多真。

冬天想和多真一起做的事情很多很多。

明年升高三就没有时间了，这个冬天要尽情享受。

期末考试一结束就去滑雪场，想去溜冰，想去乐天世界玩个遍，想去看看冬天的大海。

这个，那个……只要是恋人之间的节目，都想去尝试，也曾经以为能够一一实现。

然而，所有的一切都化为泡影了。

一放学，多真就急急忙忙往家赶，看都没看正勋一眼。正勋鼓起勇气上前去问她有没有事，只得到有约在先的答复。

正勋需要不断地鼓起勇气。和多真交往的时候也是这样，每当想和多真安排什么节目时，总要鼓起勇气去问，生怕遭到多真拒绝。

男生们很羡慕和多真交往的正勋，正勋有时也会得意洋洋，但更多的是苦涩和不安。

“喂，真是的，起码你可以和多真拉手接吻啊。”

“就是，和女神一起这个那个的，你这家伙真是走运。”

朋友们都这么认为，多真一定也非常非常喜欢正勋，所以他们二人可以像其他情侣那样幸福地走下去。

现实截然不同。

虽然拉过手，却从未接吻，仅限于朋友之间可以接受的身体接触。

两人交往一百天的时候。正勋想亲吻多真，就在多真家门前，多真却果断地推开了正勋。

“抱歉，这个不行。”

这个不行。早已定下基调，正勋和多真之间画着一条“到此为止”的红线。

“可我还是控制不住爱你的心。”正勋深深地叹了一口气。

对多真来说，做朋友也是负担吗？倘若当初不曾交往过，至少可以保持多真和智熙之间的那种关系吧？

“我想见你，多真。”

昨天刚在学校见过面，正勋又开始想念多真。

凌晨时分，正勋抑制不住地疯狂想念多真，仿佛如果不能马上听到多真的声音，下一刻就会死去。

他按下了多真的电话号码。

信号通畅，不过多真没有接电话。现在是睡觉时间，但正勋只想这么任性一次，凌晨给多真打个电话，想确认他们之间是休息时间也可以通电话的关系。

再打过去，还是没有接听。

一次，两次，三次。

一共打了五次，始终没有人接听，正勋从床上坐起来，开始穿衣服。

“我想见你。”他脑子里只剩下这一个念头。

这么早去别人家，简直就是跟踪狂级别的不懂事，可正勋只想马上见到多真。

凌晨的空气异常寒冷，正勋紧紧揪住了衣襟。

走路到多真家大概要花二十分钟，正勋穿梭在冰冷的暗夜中，顶着飕飕的寒风朝多真家走去。

多真在做什么呢？在睡觉吗？我这么过去找她，会吓一跳吧？边走边想，不知不觉已经来到了多真家门口。

多真家是带花园的宽敞二层小楼，远处看不到。正勋站在门前，总觉得房子看起来空荡荡的。

比平时多了一分冷清，正勋不由得身体微微颤抖，厚厚的外套也阻挡不住浑身冒起鸡皮疙瘩。正勋觉得可能是因为天气太冷，随即摁响了门铃。

叮咚。

门铃声回荡在清晨静谧的街道上，房子里完全没有谁出来看看的意思。正勋摁了一次，又一次。

连摁几次，多真都没有出现，连回应都没有。正勋心中觉得奇怪，担心出了什么事情，就试着伸出了手。

嘎吱。大门没有上锁。

正勋正犹豫着要不要进去，传来了一阵叮叮当当的自行车声，他像是即将实施盗窃的小偷被人发现了一样，心脏扑通扑通狂跳不止。

“喂，是正勋吗？”

万幸啊万幸，传入耳中的是一个熟悉的声音，正勋提到嗓子眼儿的心又放了回去。

“智熙姐。”

“真是正勋啊。”

正在送报纸的智熙咯咯乐了起来。

“是我，姐姐在送报纸？”

“嗯。”

智熙的目光落到敞开的大门上，正勋知道自己的行为有多可笑，急忙解释：“啊，所以那个……嗯，我联系不上多真，担心她有什么事，就过来看看。”

“她搬家了。”

“什么?”正勋大吃一惊。

“多真搬家了。”

“这……这是什么意思?”

“字面上的意思，行李全部打包，搬到其他地方了。”

“可是她没有跟我说……”

“她为什么一定要跟你说?”

“啊?”

“多真自己的事情，不一定非要一点不漏地告诉你吧。”

“但……但是我们是朋友啊。”

“你知道我住在哪一家孤儿院吗?”

“……”

“我们不是朋友吗?”

“话虽如此……可多真和我……”

“特殊关系?”

“……”

“现在不是了，你既不是多真的家人，也不是即将结婚的恋人，多真为什么要把所有事情都告诉你?”

“如果是我，一定会告诉她的。”

明知智熙说得没错，正勋还是想反驳。智熙仍然带着浅浅的微笑注视着正勋。

“对，如果是你的话会那样，可多真不是你，不是一个会随随便便和别人讲述自己事情的孩子。”

“可我们是朋友啊，搬家这种事情起码要说一句吧，又不是什么不好开口的事。”

“正勋啊。”

“……”

"放手吧，现在。你已经和多真分手了，你自己也接受了这一点，那就该放手了。这可能会很辛苦，但谁也不能总是停留在曾经交往的回忆里啊，如果你不肯放手，你和多真连朋友都没得做。"

"智熙姐你……知道多真搬家到哪里去了吗?"

正勋不想承认智熙的话，岔开了话题。智熙耸了耸肩。

"这个嘛，我也不知道。"

"……"

"以后，她总会告诉我的。"

"你不难过吗?"

"为什么要难过？我自己也不是把每件事都告诉多真了。"

"可是，是朋友啊……"

"我刚才说了，多真不是那种随随便便把自己的事情往外讲的女生，我知道而且接受这一点，才能理直气壮地说我们是朋友。"

"这么说我连朋友都算不上了?"

"这个就是你要考虑的问题了，别管我要答案，好了，我该走了，你路上小心。"

叮叮当当。智熙走了。把傻傻站着的正勋留在原地，对着如今空无一物的房子。

"你也……孤零零一个人啊。"

正勋很想大哭一场。

"你也是一个人啊，和我一样……"

想和人见面，随便是谁。

正勋需要有个人来安抚自己的心灵，秀英那边父母都在家，不好随便过去，于是来到了仁赫家。

正勋知道仁赫新家的位置，也说过要找个时间温锅。

吧嗒吧嗒。

走着走着，天色变亮了，因为是星期六，路上几乎见不到上班的人。

心口不停地灌进刺骨的寒风，怎么挡也挡不住。

仁赫住在Villa三楼。走上楼梯，一层、二层、三层，吧嗒，察觉到有人，正勋吃惊地抬起了头。

多真就站在那里。

多真为什么会在这里？

心脏重重地一沉，多真也同样十分惊讶，眼睛瞪得大大的，盯着正勋。

仿佛时间停止了一般，正勋和多真一动不动地对视着。

“为什么……在这里……”正勋颤抖着开口问道。

脑中飘过了无数种可能性，虽然不该怀疑，但多真好像是从仁赫家走出来的，这让正勋不安起来。

万一是这样？多真爱上的那个人就是仁赫？从来没有过这种想法，也不曾怀疑过。可现在心中却甩不掉这个突然闪现的念头，而且逐渐膨胀，快要承受不住，直想马上冲上去揪住仁赫的衣领。

但是，揪住仁赫的衣领又能怎么样？如今多真已经和自己分手了，揪住仁赫的衣领还有什么用？

“我搬到这儿了。”

听到多真的声音，正勋回到了现实。

“搬到……这里？”

“嗯，怎么了？有问题吗？”

多真的态度非常坦然，让正勋觉得自己的怀疑十分可笑。

“对啊，不管怎么说，她也不会和我的好兄弟搅在一起吧，明明知道我和仁赫有多要好……”正勋在心里说。

嘎吱。仁赫的房门开了，他先看了看多真，又朝正勋望去。可能是因为多真的视线冲着楼梯下边，他也顺着多真的目光望过去。

“啊，是正勋啊。”

似乎是错觉，仁赫的脸上瞬间煞白。

“你也住在这儿?”

多真问仁赫，仁赫看着多真，说道:“我搬到这儿来了，昨天。”

仁赫知道多真为什么会这么说，正勋的出现让他的心脏猛然一沉。多真的话就像是一场及时雨。

“哦，是吗?难怪昨天那么吵。”

“不好意思啊，吵到你了。”

“正勋你怎么来了?”

看到正勋眼中的疑虑消失殆尽，仁赫心中暗暗松了一口气，同时也感到了深深的罪恶感。也许，还不如就在这里，把自己对多真疯狂的爱恋表露无遗，欺骗正勋这么单纯的朋友，真恨不得自己杀了自己。但是，仁赫害怕伤害正勋，他不想失去正勋。

“我想见你，就来了。”

正勋看着仁赫，笑得一脸灿烂。

“啊，这样啊。”

“我先进去了，你们好好玩。”多真说着走进自己的房间。

正勋的目光分明是很想留住多真，但他没有这么做。

“仁赫。”正勋望着仁赫，语气落寞，“我……不想学习。”

仁赫把唧唧歪歪的正勋带到家里，正勋可能在外边待了很久，身上一片冰冷。

“因为不想学习，一大早跑来找我？”

“嗯，我不想学习，如果考砸了被收拾，我就和老妈告状，说是和你在一起玩才没考好。”

“你还真行，喝点什么？”

“随意。”

仁赫泡了一杯热可可，递给正勋。呼呼吹着热气，小心翼翼地啜着热可可的正勋一副小可怜相。仁赫的心里撕裂般的疼痛。

“那个，我其实……很想很想见多真。”

意料之中。

“我太想见到多真……就去找她。结果她搬走了，都没有告诉我。”

“为什么一定要告诉你？”仁赫这话差点脱口而出。

“所以我很伤心……突然就来到了这里，结果大吃一惊。我得向你道歉……老实说，我刚才怀疑过你和多真之间是不是有什么。不过，就怀疑了那么一小会儿哦。”

正勋一边看着仁赫，一边难为情地讪笑着。

看着眼前正勋那天真无邪的笑容，仁赫感觉像是正在和内心深处的卑鄙丑陋对视。

羞愧无比。自己要不停地圆谎，一方面不想失去正勋这个朋友，另一方面又不想放下对多真的爱意，这样的自己让他深深地感到绝望。

“你家真好。”正勋往后一仰躺了下来。

“我也想自己住。”

“等你毕业，就可以搬出来一个人住了。”

“呵呵，可那样又会舍不得老妈做的饭。”

“傻瓜。”

“对了，仁赫，你圣诞节做什么？”

“我很忙。”

尽管没有约人，仁赫还是立刻说了谎话。

“见女朋友？”

“才不是。”

“你长得这么帅，怎么不交女朋友啊？女生们会冲上来黏着你的。”

“我才回韩国几天啊，就交女朋友？再说，过几个月又要回澳大利亚去。”

“哼，本来还想和你带着各自的女伴一起约会呢。”正勋啰里啰嗦着闭上了眼睛。闭上的双眼中隐隐透出湿润。

“哎……要是那样该有多好……”

# 14

多真撞见正勋以后，再没见过仁赫。多真没有出门，仁赫也没有要出来的意思。

一整天都待在家里，一边学习一边侧耳听着门外的动静，多真讨厌这样的自己。

几乎整夜都在看书，周一考数学，压力比较大，多真一向不大喜欢数学。

揉了揉惺忪的双眼，打开房门，发现隔壁的门也正开着，像是正等着自己。

“喂，今天去学校吗？”仁赫问多真。

“嗯。”

“走得够早的。”

“早点去可以多看一会儿书，今天有考试。”

“哦，你说过这几天考试。”

每次见面都仿佛无法呼吸，渐渐熟悉起来了，心脏却还是乱跳个不停。

“喂，不晚吧？”

“嗯。”

“那你进来一下。”

“怎么了？”

“这个，让你进来就进来嘛。”

多真无法拒绝仁赫的话。其实，她也想能多见仁赫一面，听到仁赫的话，多真心里非常开心。

走进屋子，多真仔仔细细地打量仁赫的家，前天不在状态，都没有好好看看。

家里充斥着仁赫的风格，一点不像是单身男生的家，反倒收拾得井井有条，略带一丝冷清。

“认真复习了吧？”仁赫边问边走向厨房那边，多真也跟在他后边，坐到了餐桌前。

“马马虎虎。”

“听说你学习很好？”

“你怎么知道的？”

“正勋……那个……没什么。”

“嗯。”

一提起正勋的名字，就像迎头浇下一盆凉水，气氛瞬间变得冰冷，咔啦咔啦的。

过了好一会儿，多真听到了仁赫在准备什么东西似的声音。

“你周末怎么过的？”

“在家看看碟，回到韩国很想四处转转，不过好像这也不容易实现。”

“你经常回韩国吗？”

“没有，这还是我去澳大利亚后第一次回来呢，这里都有公交枢纽了。”

“是啊。”

“你去过澳大利亚吗？”

“不，没去过。”

“以后去玩吧，我带你去看考拉。”

“考拉，你见过吗?”

“嗯，见过一次，很可爱。”

“你什么时候回澳大利亚?”

“明年五月份就要回去了。”

“这样啊。”

“嗯。”

就算放任这份感情不管，总归也是要分开的，仁赫要回澳大利亚读大学。回到澳大利亚，仁赫也许会忘记发生在韩国的这些事情。步入大学校园，会在那里认识很多好朋友，爱上一个女生，留下美好的回忆。

想着想着，多真不禁有点伤感。

“来，吃吧。”

仁赫把裹上蛋汁，煎得金黄的吐司放在她面前。

“你叫我进来是让我吃这个?”

“喝不喝牛奶?”

“嗯。”

金黄吐司，香醇牛奶，加上仁赫的爱心。

“空着肚子考试，该记住的东西也记不住喽。”

“谢谢你。”

“想谢我的话，就在我脸上啵啵……”

嘻嘻哈哈的仁赫突然意识到自己在说什么，立刻闭上了嘴。多真看了他一会儿，忽然轻轻地在仁赫脸上落下一吻。

非常轻，非常快。

仁赫瞪大了眼睛。

“你……”

“怎么了？在国外生活了那么久，不知道亲吻面颊是一种问候礼节吗？”

“的确是这样，但是……”

明明是仁赫自己要求的，现在却闹个大红脸，多真看着他的样子咯咯直乐。仁赫望着笑得开心的多真，挪不开眼睛。

他没有想到多真竟然真的会吻自己，虽然是印在面颊上的一个小小的吻，可因为是多真，所以意义重大。

多真双唇碰过的地方仿佛火烧一般。

“喂，你笑起来好太多了。”仁赫开口说道，想以此掩盖怦怦直跳的心跳声。

“是吗？”

“不要总笑。”

“为什么？”

“这样太漂亮了。”

仁赫说出来的话，把自己都吓了一跳，他在心里说：“我现在说的这叫什么话。”

就像个刚刚谈恋爱的小男生一样，自己这副模样还真是好笑。多真依旧带着微笑，闪耀夺目得让人无法直视。

仁赫经常独自一人旅行。

游客们蜂拥而至的知名旅游景点全走遍了，也去欧洲欣赏过美得炫目的建筑物和艺术珍品。

但是，所有这些都在多真的笑容面前黯然失色，她的笑容美丽至极，存于世上的任何事物都无法与这份美丽相提并论。

“我知道了。”

多真的声音把仁赫带回了现实世界。

“以后，我只在你面前笑。”

多真说完，仁赫的心就扑通一声。太开心了，虽然无法拥有，不能抱入怀中，但多真的话真的让他太开心了。

“就这么说定了。”

仁赫胡乱说了句话，几乎忍不住要开心得放声大笑。

一直到考试结束的星期三，仁赫每天都煎好吐司。多真吃吐司的时候，仁赫就坐在对面喝咖啡看报纸。

这幅晨间场景会让心灵幸福到发抖，很多年以后，多真依然记得这一刻。

“哇！考试结束了！结束了！结束了！”

“去玩吧！”

“喂，我要去游戏厅玩通宵！”

“我也去！”

最后一门历史考完，学生们马上站起来，七嘴八舌，叽叽喳喳。这时，班主任走了进来。

“考试成绩会贴出来，你们自己去看。”

老师的话没起什么作用。

考试结束，就放假了。

明年升高三，这个寒假学生们要把所有的事情都做一圈儿。

“要玩到死才行。”

“要玩到不留遗憾。”

学生们纷纷表决心。

“考得怎么样？”智熙一边收拾书包一边问多真。

“我也不知道。”

“你这么说的话，是真的不知道吗？”

“嗯，你呢？”

“这回估计又是第一。”

“那真太好了，今天做什么？”

“不好说，早早结束了，回去睡会儿？今天也不用去便利店打工。”

“那明天你来我家？”

“嗯，真的？那明天我要去跟便利店老板请个假。”

“啊，不用特意请假的。”

“怎么说也要去我朋友的新家看一看嘛，有没有什么需要的？”

“就算是搬家，也搬得不远啊，那个，生活用品我都有。”

“那我就买卫生纸好了。”

“你搬家了？”在收拾书包的秀英问道。

“嗯。”

“什么时候搬的？”

“上周。”

多真的话语淡淡的，秀英听在耳朵里很不好受。

秀英以为自己和多真的关系已经很亲密了，她和正勋交往，那和自己也应该更加亲密，一起放学回家，一起旅行，最初那个不会笑的多真和他们在一起后，也渐渐变得爱笑了。

秀英认为这其中自己的功劳很大。

同班同学辱骂多真的时候，站在多真一边支持她的正是秀英。智熙经常只是默默地听着而已。

秀英以为多真也明白自己的心意，就算多真再怎么冷淡，其实秀英一直把她当成一个可怜的女生来看待。但是，多真搬家了，根本没告诉秀英，而智熙却知道。

很失望，很难过，不知道这段时间自己做的那些都算什么，这种情形就像单相思的男人总去纠缠一个女人一样。

尽管如此，秀英还是掩饰起自己的失落，若无其事地笑着拍了拍多真的肩膀。

“喂，你真是的，搬家都不说一声。”

“也是。”

“一个人搬家很累吧，搬到哪里了？”

“仁赫隔壁。”回答的人是正勋。

“啊，是吗？怎么会？”

“多真搬过去才知道仁赫住在隔壁。”

“啊，你也知道？”

“嗯。”

“什么嘛，就我一个人不知道。”秀英感觉自己被排挤在外，努力压抑着不满情绪。

“你早告诉我，可以过去帮忙啊。”

“没关系，我找了搬家公司。”

“那也要搬行李吃炸酱面啊，该多好啊。”

“最近要考试不是。”

“喂，喂，我们之间，这是问题吗？不管怎么样，下次再有大事，你一定要告诉我，知道吗？”

“嗯，好吧。”

“那我先走了。”

秀英和正勋一起出了校门。

仔细一想，最近放学正勋都没有和多真一起走过。两人交往以后，经常放学一起走，秀英也总是知趣地避开，留给他们二人独处的时间。

“喂，你不失落吗？”

听到秀英的话，正勋望着她，像是在用眼神问她“什么？”。

“搬家的事情只有我一个人不知道，我就不算朋友吗？”这种话，秀英可以对正勋说。

秀英虽然和多真亲近了许多，但多真的内心世界仍然有无法触及的角落，所以多真也不会彻底敞开心扉。

“我也是很晚才知道。”

“真好笑，你怎么说都是多真的男朋友啊……你是不是偷偷摸摸地去帮多真搬家了？”

“没有。”正勋笑了笑。

他的笑容显得有些伤感，秀英不由得皱起了眉头。

“喂，你干吗这么笑啊？你和多真之间是不是发生什么事情了？”

“我们分手了。”

“什么？”

“我……我和多真分手了。”

秀英停住了。这是什么意思，现在？她有些惊慌失措。

正勋说分手了？到底什么时候的事？不，为什么？怎么会呢？无数个问题在秀英的脑中徘徊。

“走吧。”正勋说道。

“喂，你……”

秀英根本挪不开步子。她大受刺激，先不说两个人分手的理由，单说自己竟然不知道他们已经分手的消息，这让秀英始终无法理解。也许，这件事智熙也知道，多真很多事情都会告诉智熙。

正勋竟然没有告诉自己，他和多真分手了，哪怕是只言片语。

自己就像个傻瓜一样。因为喜欢正勋而变得小心翼翼的自己像个傻瓜一样，因为喜欢正勋而无论如何都想维持友谊的自己像个傻瓜一样。

自己再怎么努力，也无法介入他们二人之间，但苦苦挣扎着想要介入他们之间的自己却变得好狼狈。

“怎么回事？什么时候分手的？”

“好久以前了。”

“喂！那你为什么不和我说啊？”

“那个……我不说，你迟早也会知道的。”

“喂！哪有这种道理？发生这种事情当然要说了，这算什么啊？我简直像个傻瓜。”

秀英苦苦压抑的不满情绪终于爆发了。

“这到底算什么啊？为什么只有我一个人不知道？智熙姐知道吧？”

“嗯。”

“仁赫呢？仁赫也知道吗？”

“嗯。”

“啊？那就只有我不知道啦？”

“对不起。”

“实在太过分了，你真的太过分了。”

“对不起。”

正勋一脸落寞不住地道歉，秀英看着他，渐渐冷静了下来，现在不是自己伤心发火的时候。正勋很爱多真，也许直到现在还深深地爱着她，否则不会流露出这种表情。

“为什么……要分手？”

“怎么说呢，多真本来就不爱我。”

“多真提出的分手吗？”

“嗯，但是……不要怨恨多真。”

“喂，喂，多真是和你分手，我干吗要怨恨她啊？”

其实秀英很恨，的确怨恨多真。一向开朗的正勋如今面带苦涩，秀英讨厌而且怨恨造成这一切的多真。

秀英眉头紧锁地接着往前走，正勋也跟在秀英身旁走着。一时间谁都没有说话，沉默重重地压在肩膀上，隐隐作痛。

“我们说好要做朋友。”

正勋首先打破了沉默。

“是吗？”

“嗯，所以我们现在是朋友，所以……没什么变化。”

“怎么会没什么变化？”

“那又有哪里变了呢？反正多真和我交往的时候，也是把我当作朋友来看待的。”

“是朋友吗？”

“嗯？”

“没什么。”

秀英差点把自己对多真的不满通通发泄出来。

多真不肯敞开心扉，弄得自己很伤心，很失落，差点就把这些都说出来了，可是现在最难过的人是正勋。

“喂，不管怎么样，搬家的事情瞒着我一个，分手的事情也瞒着我一个，实在太过分了！我简直要难过死了。”

“嗯，这件事我真的很抱歉。”

“嗯。”

很想哭，呜呜，呜呜，内心的泪水喷涌而来。嗯嗯，泪水又被吞入腹中，喉咙很疼。

“以后有事要告诉我啊，不要把我一个人排挤在外。”

“嗯，我不是要排挤你。”

“嘁……”

不知不觉走到了家门口，秀英不想就这样和正勋分开，虽然晚上还可以再见到正勋，但就是想和他一直待在一起。

听到多真和正勋分手的消息，秀英其实内心透着喜悦，她很高兴正勋现在又是一个人了。并非因为正勋没有了女朋友，秀英就能和他如何如何，但总归正勋恢复单身了。

“好女生多的是。”

“这种话就免了。”正勋尴尬地笑了笑。

“天涯何处无芳草，你一定会遇到一个特别好的女生，相信我。”

“金秀英，你怎么回事？一个劲儿跟我说好话。”

“朋友已经受到伤害了，我不能给人家双重打击啊。”

“哈哈哈，金秀英居然也会这么讲究啊，真是让我大吃一惊。”

“喂，你是不是从来没想过我这么细心体贴？”

“欧耶，金秀英，你神经错乱了吧。”

“你……你……你给我过来！”

“啊！我回家了！一会儿见！啊啊啊！你别跟过来！”

秀英假装去追赶夹着尾巴逃窜的正勋，追着追着停下了脚步。

打开大门的正勋挥手说拜拜，秀英也跟着挥了挥手。

正勋先进了家门。可能是因为心情还没有平复，秀英看着他熟悉的动作也觉得十分伤感。

假如我是多真，我进家门之前，你一定不会回家。

明知自己这种想法太傻，秀英依然胡思乱想。

“哎，我真像个傻瓜。”

熬了几个晚上。

考试期间真的很痛苦，晚上要打工，白天要学习，连睡觉的时间也没有。

现在一想到马上就要放假，智熙顿时如释重负。她想起了秀英后知后觉地知道多真搬家时的表情，一副受伤的模样。

的确，多真没有告诉她，秀英可能觉得自己被排挤在外，她原本就比任何人都看重友情。智熙觉得秀英很可怜。秀英暗恋正勋却不能明说，只能远远地看着正勋和多真交往，甚至还要尴尬地一直保持笑容。

“智熙。”

看到孤儿院门前熟悉的身影，智熙露出了微笑。是晟民来了。

晟民最近经常来孤儿院，因为他经常过来，孤儿院的孩子们都激动万分，晟民每次过来都会双手堆满了吃的玩的。

智熙也很高兴。

因为考试，智熙身心疲惫，但她一直期盼着和晟民聊天的时间快快到来。比起睡觉休息，见到晟民更有助于她消除疲劳。

其实两个人聊的也不是什么了不起的大事。

在咖啡馆相视而坐，随意说说最近发生的事情，读了哪本有趣的书，看了某部无聊的电影等等，都是些生活琐事。如果没有什么要说的，就一边看着窗外的景致，一边品味着咖啡的馥郁芬芳。

但，永远不会厌倦，反而神采奕奕。

“叔叔，你又过来了？”

“什么啊，你看见我就不能表现得高兴点吗？”

“哇！叔叔，你能来，我真是太高兴了，超级高兴，我感动得热泪盈眶，你知道吗？我的心在颤抖，啊，我头晕目眩，蓝天仿佛更加清澈透亮，这就是幸福的感觉啊！”

“拜托，我没让你这么说。”

“怎么了？我明明是照你的意思说的啊。”

“嘁，真受不了你。”

不符合年纪的稚嫩语气，嘟嘟囔囔的晟民十分可爱。

“累坏了吧？这几天要考试，觉也没法好好睡。”

“没事，反正马上放假了。”

“那就可以约会喽？”

“这要看叔叔的表现啦。”

“公主殿下，请问您是否恩准赐予微臣一个机会，让微臣能够侍奉公主殿下左右呢？”

“什么啊，傻瓜。”

智熙看到晟民真的单膝跪倒在地，咯咯笑出了声。晟民向智熙伸出手，小心翼翼地慢慢抬高，像是希望智熙能够握住他的手。

真想握住他的手。

虽然智熙很想握住晟民的手，但一旦握住，就再也回不了头，上次也是一样。不过，上回是晟民握住了智熙的手，智熙没有选择的余地。

此时此刻，是选择的瞬间。

握住，或者不握。

握住晟民的手，会改变很多事情，虽然表面上看不出有什么不同，但内心却会发生变化，自己轻轻收起的内心将随之发生巨大的改变。也许，这种变化会导致智熙非常痛苦。

我真是个傻瓜，还告诉多真要敞开心扉。

倘若面前的人不是晟民，自己握住对方的手很容易，但是，现在伸过来手来的是晟民，是晟民啊，意义何其重大。

智熙不想失去晟民，不想打破自己和晟民的这种舒缓自由的幸福关系，与其炽热燃烧，更期望目前这种平静的恬适能够长长久久。

“您不肯赐予微臣吗？哦，这让惨遭抛弃的微臣情何以堪啊。”晟民演戏一般哀婉地说道。

对晟民来说，也许只是一个没什么特殊意义的简单动作，可智熙看来却异常艰难。她犹豫了很久，想等晟民明白过来，然后把手收回去，不过，晟民似乎并没有这个意思。

“好吧。”智熙下定决心。

以后的事情以后再说，眼前这一刻只想握住晟民的手。

智熙选择了握住晟民的手，他温暖而厚实的手。

刚坐进晟民的车里，智熙就睡了过去，她也想忍住倦意，但睡魔来势汹汹，实在无力抵抗。

不知道睡了多长时间。睁开眼睛的时候，智熙发现晟民正在旁边注视着自己。

“我，是不是睡了很久？”

晟民没有说话，指了指车窗外边。太阳已经落山了。

“我睡了这么长时间啊，你干吗不叫醒我？”

“你睡得那么香，叫你起来干吗？”

“那也该叫我啊，这是什么地方？”

“开出首尔了。”

水库。夜色中看不大清楚，依稀可见宽阔的水库，明明暗暗的路灯照耀下，水库显得昏暗幽深。

“这一带是很有名的钓鱼场，今天可能天气太冷了，没什么人。”

“不是没什么人，是一个人也没有吧？”

人影都没有的昏暗水库显得阴森可怖。

“去别的地方吧？”

“不，我想闻一闻水的味道。”

一摇下车窗，寒风立刻灌了进来，饱含水汽的凛冽寒风直达肺腑，冰凉刺骨，因为考试变得昏昏沉沉的大脑也清醒过来。

“这里，真好。”

“对吧？”晟民开心地笑了。

吹了十分钟冷风，耳朵都快冻掉了，智熙关上车窗，晟民发动了汽车。

“走吧。”

“回首尔？”

“不是，去附近的咖啡馆。”

匠心独运、精心装修的咖啡馆鳞次栉比，都是首尔难得一见的装饰风格，可以就餐，也可以喝咖啡。晟民和智熙走进一家特别扎眼的蘑菇形咖啡馆，地上铺着碎石子，走在上边发出嘎啦嘎啦的声响，趣味十足。

“你经常来这边？”

“没有，这还是头一次。”

咖啡馆里典雅安静，一推开门就看见壁炉里的柴火噼里啪啦燃烧正旺，厨房飘来阵阵浓香。

“欢迎光临。”面善的老板娘出来迎接，今天只有两位客人。

“这种地方做生意能赚钱吗？”

顺着木楼梯上到二楼，选了张桌子坐下。店里装修全部使用木材，感觉像是来到了一幢精巧的木头别墅里玩耍。

“这个嘛，他们做生意，事先也应该知道这边的情况。肚子饿了吧？”

“嗯。”

智熙从菜单提供的几道菜里选了排骨汤和炸猪排，虽然搭配得有些不伦不类，但她已经饿得顾不上考虑这些了。

饭菜谈不上多美味，却让人吃得很舒服，调料放得不多，更能突显食材固有的味道。点的菜一扫而光，一边喝着餐后送上的咖啡，一边看着窗外的景色。

一眼就能看到水库，令人心旷神怡。

“这里真好。”

“你想住在这样的地方？”

“嗯，等我大学毕业，到这种地方生活也不错，开一间小小的咖啡馆。”

“你将来想做什么？”

“说不好，我想找一份高薪的工作，正在考虑要不要当会计师。”

“会计师？那要读经济系喽。”

“嗯，很遥远吧？”

“没什么，一天一天过去，很快就会成为一名会计师了。”

“我想多赚点钱，给孤儿院的弟弟妹妹买好吃的零食，漂亮的衣服，还要让他们能够尽情地看书，每个月给他们买几本书。”

“好。”晟民跷腿坐着，望着智熙。

“干吗这么看着我？”

晟民见智熙不安地眯起了眼睛，立刻放下跷着的腿，身子前倾，十指交扣放在桌上，直直地凝视着智熙。

“智熙。”

“嗯？”

“可能有些突然，不过……等你高中毕业，我们结婚好不好？”

智熙瞪大了眼睛，万万没想到的求婚。

语气和平时聊天一样轻松的求婚，让智熙觉得晟民是开了个玩笑，但当她仔仔细细地打量晟民的脸庞时，却找不到丁点儿开玩笑的意思。

晟民是真心的，这一点从他坚定的眼神中就能看出来。

“嗯……”

智熙一时间有些茫然，不知道应该怎么回答这个问题，而晟民也没有催她。

智熙知道，晟民的父亲是知名的国会议员，晟民自己也出身名校，目前的工作应该也相当不错。即使智熙从来没有问过晟民，她依然知道这些。

智熙是个孤儿，现在还没有读大学，就算读完了大学，从事什么样的工作也是未知数。

可以和任何人谈恋爱，结婚却是现实的，双方家人要见面，也需要具备和对方共同生活一辈子的决心。

想都不用想，晟民的家人一定会强烈反对。

然而，晟民早已过了对这些阻力一无所知的懵懂年龄，也许，他是经过了深思熟虑才说出这句话的。

“真的很突然呢。”智熙笑得很清纯。

既然世界上有熊熊烈火般炽热灼烧的爱情，也就有春风细雨般逐渐融入生命的爱情，晟民和智熙之间就是后者。

最初只是可爱的小女孩和好心的叔叔的一场相遇，不知不觉间竟然发展成爱情。纵然两人走过的岁月没有刻意贴上“爱情”的标签，但在分享生活中的点点滴滴，为彼此加油打气的过程中，爱情的萌芽已经破土而出。

既没有周围人的反对，也没有情敌的阻碍，这些小说中经常出现的爱情戏桥段一概没有，这种潺潺涓水般的爱情感觉也不错。与此同时，智熙终于意识到，自己真的爱上了这个男人。

“对，是的，我正在经历一场爱情。”

正是因为智熙爱晟民，她才不敢轻易握住晟民的手，连安慰的话语也变得小心翼翼，把自己的心意彻底掩藏起来，生怕被别人察觉。

“二十岁的人和十岁小孩在一起会被当成变态，那三十岁的人和二十岁的人在一起，就没什么不妥了吧？”

听到晟民的话，智熙咯咯直乐。

“好像也是。”

“我不敢向你保证，能够让你十指不沾阳春水，但如果你的手被水浸湿，我的手也绝不会是干的；你辛苦难熬的时候，我永远陪在你身边；你呼唤我的时候，我会放下所有工作立刻跑到你的身旁。任何时候，我的最爱只有你一个，就算将来我们生了宝宝，我也会爱你更多一些。”

轻柔绵长的爱情告白萦绕在耳边，晟民的眼神温柔似水，嗓音甜蜜唯美，晟民和智熙所处的空间仿佛变成了魔法之城。

“智熙，我们结婚吧。”

这一次，智熙毫不迟疑地握住了晟民的手，晟民紧紧地包裹住了智熙的小手，像是在说永远永远，绝对不会放开她的手。

“对了，还有这个。”

晟民从口袋里掏出一个小小的蓝色首饰盒，里边放着两枚纯白的白金戒指，上边镶着方钻。晟民先把其中一枚戒指戴到智熙的无名指上，然后把剩下的一枚戴到了自己的手指上。

“好了，看看，你以后不能再找别的男人啦。”

“啊，好可怕哦。”智熙莞尔一笑。

没有深情一吻的求婚，却把智熙变成了这个世界上最幸福的女人。

# 15

躺下睡觉，却毫无睡意。

刚刚浑然不觉，和晟民告别回到孤儿院，静下来想一想，才发现自己心跳得很厉害。接受晟民求婚的那一刻清晰地浮现在眼前，不禁心慌意乱。

智熙给多真打了个电话，传来了一个永远都那么慵懒迷人的嗓音。

“嗯，智熙啊。”

多真喊自己的名字，总是那么好听。

“睡了吗?”

“还没，正看书，你呢?”

“我……翻过来复过去地睡不着。”

“来我家?”

“可以吗?”

“我肚子好饿，正想点猪蹄外卖呢，一起吃吧。”

“好吧，那，我这就过去。”

“天晚了，路上小心。”

“嗯。”

智熙穿上厚外套离开了孤儿院。

一个人走在夜路上也会呵呵笑出声，一想到晟民，心中充满了温暖。智熙顺着楼梯往多真家走，看到一个人影，就停下脚步，一个男生正站在多真家门前。

他身材修长，给人留下很深的印象，眉毛浓密，眼睛细长，看上去十分冷漠。

“你干吗的？”对视之后，男生不大客气地问起了智熙，智熙用下巴指了指多真家。

“我有事要找这家人，怎么着？”

“你是崔多真的朋友？”

“嗯。”

“你叫什么名字？”

“凭什么告诉你啊？我还想知道你是谁呢。”

“姜仁赫。”

“哦。”

经常听到“姜仁赫”这个名字，他是正勋最要好的朋友，听说前阵儿回到韩国了。

“你，知道我？”

“正勋说起过你。”

“你还认识正勋？”

“嗯，我们是一个班的。你为什么站在多真家门口？来了就摁门铃啊。”

“不用你管。”仁赫很不礼貌地答了一句，然后回到自己在对面的家。真是个奇怪的孩子。

“来了？”多真出来迎接智熙。今天，多真用发箍把头发束到后边，利利索索地露出了额头，看起来更漂亮了，同为女生，也忍不住觉得她美得耀眼。

“有个叫姜仁赫的男生刚才在你家门口，我看他进了对面的房子。”

“嗯，他住在那儿。”

“原来如此。”

智熙没有漏过提到仁赫名字时，多真脸上一闪而过的微妙变化。不过，多真似乎并没有打算继续讨论下去，而是岔开了话题。

“我点了猪蹄。”

“嗯，太好了，多少钱？”

“我请客。”

“嗯，那我就不客气喽。”

智熙跟在自己家似的，舒舒服服地躺在多真家客厅里。很快猪蹄就到了，两个人立刻开动，猪蹄本身量不算大，好在送了很多小菜，很快两个人就吃得饱饱的。

两人一边摸着肚子，一边肩并肩躺在客厅里。

“我接受求婚了。”

听到智熙的话，多真直起了身。

“求婚？谁？”

“叔叔。”

“啊，他……是经常去孤儿院的那个叔叔？”

“嗯。”

“哇，原来他是个贼啊。”

“噗……”

多真偶尔会冒出一句不太符合她风格的话，经常把智熙逗乐了。

“把我的朋友抢走了，啊，这戒指？”

“嗯。”

“真漂亮。”多真喃喃自语。

多真的语气中透着羡慕，智熙听了却吃了一惊。

多真不是羡慕这些的人，如果她羡慕起了定情对戒，那……

“难道……”智熙脑中突然闪过一个念头。

“你答应了？”

“嗯。”

“他人好吗？”

“嗯，非常好，他说等我一毕业就马上结婚。”

“太好了，你们一定会非常幸福。”

“想不想见个面？我家那位叔叔。”

“可以吗？我倒想看看什么样的男人能把我们智熙迷得神魂颠倒的。”

“呵呵呵，有这么明显吗？”

“嗯，相当明显。”多真望着智熙直乐。

“那就明天见吧，我和他说一声。”

“嗯，好。”多真又在智熙身边躺下。

多真知道智熙喜欢上了孤儿院叔叔，每次提到那个叔叔，智熙的眼睛就会亮起来。所以，当智熙说接受了求婚时，多真真心实意地替智熙高兴，也很好奇对方究竟是个什么样的人。

和他一同戴上的对戒。

好羡慕。

多针也想和仁赫一起戴上对戒，穿着一模一样的衣服，穿梭在大街小巷，不用理会别人的眼神，什么都不用担心。

多真也明白这种轰轰烈烈不允许发生在自己身上。

“对了，智熙。”多真一时冲动，脱口而出，“我，爱上了一个人。”

这回轮到智熙噌地一下坐了起来，智熙吃惊地瞅着多真，点了点头。

“难怪啊……”

“你看出来了？”

“你不是羡慕这些的人，既然开始羡慕，那应该是出现了想让你和他在一起的人。”

“嗯。”

“是姜仁赫吗？”

多真也不由自主地坐了起来，她没有想到智熙口中会说出这个名字，她以为自己掩饰得很好，到底还是露馅了啊？

“你怎么……”

多真的眼神因为不安而闪烁迷离。

她怕别人看不起自己。正勋最好的朋友，姜仁赫，智熙也知道这个名字，她在的时候正勋没少提起仁赫的名字。

“没什么，女人的直觉。”智熙的眼神没有丝毫变化。

“你……不生气？”

“为什么要生气？”

“那个……不觉得我太不像话吗？”

“为什么不像话？”

“是……正勋的朋友，姜仁赫。”

“所以呢？”

“那……不应该嘛。”

“为什么？”

“因为他是正勋的朋友。”

“正勋的朋友有什么不应该的？正勋的朋友就不能谈恋爱了吗？”

“不，不是这个……我……不是背叛正勋了吗。”

“为什么要说这是背叛？”智熙的语气像是真的不明白似的。

“你已经和正勋分手了。”

“可是……分手之前我就喜欢上姜仁赫了。我，看见姜仁赫第一眼，就感觉到了爱情，可笑吧？一见钟情什么的，确实挺搞笑，可我……看见姜仁赫的第一眼就坠入了爱河，再也没法考虑其他任何事情。真的，任何事情。”

“……”

“我们还接吻了，我知道不应该这么做，这样对姜仁赫不好，对李正勋也不好……可我一看到姜仁赫，所有的想法全都消失了，甚至是不应该做的，还有不被认可的爱情。所有的注意力全集中到了姜仁赫身上，就好像和他在一起，一切的一切都无所谓了。”

多真不是多话的人，更不是喜欢表露自己感情的人，如今的多真却满脸痛苦和挣扎，吐露着自己的心声。

低沉单调的嗓音，听在智熙耳朵里却不啻于呐喊哀叹。

为什么不应该？为什么不行？为什么不行啊？多真仿佛正这样呐喊。

也许，大家会骂她。假如秀英知道了，正勋知道了，同班同学知道了，也许会指责多真。

不过，智熙可一点都没有瞧不起多真，爱上一个人有什么错？明知对方是正勋的朋友，却一见钟情，这又有什么办法？

智熙伸开双臂，抱住多真。多真没有拒绝拥抱，就这么滑进了智熙的怀抱。她瘦弱的身体单薄得摸得着骨头。

“多真，多真。”

“嗯……”

“就算你杀了人，我也不会骂你。”

“……”

“何况，你只是爱上了姜仁赫而已，我怎么会骂你？”

“……”

“就算世界上所有人都骂你，我仍然会祝福你，所以……”

多真的肩膀轻轻抖动。

“哭出来吧。”

这一晚，多真大哭一场，旁边看着的智熙心里也很难过，抱住多真陪她一起哭。

要正式介绍晟民跟多真认识了。

智熙跟晟民说想介绍个朋友给他认识的时候，晟民爽快地答应了。

“我这个朋友长得特别漂亮，说不定叔叔也会被她迷住呢。”智熙说道。

晟民哈哈笑了起来：“我崔晟民，才不是那么轻浮的男人。”

在预定的地点，晟民和多真一碰面，顿时都变得目瞪口呆，大惊失色之余，多真站着一动不动，晟民呆坐在椅子上动弹不得。智熙可没有觉得他俩是坠入了爱河。

一看两个人的表情，智熙立刻意识到，晟民就是多真的哥哥。晟民时常挂在嘴边的那个漂亮妹妹，多真提到的同父异母的兄长，此刻这两个人都在智熙的身旁。

氛围还不错。坐下用餐的时候，大家的神色都恢复了正常，还讨论着怎么会相处了好几年都没有发觉。

“这么说，智熙要成为我的嫂子了？”

“嗯，等到明年，你跟嫂子说话可得客气点啊。”晟民不合时宜地说教，智熙边笑边捅了捅晟民的肋下。

“我还要接着和多真做闺蜜呢。”

多真扑哧一声笑了起来，见此情景，晟民吃惊地放下了刀叉。

“怎么了？”

“啊……多真笑的模样我还是第一次见。嗯，怎么说呢，和以前相比，总觉得有些不大一样。”

“多真在我面前就是这样笑的啊。”

“真的吗？妹妹。”

“哦？啊啊，嗯。”

“太让人羡慕了！智熙，我和你换一天身体行不行？”

“什么啊，就算换了身体，里边的仁儿还是个大叔啊，你不知道一颗大叔的老心没什么魅力吗？对不对，多真？”

“嗯，没有魅力。”

“哼！”晟民摆出一个手按心脏马上要倒下的pose，多真又笑了起来。晟民很喜欢看到多真的笑颜，就不停地傻乎乎搞怪。

“真的好神奇啊，我们多真什么时候变得这么笑容灿烂了？不会是谈恋爱了吧？”

听了这话，多真的手微微颤抖。

“怎么办，这怎么办。”

智熙尴尬起来，晟民的眼神太毒了。

“什么啊，真是这样？什么样的男生？什么样的人能偷走我妹妹的心呢？”

“没有这回事。”多真冷冷地回答，刚刚还绽放在脸上的笑容已经消失殆尽。

“哦。”晟民也觉出有点不对劲，不再开玩笑，凝视着多真。

“你别总这么看着我，去看智熙的脸。”

“我想看看自己妹妹的脸，智熙，你会嫉妒吗？”

“当然不会，比起叔叔你的脸，我也更喜欢看多真的脸。”

“哼!”

“两个傻瓜。”多真又嘻嘻哈哈笑起来。

晟民和智熙高兴极了。

得知智熙口中的叔叔是晟民的时候，多真十分吃惊，但很容易就接受了这个事实。

智熙对叔叔的描述中，许多方面和晟民很像，可能多真不知不觉间已经隐隐约约意识到了。

三个人一起用餐，感觉像是一家人，比多真和晟民两个人单独见面时更加轻松祥和，真想能这个样子一直保持下去。是因为和家人在一起觉得放松吗?

多真终于不由自主地说出了仁赫的事情。

自己和正勋这般那般，然后爱上了仁赫，接着和正勋分手，再后来是和仁赫这样那样。

多真讲述的时候，晟民一言不发地听着她说。多真讲完以后，晟民用食指摩挲着下巴。

“怎么说呢，虽然这种情况有点尴尬，不过……这也不是什么要死要活的大错吧?”晟民一副没什么大不了的语气。

“可是……”

“你想挨骂吗？妹妹。”

“嗯?”

“智熙说没关系，我也说没关系，你为什么总说得好像做了什么丢人现眼的事似的？你是希望我们说你丢人现眼，说你心肠歹毒吗?”

“我不是这个意思……我是说，这种爱情……”

“只要不是伤风败俗，什么样的爱情都能被认可接纳吧？你和姜仁赫没有血缘关系，他也没有老婆，到底还有什么问题啊?”

“……”

“可能是你还小吧？等你到我这岁数，这种事情压根儿不会放在心上。”

“真的吗?”

“嗯，真的。”晟民呵呵笑着。

“话说回来，那个叫姜仁赫的小男生，挺有本事啊，长得人模狗样的……竟然把我妹妹的心给偷走了，我都没做到呢。”

“你做到了。”

听到多真的话，晟民朝她望去。

“哥哥，你也做到了。”

“……”

“和爸爸见面的时候……感觉像是认识了一位有钱的大叔，可是和哥哥见面的时候，我总会梦想着家人。我……开始渴望能拥有家人，所以，哥哥，你把我的心偷走了。”

晟民一句话也说不出来，接着突然站起来，走到多真身旁，紧紧抱住了多真。多真一边说着“干吗啊”一边使劲推晟民，晟民却把多真抱得更紧。

呵呵呵，传来了晟民低沉的笑声，是多真听过的最幸福的笑声。

晟民抱着多真，转过头望着智熙：“你看看，我妹妹，真的很可爱吧?”

智熙开心地笑了起来。

“比你原来跟我形容的，可爱一百倍!”

多真和仁赫一起去超市。之所以会这样，是因为秀英说要两家一起温锅。

今天是寒假前的最后一天，同学们一边叽叽喳喳讨论假期要做的事情，一边收拾书包，秀英这个时候走了过来。

“多真，你不温锅吗?”

“温锅?”

“嗯，咱们一起温锅吧，我们今天要去仁赫家温锅，反正也是庆祝，你也一起庆祝下怎么样？办两次的话既麻烦又费钱。”

“这个。”多真其实心里不大乐意。

她不想让正勋和秀英看到自己和仁赫在一起时的样子，正勋不知道，但秀英好像眼睛很尖。

“一起吧，一起温锅。”正勋过来了。

“我买洗发水。”

“家里有洗发水。”

“那护发素呢?”

“有洗发水还能没有护发素?”面对秀英的反驳，正勋咯咯一笑。

“那……香薰精油呢?”

“买那玩意做什么？还不如买点吃的带过去。”

“什么也不用买。”

“哎哟，这怎么行呢？我们会看着买点温锅礼物带过去的。”

怎么都拒绝不了。

“好，那我们一会儿晚上见吧。”

“嗯，智熙姐也一起来吗?”

“我就免了。”

“哎呀，姐姐要是能一起过来玩多好。”

“嗯，不过姐姐很忙的，你们玩得开心点。”

智熙先走了，正勋和秀英、多真一起走出校门，路上要分开时，秀英有点担心地问了一句：“我们过去，会不会不大方便？”

“嗯？不会。”

多真觉得很对不起秀英。保护自己在学校不受欺负，秀英的功劳很大，她总是挺身而出，站在自己这边，而自己却一而再，再而三地把秀英推得远远地，多真很讨厌这样的自己。

“不方便的话，我们就不过去了。”

“不会的，一会见。”

仁赫可能已经预先得到了消息，多真到家的时候，他正坐在楼梯上等着多真。

“去趟超市吧。”

“我放下书包。”

于是，多真就和仁赫一起去了超市。

“做什么呢？”

“你想吃什么？”

“牛肉汤。”

“牛肉汤？”仁赫扑哧一声笑了。

“你笑什么？”

“和你不搭啊。”

“那我应该和什么搭配呢？”

“牛排？海鲜汤？”

“我，喜欢韩餐。”

“好，喜欢就好，温锅喝牛肉汤有点别扭，下回再做给你吃。”

多真很高兴，能听到下一次的约定。

“三明治可以吗？”

“嗯，还有呢？”

“冻明太鱼锅。”

“噗。”

“怎么了？又不搭吗？”

“嗯，你怎么看都像是吃牛排什么的主儿啊。”

“傻瓜。”

仁赫熟练地逛着超市，只挑选需要的东西，然后利落地放入购物车，相当值得信赖。

“面包也买点？”

“好的。”

“零食呢？”

“少买几包吧，嗯？有试吃。”

仁赫把购物车推到试吃区，多真提着两包零食跟在后边。烤牛五花肉的大婶笑着说他们是一对可爱的小情侣，多真和仁赫的脸都红了，彼此对视一眼，多真先移开了视线。

“真好吃，这个也少来点？”

“这个下回我烤给你吃。”

真好，能从仁赫的口中听到“下次“两个字，就好像听到了他们之间还有未来一样。

多真和仁赫双手提着满满的食材往家走。

“在我家做吧。”

“为什么？”

“不然你家会弄得全是油烟味。”

“那在你家就不会有味了吗？”

“我家安装了高科技基因工学设备。”

“什么东西？”

多真咯咯笑着走进了仁赫家，真没想到，仁赫还挺能开玩笑的，刚认识的时候只觉得他疏离冷漠。

咚咚咚咚。

仁赫的刀工永远都像是一种艺术，他把要放进冻明太鱼锅里的萝卜切得整整齐齐，多真只顾着欣赏，都忘记了捣蒜。

“你把东西放下，去睡会儿吧。”

只要把蒜捣成末儿就行，可多真面前的大蒜还保持着圆溜溜的原始形态。

“啊，对，抱歉。”多真红着脸拿起了菜刀。

“行了，放下出去吧。”

“不，对不起。”

“有什么对不起的？”

“我该做的都没做。”

“晚一点做而已，又没人会因为这个发火，你，别有事没事地总道歉。”

“……”

“你今天不是一大早就起来去学校了嘛，去睡会儿吧，我来做饭。”

“可是都说好了要一起做的。”

“你可真是不听话。”

“好啦，我知道了，去睡了。”

多真乖乖地放下蒜，站起来。

“一会儿后悔了，去叫我过来帮忙也没用哦。”

“就算后悔，我也认了，我后不后悔你就别担心了，赶紧过去睡觉。”

“是，是。”多真在沙发上躺下。

长长的秀发垂到了沙发下边，仁赫很想去摸一摸这黑缎一样美丽的发丝。沙发上修长的身影曲线动人，仁赫不由得吞了下口水。

强迫自己移开视线，集中注意力捣蒜。看不到多真，仁赫使劲盯着蒜，辣到了眼睛，他抬起胳膊擦了擦辣出来的眼泪，听到多真在问自己。

“大学你要读天文专业吗？”

多真低沉喑哑的嗓音永远那么迷人，哪怕谈论的只是日常话题，心脏还是会扑通扑通狂跳一阵。

“我原来很想学天文，不过读天文专业，将来吃饭就业都有点困难，所以我想去读工科。”

“哦，是吗？”

“你呢？”

“我想学兽医专业。”

“和小动物亲密接触？好意外啊。”

“是吗？”

“你可不像能做好这份工作的人。”

“也许试过以后能做好呢？”

“你本来就喜欢动物吗？”

“嗯，因为动物不会说话。”

“这样啊。”

仁赫知道多真曾经被“话语”伤害过。不仅因为她美丽的容颜，更因为她身上那种超凡脱俗的神秘气息，多真经常遭受同龄孩子的欺负。

同龄的孩子不愿意接受另类的多真，一边莫名其妙地辱骂多真，一边坚守着自己人的小圈子，多真不知因为这个吃了多少苦。

这些孩子谁都没有想过，不管多真外表看上去有多与众不同，她终归是个和她们一般大，有相同心灵的女孩子。

“我喜欢动物的眼睛。”

“……”

“虽然看起来很空灵，但既漂亮又善良，清澈的眼睛完全是内心的真实写照，我真的很喜欢。”

“那就养只小猫吧。”

“以后吧，等我上了大学。”

对话结束，又过了好一会儿，蒜全捣好了，只需要放进锅里煮一下就好。三明治适合现做现吃，于是仁赫先做起了杂菜。

粉条切成便于烹调的小段，拾掇冲洗干净的菠菜和胡萝卜之类的切好，放进大碗里。仁赫不知道多真在做什么，一回头，看见多真正闭着眼睛，气息平稳，胸口微微起伏，像是已经睡着了。

窗外洒进的绯色晚霞映红了多真，仿佛莹润的红玉一般，她睡着了的模样就像慵懒的小猫咪一样可爱。

温馨平和的景象。

自己做饭，多真在一旁呼呼大睡的画面真希望能永远持续下去，没有其他人没关系，全世界只剩下他们两个也好，世界上所有的人都指责自己也好，只要能和多真在一起，仿佛拥有了整个世界。

仁赫一边笑，一边炒着杂菜。

杂菜炒好，多真还没有睁开眼睛。冻明太鱼锅煮到香气四溢，三明治也做好了，切得漂漂亮亮摆到了盘子里。

饭菜准备就绪，距离温锅庆祝时间还有三十来分钟，仁赫擦干手上的水，走到了多真身旁。

他走得小心翼翼，生怕踩到从沙发上垂下来的秀发，然后安安静静地坐到沙发旁边，注视着睡梦中的多真。

白皙透亮的润泽肌肤，和红唇形成鲜明对比，双唇透出水润光彩，充满诱惑。

咕咚。仁赫咽下口水，将视线从多真的双唇挪开，看着她纤细的脖颈，还有衣领间若隐若现的锁骨。没有一处不让仁赫心动，很想抚摸她，很想抱紧她。

“真想拥有你，崔多真。”

仁赫收回在多真脸庞附近徘徊的手，舔了舔因为渴望亲吻而干裂的嘴唇，把手轻轻地搭在了多真的肩上。

“喂，崔多真。起来吧。”

多真似乎睡得很沉，也很香，没有应声。

仁赫在心里轻声说：“乖，沙发不舒服，去床上舒舒服服睡吧。”

“他们要来了，快起来。”仁赫忍住想说的话，用对待朋友那种略微粗鲁的语气唤醒了多真。

合上的双眼一点点睁开，露出了黑色的瞳仁，有些恍惚有些迷离。

“嗯……菜呢？”

“都做好了。”

“真的？我什么忙都没帮上。”

“你帮我买菜就够了，我可没指望别的。”

“有你在我身边就足够了，我可以尽情地看着睡梦中的你。”仁赫话到嗓子眼儿，又咽了回去。

多真揉了揉眼睛，望着仁赫，睡眼惺忪的模样像极了小精灵。

“好香的味道。”

“这就是我的实力作证。”

多真看着摆在饭桌上的饭菜大为惊讶，仁赫准备的饭菜比她想象中厉害得多，而且还有难度比较高的杂菜和冻明太鱼锅，看起来好吃极了。

“你真厉害。”

“谁嫁给我，谁就走运了。”

“嗯，还真是。”

“这份幸运，我想抓住。”多真心里想着，点了点头。

“哎哟，你这么容易就点头同意，我倒觉得有点郁闷呢。”

“怎么？你一直和别人斗啊斗的吗？”

“长久以来，秀英那丫头可一直都在斗嘴呢。”

“呵呵，那是金秀英式的爱情表达方式嘛。”

“这倒也是。”

说曹操曹操到。正说着秀英，门铃就响了。仁赫和多真没做什么坏事，却打了个哆嗦，呵呵呵，两人相视一笑。

# 16

秀英心想，好奇怪。屋里什么地方不大对劲。很明显，气氛十分微妙。

仁赫和多真之间没有多余的谈话，也没有过多的接触，视线几乎没有交集，甚至看起来就像是在刻意地无视对方。

真是非常奇怪。

秀英凭着直觉就能确认他们之间有点问题。

女人的直觉啊，真是厉害呢，红色的警报响个不停。

然而，这似乎不仅仅是女人的直觉，正勋看起来也不大高兴。

仁赫和多真之间对话不多，偶尔的一次交谈却显得含情脉脉。仁赫和多真说话时，比对着其他人多了些不客气，多真也总是冷冷地回几个字，可就是让人觉得他们十分默契，真是莫名其妙。

“他们俩看着挺熟的啊。”

多真起身去洗手间，仁赫去房间接电话的时候，正勋撇着嘴说道。

“怎么回事，他们两个好像熟得有点过头了。”

“咦，难道？”

秀英心里想说的是“你说得没错”，嘴上却一个劲儿否认：“哪有啊，仁赫好像不大喜欢多真吧？”

她生怕正勋受到伤害。

“是吗？可是……有点怪怪的，我不喜欢。”

“哪里怪？”

“说不上来。”

多真已经和正勋分手了，可正勋并没有因此不想看见多真，反而十分渴望见到多真，虽然多真并不理会他。连正勋都感觉到了不对劲，那多真和仁赫两个人之间一定有点什么。

尽管秀英看不透多真的心思，因为多真的脸上读不出任何讯号，但仁赫就不一样了。

秀英认识仁赫很多年了，无论是儿时，还是在澳大利亚的时候，仁赫这还是头一次满脸洋溢着幸福。

“不喜欢的话，我们就走吧？”

“不至于，好不容易温次锅，那样怪对不起仁赫的。”

多真和仁赫回来的时候，正勋掩饰了不快，努力挤出微笑。他的微笑中充满了不安，这让秀英一阵纠结，很怕这样下去正勋会撕破脸皮。

秀英生起了气，多真竟然害得正勋挤出这种勉强的微笑。这不是仁赫的错误，也不是多真的错误，但秀英就是生气。

“你们俩一块儿做的饭吗？”

听到秀英的问题，仁赫回答道：“我自己。”

“我不是帮你买菜了吗？”多真补充说。

“菜全是我做的。”

“好，知道了，你厨艺好，行了吧。”

“你夸我怎么夸得这么别扭啊？”

“少拿小人之心度君子之腹。”

“嘁。”

又来了，诡异的氛围。尽管他们二人的谈话内容平淡无奇，那种感觉却微妙地让人心头一震。

坦白说就“像恋人一样”。

秀英摇着头，想极力否认突然涌上心头的想法。仁赫被秀英突如其来的举动吓了一跳，问她：“你想跳舞吗？要不要帮你准备舞台？”

“免了吧。”

“我看你跳舞热情高涨，控制不住吧？”

“呵呵。”多真笑了起来。

被仁赫的话逗乐的多真，好像坠入爱河的女生，原本琉璃一般的双眸中染上了感情，温暖和依恋。

秀英有些不知所措。她好像目睹到了什么隐秘画面，紧紧咬住轻颤的嘴唇，压抑着即将脱口而出的尖叫。

她在内心说：“为什么我会有这种感觉？”

仁赫比任何人都喜欢和珍视正勋，他对正勋的关爱有时候连秀英都要妒忌。仁赫明知多真是正勋爱恋的对象，又怎么会爱上多真呢？

多真也是一样。她经常从正勋口中听到仁赫的故事，很清楚正勋有多看重仁赫，如果多真是因为爱上了仁赫，才和正勋提分手的话……

“这简直是背叛，多真不是最痛恨这种行为吗？一定不会是这样，我不能怀疑多真。”

秀英又摇起了头，正勋瞪着她问：“你，你怎么了？”

突然四目交接，秀英一下子语塞。一直安安静静地注视着秀英的正勋开口问道：“你真的想跳舞吗？”

秀英下意识地摇摇头。

心中充满了不安，温锅宴却圆满地结束了，虽然看上去像是要发生些事情，最终还是相安无事。已经到晚上十一点多了，温锅宴结束了。

开始时落落寡欢的正勋后来也逐渐投入，开怀大笑，心情很不错。

所有人都在欢笑，可是越笑，秀英心中渐渐延伸的怀疑越重，等到宴席结束的时刻，她几乎可以确认自己的怀疑了。

“我先走了，你们小心点。”

多真先离开了仁赫家。

“我也要走了，正勋你呢？”

“我也走。”

正勋随着秀英站了起来。

“去睡吧，回头见。”

“嗯，好。”

“到家了给你电话，今天谢谢款待了。”

“洗碗很麻烦，要不我帮你洗完了再走？”

“行了，走吧。”

秀英和正勋朝外边走去，默默下楼梯的秀英突然想起了什么似的。

“啊，正勋，我把手机落仁赫家了，你等我一下啊。”

“嗯，快去快回，我在楼门口那儿等你。”

秀英确认正勋离开，匆忙上了楼梯，轻轻地敲了敲仁赫家的房门。

小心再小心，不想让多真发觉。

仁赫打开了房门，笑着问：“手机忘带了吧？”他递过秀英的手机。

“你这丫头真够健忘的。”

“进去说话。”秀英二话不说把仁赫推了进去，然后关上门。

看着秀英这出人意料的一出，仁赫皱起了眉头，觉得有些莫名其妙，秀英却不管不顾地抬头直视着仁赫。

“干吗这么看我？”

“……”

“你这是怎么了？有什么话要对我说吗？”

“仁赫，你……”

“喜欢多真吗？”秀英很想这么问问仁赫，但怎么也张不开这个口。

如果自己真问了怎么办？如果仁赫回答喜欢怎么办？如果事情成那样怎么办？

“什么？怎么话只说一半呢？”

“你……不要背叛正勋。”

秀英抛出了这句话来代替询问仁赫对多真的感情。仁赫表情一滞，铁青着脸盯着秀英，冷笑起来。凉薄的微笑让人看了心惊胆战，浑身都起鸡皮疙瘩。

仁赫把秀英推抵到门上，秀英觉得他简直是想掐死自己。不过，身后是紧闭的房门，逃无可逃。

仁赫低头瞅着圈在自己双臂间的秀英，用暗沉的目光紧紧注视着她，然后凑在她的耳边，轻声说道：“金秀英，你没资格和我说这些，马上给我消失。”

仁赫没有想到会被秀英发现。

这才是女人啊。

惊慌无处掩藏，同时怒火中烧。

这不是秀英应该干预的问题，假如说有人要指责仁赫，这个人只能是正勋，秀英和这件事毫无瓜葛。刚才还一直很好的心情，因为秀英的一句话就消失得无影无踪。

涨至膝盖的黑色泥泞沼泽不知不觉蔓延到了胸口，接着又淹没了脖颈。胸口被压得透不过气来，憋闷，难受。

气喘吁吁地从沼泽中脱身，迎上了冰冷的空气。

仁赫爬上了屋顶。他刚打开门，就看到一个身影，顿时停住了脚步。黑暗中纤细的人影让他心跳过速，缠绕在脚踝的黑色沼泽刹那间消失得一干二净。

多真拯救了他。

恋着多真很痛苦，爱上多真很绝望，但多真依然是仁赫的救命恩人，是痛苦的深渊中送过来的一束光明。

呜呜，好像有什么东西涌上了心头，很想大哭一场，很想抱紧多真，高声呐喊为什么非要是李正勋，为什么要在自己面前出现，心中苦苦纠缠，如果能早一点点，真的，哪怕只早一年也好啊。

仁赫握紧拳头，奋力压制着不断涌上的冲动。

多真发现有人，转过了头，黑暗中闪闪发亮的双眸如天上清冷的明月一般孤高。

“咦?”多真看见仁赫出现在屋顶，瞪大了双眼，吃惊的模样十分可爱。

“你上来了?”

“你……怎么在这儿?”

一步，一步，仁赫慢慢走向多真。

仁赫知道自己应该掉头往回走，但双腿像是完全不听他的使唤。

“我问你，你……怎么在这儿?”

“你突然之间说什么呢？我怎么就不能在这儿了?”多真露出个浅笑。

“该死！我是问你为什么非要现在这个时候出现在这里!”仁赫的嗓门儿提了起来。

“傻瓜，这是你们家的屋顶吗?”多真仍然没有生气。

“如果不喜欢我出现在屋顶，那你把屋顶买下来好了。”

“气死我了!”

问题是多真太可爱了。太可爱了，美丽到让人为之疯狂，麻痹了理智，这才是问题所在。

仁赫抓住多真的肩膀，吻了上去。

一接触到柔软润泽的双唇，一切都抛到了九霄云外。多真没有推开仁赫，仁赫抱住了仿佛在等待自己似的瘦弱身躯，纤细的蛮腰顿时失了力气，滑入他的臂弯。

炽热灼烧。

刺骨的冬夜寒风也无法靠近他们。

仁赫摸到了一直想抚摸的秀发，多真的发丝比他想象中更加柔软，他用手指轻轻摆弄着。仁赫环住多真的腰肢，让她稍稍后倾，再度探上红唇。

醉人的香气刺激着仁赫的嗅觉，润泽的柔软则占领了他的触觉。

仁赫心心念念全是多真，身心不留一丝余地。

我爱你，我爱你。

他想告诉多真。

我爱你，从看见你第一眼开始，我的心就属于你。

每时每刻，我都在想你。

我爱你，我是属于你的；我爱你，我看清了自己。

你是我的一切，你是我的世界。

深深的一个吻。

鼻尖轻抵，互相凝视，仿佛错过此刻再也无法相见，彼此挪不开眼睛。

仁赫小心翼翼地抚摸着多真的秀发。

多真合上双眼，默默感受着仁赫的指尖轨迹。温柔多情，因为多情而心脏战栗；痛苦沉吟，虽则痛苦却无法放弃。

“多真。”短短一声饱含深情无限。

“仁赫。”多真也用一片真心呼唤着仁赫。

“多真。”

“仁赫。”

没有刻意去谈论不被认可的爱情，两个人只是不停重复着彼此的名字。似乎这样就让他们十分满足。

“我……想去看企鹅。”

呼唤对方的名字到了口干舌燥，多真突然说了一句。仁赫笑了起来。

真是甜蜜。比入口即化的棉花糖更香甜，比回味悠长的太妃巧克力更醇厚。

“好，去，我们一起去水族馆。”

晟民又忙了起来。

多真失踪后，晟民好长一段时间面露疲色，不过很快他就重拾微笑，于是晟芝放下心来。果然，晟民只是同情多真而已，就像对待迷路的流浪狗一样。

然而，晟民又忙了起来，忙碌程度甚至超过了他经常和多真见面的日子。

而且，晟民坐在那儿动不动傻笑的时候越来越多，看电视时是这样，吃饭时是这样，常常想起了什么似的呵呵直乐。

“有什么好事吗？”

听到晟芝的问话，晟民耸了耸肩。

“世界上所有的事情不都是好事吗？”

“你最近总笑，是不是陷入热恋了？”

“这个嘛……”晟民嘿嘿笑了。

晟芝突然发现了晟民戴在无名指上的戒指。

纯白的白金戒指，镶着光彩夺目的钻石，一看就知道是定情对戒。

“这，是定情对戒？”

“嗯，那个……对。”

“是谁？”

“以后我会正式介绍给你认识。”

“为什么你没有跟我说起过？”

“真是的，你老哥我也有隐私呢。”

“什么啊，哥哥，我对你真失望。”

“你又有什么好失望的？”

“怎么不是？说都不跟我说……以前你有什么事情都会告诉我的，为什么不和我说呢？你认识了女朋友，告诉我多好，一起见面吃饭看电影，那该有多好啊。”

“晟芝，哪有人谈女朋友还带着妹妹一起去的？”

“你不就是吗？”

“我不会。”

“以前你不一直都是这样嘛。”

“以前一直都不是女朋友，只是学校同学或者师妹之类的。”

“那你就是不肯让我见那女人了？”

“晟芝。”

“什么啊，真是的！你真的不让我见吗？我应该第一个见到她！我是你妹妹！是哥哥有任何事情，我都会站在你这边的妹妹！”

“哎呀。”

“把手机给我！怎么着也得看看她长什么样吧。”

“行了。”

“赶紧的！”

“崔晟芝！”晟民第一次吼了起来。

以前，只要晟芝这样撒娇，晟民总会对她言听计从的，现在却不一样了。出现了一个特别的人，一个令晟民不惜对自己发脾气也要维护的特别的人。

“你不要再闹了，趁着我还没发火。”晟民怒气冲天。

“什么样的女人啊？到底什么家伙把我哥迷得神魂颠倒的？到底是什么样的女人？”晟芝在心里追问。

晟芝气呼呼地瞅着晟民，而晟民铁青的脸色丝毫没有缓解。

“真的……要这样？哥哥，你变了！”

“人本来就是会变的。”

“你真的变了！哥哥，我恨你！我不要和你讲话了，你不要假装认识我！”

晟芝用力推了晟民一把，跑回了房间。

晟芝呆呆地坐在床上，等着晟民进来找她。每当这种时候，晟民总会对自己的行为后悔不已，然后敲门进来道歉。

晟芝想先晾一晾晟民，等到他的嗓音带着哭音时再帮他开门，让他请自己吃冰淇淋，给自己看照片。她倒要看看，到底是什么样的女人，长什么样子。

但是，时间过去了很久，晟民也没有来敲晟芝的房门。

水族馆里很温暖。

昏暗的蓝色灯光和略显清冷的空气包裹全身，可多真依然只觉得温暖。

放假期间，有很多家庭来游玩，小孩子们叽叽喳喳叫嚷不停，横冲直撞跑来跑去。即使要穿过熙熙攘攘的人群才能前行，多真也觉得幸福。

没有企鹅。

真是不巧，去水族馆这一天，门上挂着写有“休整中”的木牌。

“怎么办？没有企鹅。”仁赫遗憾地说道。

“是啊，没有企鹅，很想看呢。”

“下回再来吧。”

“下回？”

“嗯，下回。”仁赫笑得灿烂。

多真望着仁赫，也露出了笑容。

两人心中满是幸福。

他们被人群推来推去，费力地向前走，突然手背轻轻碰在了一起。多真吃了一惊，连忙缩回了手。接着，稍稍稳定了情绪，可手又碰到了一起。

这一次，多真还没来得及缩回手，仁赫就握住了她的手，温热包裹的手。

"那种鱼能不能吃啊?"

仁赫若无其事地在展厅里东张西望自言自语，多真也由着仁赫握住自己的手，在展厅里游览。

深蓝色的水中，杂乱地漂浮着许多身形小巧、颜色艳丽的热带鱼。

"那种鱼应该叫热带鱼吧?"

"鱼不都是鱼吗?"

"傻瓜。"

默默看着水箱的仁赫突然点了点头。

"对，那些鱼估计不好吃。"

"你就一直在想这些?"

"这是个非常重要的问题啊，万一战争爆发，食物不足怎么办？那时候该吃什么呢?"仁赫指了指水箱。

"这个倒是也可以吃，到那个时候，最好是朝一些看起来比较好吃的下手。"

"你都想到那么遥远的未来了?"

"不是说有备无患吗?"

"呵呵。"

"这么严肃的话题，你笑什么?"

"没什么，你真强。"

"我经常听人这么说。"

"真的?"

"不是，假的。"

扑哧。

和仁赫在一起，没什么营养的玩笑话也会让多真笑容绽放。

"肚子饿不饿?"

“还行。”

“嗓子渴不渴？”

“有点儿。”

“那我们喝点东西吧。”

水族馆角落里有椅子可以坐，都被人们坐满了，正好有了一个空位子，仁赫连忙拽着多真过去坐下。

“等着我。”

“我和你一起去吧。”

“让你等着，就要说好，乖乖等我嘛。”

“好。”

仁赫满意地笑着去买饮料了。

梦一般的时光。

“旁人眼中，我们就像一对情侣吧？”多真心里说。

多真舍不得放开仁赫的手，没有握住对方的手时不知道，一旦握住再松开，手中会变得无比空虚，心里空落落的，好像很多东西都消失不见了。

“我有这么依赖别人吗？”

多真一直为自己不指望、不依赖别人而自豪，可是遇见仁赫的那一刻起，很多地方都发生了改变，开始对仁赫心存希望，心生依赖。

这时，青木高中高二年级的一位女生和闺蜜一起来水族馆玩，闺蜜也是青木高中的学生。她们两个一边感叹明年就要步入高三，一边规划着如何过一个最有意义的寒假。

“啊，人可真多啊。”

“所以嘛，如果知道是这样就不该来，还不如去乐天世界玩呢。”

“对啊，对啊，咱们现在就出去，去Bennigans吃饭吧。”

“嗯嗯，好，我想吃Bennigans的面包。”

“大吃一顿解解压，唉，其实我应该减肥的。”

“明天再开始减嘛。”

那女生正要往外走，突然停了下来，她看到了一张熟悉的面孔。

这么嘈杂的人群中，这么昏暗的光线下，仍然一眼就能看见那副白皙润泽的精巧面容，仿佛来自另一个世界的清高面孔。

万万没想到会在这里看到她，美丽面孔的主人完全不像会到这种世俗之处的人。

“喂，喂，那不是多真吗？”

她捅了捅闺蜜的腰侧，闺蜜似乎在她开口之前就已经看到了多真，正踮着脚尖朝多真那边望去。

“很意外吧？”

闺蜜也和那女生想法一致。

“是吧？她竟然会来这种地方。”

“她怎么不是和正勋一起来的啊？”

“啊，是吗？可是，她好像和正勋到处玩呢。”

“烦死了，正勋到底喜欢这种讨厌鬼哪里啊？”

“李正勋到底也是个男生嘛，说实话，她还是挺漂亮的。”

“就算是这样，可是……那种女生应该很快就腻了吧？”

“不知道，我不知道，等我考上大学，一定要找一个比李正勋帅一百倍的男朋友，而且只许对我一个好。”

“嗯嗯，等高考结束就减肥，然后美丽动人地步入大学校园，所以……哇，我想找一个那样的男朋友。”

正憧憬着大学生活的闺蜜突然视线盯在了某处，精神恍惚地喃喃自语。

那女生刚转过头，就看到了一个身材修长，带着点厌世叛逆感觉的男生。

这个男生帅得能把李正勋甩出八条街，冷峻的眼神男人味十足，如果他用这种眼神对着自己露出微笑，怕是真会被他迷得七荤八素。

男生两手提着饮料。

“他有女朋友了吧？”

“当然会有了，谁会放过这种男生啊？”

“嗯嗯，帅哥们一定都有女朋友了。”

突然，七嘴八舌的女生和闺蜜闭上了嘴巴。

只见那个男生走到了多真身边，把饮料递给她。多真抬头望着男生，脸上的表情让她们两个瞠目结舌。

多真对男生送上一个灿烂的笑容，就连对多真带有敌意的两个女生都觉得她的笑容甜美到让人心情激动，无论是谁都看得出多真陷入了热恋。

“路上小心。”

“嗯，你也是。”

“晚安。”

“嗯，你也是。”

多真和仁赫吃过晚饭去了清溪川，坐了好长时间的地铁，却一点也没觉得厌烦。

真不想松开紧握彼此的手。他们手牵着手来到清溪川，呼吸着清新的水汽，观赏着水面上明暗交错的灯火盛宴。

梦幻般的时光之后，到了家门前的日常道别。

回到家里，躺在床上，短信就来了，是晟民发来的。

“睡了吗？”

“没有。”

“可以进去找你吗？”

“你在哪儿？”

“你家门前。”

“进来吧。”

多真帮晟民开了门，他说了声“嗨”，走了进来。

“喝酒了？”

一股酒气扑鼻而来。

“喝了一点儿。”

表情看起来很忧伤。

“喝水吗？”

“给我点冰水吧。”

多真倒了满满一杯冰水，递给晟民。瘫倒在沙发上，脖颈后仰的晟民接过杯子。

咕咚咕咚。晟民一口气喝光了满满一杯水，又把头向后仰去。他似乎非常疲倦，多真一句话也没问。

多真拿出书看起来，不知过了多久。

“多真。”

“嗯？”

“如果要你在我和智熙之间选择一个人，你会选谁？”

“我谁也不会选。”

“哼。”

可能是因为没有听到想要的答案，晟民叹息后又问起了多真。

“如果万一……你已经决心和仁赫结婚，我却拼命反对的话，你会怎么办?”

不明所以的多真终于明白了，原来事情与晟芝有关。不过，多真并没有追问缘由，只是老老实实地回答了晟民的问题。

“哥哥，你总有一天会和心爱的女人结婚，会组建新的家庭。所以，我如何组建自己的家庭，不会受哥哥的干涉。”

“……”

“我会和自己选择的人结婚，这样以后才不会后悔。”

“是吗?”

“嗯。”

“如果智熙伤心难过，我不会放过他们。”

“谁?”

“让智熙伤心难过的人。”

“哪怕是我?”

“当然。”

“我是你的家人吧?”

“就算是我的家人，也不可以让我珍视的朋友伤心，我真的不会坐视不理。”

“哎呀，好吓人啊。”晟民咯咯笑出了声。

“我能住在这儿吗?”

“嗯。”

“谢了。”

多真又看书去了。

多真一边读着艾伦·狄波顿的《旅行的艺术》，一边憧憬着旅行，希望有一天能够去远方旅行，见见那些说着陌生语言的人们，尝尝不熟悉的食物，走走初次踏上的街道。

她傻傻地期待着那时一道同行的人会是仁赫。

呼呼呼，传来了均匀的梦中呼吸声。

晟民别别扭扭地蜷缩在沙发上睡着了，多真本想唤醒他，让他去床上休息，又打消了念头，拿来毯子帮他盖上。

第二天，晟民开车载着多真去了趟超市。

“哥哥，你昨晚不会是酒后驾车吧?”

“嗯。”

“想挨收拾吗?”

“哈哈哈，能被妹妹收拾一顿，好像感觉也还不错吧?”

“你说话别跟老油条似的，昨晚真的酒后驾车了?”

“我找了代驾。”

“真的?”

“对。”

见多真放了心，晟民一下子乐了。他很乐意看到多真变得感情外露。

“为什么突然来超市啊?”

“要买点我的宝贝妹妹喜欢吃的啊。”

“不用特意买。”

“早上我开冰箱，看里边几乎没什么吃的，你是不是拿快餐食品当饭吃呢?”

“没这回事，我吃得很好。”

事实的确如此，仁赫每天都会备下饭菜。

“那我们去商场吧?”

“商场?”

“我要买套正装，顺便一起买点你的东西。”

“我的就算了，我可以帮你选衣服。”

晟民调转车头，朝商场开去。

多真帮晟民选正装的时候，感觉有人盯着自己，她发现商场另一侧有张熟悉的面孔，是同班的女生。女生意味深长地看看多真，再看看晟民。不过，一遇上多真的目光，她马上转开了头。

多真不由得苦笑：“到了明天就会谣言满天飞，该说我援交了。”

以前的学校里就是这样。有几次晟民开车到学校等自己，结果没几天功夫，校内就传遍了多真援交的谣言，说她傍上了大款。老师们也把多真叫到办公室狠批，谣言波及甚广。

人们随心所欲地对多真品头论足，制造谣言。

现在多真已经习惯了这种事情，但对郁闷憋屈的苦涩滋味却束手无策。

“是认识的人？”晟民见多真望着别处，就问她。

“嗯？没有，没什么。”

“这件衣服怎么样？”

“刚才试的那件更好，不过，你为什么要选正装啊？”

“呵呵……我要去求一样东西。”

“求什么？”

“智熙妈妈的同意。”

智熙的妈妈就是孤儿院的院长老师。

多真粲然一笑，她完全能感受到晟民心中对智熙的爱有多深，连这一层都考虑到了。

# 17

虽说放了寒假，其实日子过得和上学时没什么不同，一大早开始上补习班对付数学题，让人忍不住发几句牢骚。

其他同学的心情可能和秀英一样，个个一脸苦相，不管结果如何，大家都期待着高考后获得解放。

虽然大家明年才开始上高三，但现在已经过上了和应届生别无二致的生活，时间缓慢流逝，功课冗长无聊，成绩停滞不前。

“多真应该能考上好大学吧？”坐在旁边啃面包的正勋嘀嘀咕咕。

“应该会的，人家学习好嘛。”

“你觉得，多真会读什么专业呢？”

“这个嘛，现在读的是理科，以后会读理工科吧？”

“理工科啊。”

正勋的成绩谈不上多好，就算发愤图强一年，也不一定考得上首尔地区中上游的大学，秀英也是一样。所以，秀英心中暗自希望能和正勋考上同一所大学。

“智熙姐也好，多真也好，她们怎么学习就那么好啊？”

“智熙姐真是了不起，一边打工一边学习，成绩都没有下降。”

“唉，我也希望自己能学习好。”

“你还是先学习再聊天吧。”

秀英起身去洗手间。走出补习班教室，几个女生也跟着秀英走了出来，都是一个学校的学生，虽然不是同班同学，但交友广泛的秀英也经常和她们玩在一起。

“秀英。”

“嗯？”

“你去哪儿？”

“洗手间啊，你们也想一起去吗？”

“哦？嗯。”

同学们的神色有些异样，彼此交换了个眼神，像是要说什么秘密。

“秀英，那个……”

“嗯。”

“正勋和多真……”

听到这两个人的名字，秀英浑身的肌肉瞬间绷紧，同学们还不知道正勋和多真已经分手了。

“他们怎么了？”秀英故作自然地问道，幸运的是，同学们似乎没有察觉到秀英的紧张。

“就是……他们两个之间是不是有什么事啊？”

“什么事？”

“嗯，分手或者……类似的事情，是不是？”

“怎么突然想起问这个？”

“不就是那什么嘛，我们上次一起去了水族馆，在那看见了多真。”

“哦？是吗？”

多真能去水族馆这种地方，秀英觉得相当出乎意料。

“多真和一个男生在一起。”

“另一个男生？”秀英险些尖叫出声。

多真已经认识了其他男生吗？到现在为止，她和正勋分手也没多长时间吧？正勋还陷在痛苦中不能自拔呢。

其实，心中还有比这更让人不安的预感袭来，秀英暗暗希望多真结交的男朋友不要是自己猜测的那个人。

“那男生长什么样啊？”

同学们像是一直在等着秀英发问，七嘴八舌地说了起来。

“个子特别高，可能有一米九吧，脸好帅啊……眼睛，好像不是双眼皮，对不对？”

“嗯嗯，长得有点凶，但真的很帅，冷酷帅气。”

“头发有这么长，年纪可能和我们差不多。”

“还有啊。听说，有同学上次看见多真和一个男人一起去逛商场呢。”

“对，我也听说了，那个男人看着好有钱啊，年纪也比我们大。不过，他们非常亲昵，就像恋人一样，当时正在挑衣服。”

“听说还勾肩搭背的。”

“有没有说接吻了？”

“谁知道呢，应该有过吧？”

这个年纪大些的多金男人是谁，秀英不知道，可是她很清楚先前提到的那个冷酷帅气的男生是谁，肯定是仁赫。

秀英的心重重一沉，虽不是什么恐怖事件，脊背却禁不住地阵阵发凉，手心浸出冷汗，耳边嗡嗡作响。

真的不愿意相信这一切。

她压根儿不愿意去相信，多真竟然会偷偷摸摸地见仁赫。

多真也好，仁赫也好，她都不想失去。

“喂，你们误会啦。”

秀英掩饰好自己的心思，假假地笑着。

“难道多真就没有朋友吗？”

“但是他们看上去根本就是情侣嘛！还手拉手来着。”

“拉手？你们看见了？”

“当然看见了，他们紧紧地拉着手往前走呢。”

秀英在心里哀叹：“唉，无可奈何。手都拉上了吗？”

“喂，应该是亲戚才会那样的，你们别拿这点小事做文章乱传闲话了。还有，也别在正勋面前说这些惹他烦。”

“正勋不应该知道这些吗？”

“你们弄误会了的事情，正勋为什么要知道？”

秀英自己更加清楚，这并不是误会。

“那也……正勋太可怜了吧。”

“那有什么可怜的？总之，不要传到正勋耳朵里哦，万一被正勋听到……”

秀英玩笑似的举起了拳头。

“你们作死。”

“哎呀，哪儿跟哪儿呀。”

秀英注视着同学们叽叽喳喳、朝小卖店走去的背影。

“多真和仁赫去水族馆了吗？难道……不是吗？对，不会的，是她们看错了吧。”和想法不同，秀英的双腿已经不由自主地行动起来了。

“我，先撤了，大姨妈到访，书包拜托你了。”

秀英留给正勋一条短信，向多真家走去。

叮咚，叮咚，叮咚。

听到狂躁不安的门铃声，多真直起身子，智熙躺着望向多真。

“谁啊，这个时间？”

“就是说呢。”

“多真，开门。”门外传来了秀英的声音。

多真把手放在门上，闭上了眼睛，秀英比往日激动许多的嗓音已经说明了她为什么来这里。

该来的迟早会来。多真曾经预想过，总有一天会发生这种事情。

多真闭着眼睛稳定情绪，然后慢慢地拉开了门。

“你怎么来了？”

多真语气平稳地问道，表情与平时没有区别。

“我有话要和你说。”

“是吗？进来吧，外边冷吧？”

“嗯，很冷，咦？智熙姐在这儿？”

“嗯，在呢。”智熙躺着挥了挥手。

“不过，看样子得马上消失了。”

“对不起。”

秀英并没有挽留智熙。智熙担忧地看了多真和秀英一眼，看到多真露出笑容暗示说没关系，智熙略微松了一口气，离开了多真家。

智熙刚走，秀英就紧紧盯着多真。

“多真。”

“嗯？坐下说吧。”

“你，背着我们偷偷摸摸见仁赫吗？”秀英直截了当，毫不转弯抹角，多真也觉得这样自在许多。

“偷偷摸摸？”

“对，偷偷摸摸。”

“我没有偷偷摸摸地见仁赫。”

多真丝毫没有慌乱，秀英还以为是同学们看错了，但紧接着又传来了多真的回答。

“你就不会找个时间和朋友见面吗？我也只是见朋友而已，并不是偷偷摸摸地见什么人。”

“见面……去过水族馆吗？”

“嗯，前几天去的。”

“这……不就是偷偷摸摸见面吗？”

秀英提高了嗓门，一点不像她自己的嗓音，寒心失望，声音微微颤抖。

“你和朋友见面的时候会事事向我汇报吗？不会，对不对？我突然想去什么地方见什么人，难道不可以吗？”

“不可以！”秀英尖叫起来。

多真依然神色淡淡。

“崔多真，你知不知道你现在说的是什么！你和姜仁赫根本不是朋友！”

“不是你们介绍我们成为朋友的吗？”

“你……话不能这么讲。”

“……”

“你明明知道姜仁赫是什么人，姜仁赫，他是正勋最好的朋友，正勋把他当成一家人，既然如此，你就不能和他这样。”

多真不再解释，冷冷地看着秀英。

“如果你偷偷地和姜仁赫见面，有没有想过这会给正勋带来多大的伤害？正勋对你来说就是这么个可有可无的人吗？即使他马上会受到伤害也无所谓？”

多真还是默然无言。

“你真的不能这么做，这是在背叛正勋。”

“……”

“听说你们还拉手了？普通朋友不会手拉着手游玩吧？你和仁赫做不了朋友的，这一点，你自己也清楚，男女之间根本不存在什么友情。”

多真就像一尊石像，面无表情。

秀英很想哭。

多真过于淡然，她很生气；多真没有更多的解释，她也很生气。秀英打心眼儿里希望多真能好好地解释一下这件事。

但是，眼前的多真，默默地站在那里的多真，似乎也很难过。其实，该难过的人是正勋。

秀英咬紧牙关，不想过多地指责多真。

“多真。”

“嗯。”

“拜托你，千万不要让我恨你。”

“……”

“你倒是说点什么啊。”

“你走吧。”

“多真？”

“秀英，你走吧。我想一个人待会儿。”

多真既没有道歉，也没有保证不再和仁赫见面。秀英垂头丧气地离开了多真家，一出门，就碰上了仁赫。

仁赫本来是听到多真家有吵闹声，才出来看看的，现在一言不发地死死盯着秀英。

秀英凝视着仁赫，她需要找个人来泄愤，但也清楚仁赫才不吃她那一套。

“你……”

“……”

“我恨死你了，姜仁赫。”

仁赫没有回答，他的表情和多真一模一样，充满了伤悲。秀英看了不由得气不打一处来。

最终，秀英还是离开了villa。

秀英已经离开三十分钟了，多真还保持着秀英离开前的姿势，一动不动地站在那里。秀英理所当然地会感到愤怒，一开始她也试着辩解，可那些说辞连自己都觉得说不过去。

她从没有把仁赫当成是朋友，从一开始，就没打算和仁赫做朋友。可自己仍然厚颜无耻地直视着秀英，说自己和仁赫是朋友，真是可笑之极。

哪来的什么朋友。

“为什么……会这样？”

多真慢慢地抬起手，越过腰际，手掌翻过来，手心冲着天花板。

什么东西也没抓住的白皙双手，什么东西也抓不住的无力双手。

“为什么我……不能按照自己的意愿活下去呢？”

没有一件事可以按照自己的心意实现。家人也好，爱情也罢，能够牢牢握在手中的东西一样也没有，所有的事情都要被别人干涉，顾及到世人的眼光。

“为什么……”

多真美丽的脸庞因为痛苦而扭曲，清冷的月光投射入骨。

“哪怕有一次……能让我按照自己的意愿生活不行吗？为

什么?”

没有任何回答。

叮咚，叮咚。

不知道什么时候响起了一连串的门铃声。

多真明知门外是谁，却堵上了耳朵。

不能开门，不能开门。

现在打开门，我会崩溃的，我的内心会彻底崩塌，再也不能挺立。

然而，门铃依然响个不停。

不行，回去吧，求求你，回去吧。

门外的人没有回去。

“多真。”他反而温柔地唤起了多真的名字，那声音让多真不得不屈服。

“开一下门。”

多真身体不由自主地移动了。

咔哒一声，门开了。仁赫看着多真，露出一抹浅浅的微笑。

和仁赫面对面的一瞬间，多真把之前的一切都忘得一干二净，仿佛那些事情发生在另一个世界，已经无声无息地消失殆尽。

“咱们看碟吧。”

仁赫举着不用费脑子思考的好莱坞动作片DVD，在多真眼前晃了晃，多真点了点头。

“嗯，进来吧。”

“你有DVD播放器吗?”

“嗯。”

电影开始播放，两个人肩并肩坐在沙发上。

电影十分暴力，冲突激烈，一开场就展开了激烈枪战。虽然剧情相当精彩，但多真的注意力却无法集中到电影上。

仁赫应该知道秀英来找过自己，秀英巨大的吵嚷声会一直传到仁赫家。可是，仁赫却对此只字未提，真该感谢他。

多真和仁赫静静地盯着电视，这个空间只有他们两个人，仿佛世界上所有的纷争都和他们二人无关。

相隔甚远的两个人渐渐地靠近了，仁赫垂在沙发上的手和多真的手交叠在了一起。暖暖地包裹着自己的大手仿佛是救赎，抓住这只手，即使到了地球毁灭的一刻也能获得拯救。

多真凝视着仁赫。

仁赫回望着多真。

二人的视线在空中交会，仁赫的脸庞缓缓靠近，多真闭上了眼睛。

触碰唇瓣的那一片柔软。有些粗鲁，又渐渐温柔的深深一吻。

希望永远，永远，停留在这一刻。

秀英在家门前遇到了正勋。

正勋提着秀英的书包，看到秀英从远处走来，吃惊地瞪大了眼睛。

“怎么回事啊，你不是说大姨妈拜访吗？偷偷跑哪儿玩去了……秀英？”

正勋的话说不下去了，因为秀英突然紧紧抱住了他。

“秀英？”

长大以后，他们再也没有拥抱过，但此刻秀英按捺不住地抱住了正勋。看着一无所知的正勋笑眯眯的模样，秀英难受得心如刀割。

“怎么了，秀英？”

幸亏正勋没有推开秀英，万一正勋推开了她，她一定会很受伤。

“秀英，发生什么事了？”正勋的声音中充满了担忧。

秀英完全无法理解多真。怎么忍心让这么好的男生，这么可爱的男生遭受那么大的伤害？他明明这么温柔，这么体贴，这么单纯。

“正勋。”

“嗯？”

“你真的……是我最要好的朋友，知道吗？”

“嗯，嗯。”

“这个世界上，你是我最珍惜的朋友，知道吗？”

“嗯，知道，你也是我最珍惜的朋友嘛。”正勋笑着轻拍秀英的背脊。

“不要改变，正勋，无论发生什么事情，你都要和现在一样才行啊。”

“这个有点困难吧？”

“……”

“我以后会变得更有男人味，更加身强力壮啊。”

“傻瓜。”

正勋昨天有点吓着了。

秀英突然抱住自己，固然会感到惊讶，更意外的是秀英好久没有这么坦诚地说“珍惜的朋友”之类的话了。

正勋担心秀英是不是出了什么事。

秀英没来补习班，给她打电话，说可能得了重感冒，浑身很不舒服。

放了学得去看看她，是不是要买点水果带过去呢？哎，我们之间的关系还用得着什么水果啊，就这么直接去吧，反正也没钱。

正勋一边胡思乱想，一边随手划拉着英语单词，这时，几个女生犹犹豫豫地走了过来。

“那个……正勋。”

“嗯？”

“那个……”

“嗯，怎么了？有什么事吗？”

看到正勋一脸阳光，女生们好像更加难以启齿，互相使着眼色，让别人先说，终于有一个女生忍不住开了口。

“多真……好像红杏出墙了。”

“啊？”

“多真……上次我们看到她和其他男生在一起。”

“哦……哦……”正勋苦笑连连。

还以为要说什么事呢，多真爱上了别人，才会和自己分手，可能她们看到的就是多真和那个人约会时候的事吧。虽然事实如此，但是亲耳听到，依然会清晰地体会到心痛的感觉。

刺痛，刺痛，锥心的刺痛！

一想到多真和其他男生走在一起，正勋心里就无比难过，曾经忘记的伤痛又占领了全身，从心口开始蔓延的痛苦难以控制。

他勉强保持微笑。

以前，自己一个人坐在那儿也会面带微笑，大家都说自己天生一副笑脸。可是现在，不特别注意的话，自己的表情就会铁青僵硬。

“我们只是觉得，可能你应该知道这些。”

女生们见正勋不回答，有些不安，刚才说话的女生还多说了一句。正勋的脸上挂着微笑，只是，这微笑极其苦涩。

“谢谢你们费心，不过，我，已经和多真分手了。”

# 18

平安夜。

为情侣们更添一分幸福的时刻来临了。

晟民和智熙计划在平安夜一起游玩，然后回孤儿院同孤儿们过通宵。晟民打算装扮成圣诞老人，于是二人一起去了商场，买送给孩子们的礼物和扮装圣诞老人用的服饰。

晟民和智熙没有牵手，但任何人看了都知道他们是一对情侣，他们幸福的模样也温暖了多真的心灵。

平安夜快要过去的时候，多真独自一人坐在家中，她知道正勋和秀英去了仁赫家，仁赫家却出奇地安静。

有之前的事情做铺垫，想必秀英看仁赫也不会顺眼，冷言冷语，夹枪带棒，可能还会传到正勋耳中吧。

因为自己，害得人家好朋友之间关系产生裂痕，多真十分自责。

"这个时候，哥哥应该在扮演圣诞老人了吧。"

多真刻意地想些别的事情，这时门铃响了起来，多真急忙打开门，圣诞老人站在门外。

"啊……"

多真盯着对方惊讶地说不出话，圣诞老人开口说道："乖孩子有礼物哦。"

"啊……"

“呵呵呵，看样子把我们多真吓着了，来，把礼物拿好，爷爷我现在要搭雪橇去找其他小朋友啦。”

“仁赫。”

“呵呵呵，什么仁赫，那是谁啊？听名字好像是个乖孩子哦。”

“好玩吗？”

扑哧……

“你笑了？”

“哈哈哈……”

多真捧腹大笑起来。

扮成圣诞老人的姜仁赫，不知道有多好笑。

巨人一般的高大身材找不到合适的衣服，红色的裤子只到小腿处，白色的胡子粘得乱七八糟，看着就很有喜感。

仁赫看着多真在自己面前大笑不止，不好意思地红了脸，那副样子别提多可爱了，多真又扑哧笑了起来。

不知道有多久没有这样开怀大笑了，或者应该说，这还是多真第一次肆意欢笑，笑得肚子都快抽筋儿了。

真开心。

有这样一个人在自己身边，甚至愿意为自己穿上搞笑的服装，这实在是太幸福了，不过，心却在奇怪地隐隐作痛，只是因为确实好笑，才会一直笑个不停。

“喂，喂，现在笑够没有？”仁赫撕下白胡子嘟哝着。

“哈哈哈……”

“哎哟，跟你说别笑了。”

“哈哈哈……”

“坏孩子，不给你礼物了。”

“给我，给我，快给我。”

多真一手捂着肚子，一手伸向仁赫。

她厌恶别人的施予，却希望从仁赫那里得到什么，就算被仁赫套上无声的羁绊，也甘之如饴，她心甘情愿被仁赫所困。

“来。”仁赫把一个小盒子放到多真手心。

深紫色的小盒子，打开是一条带有雪花结晶状吊坠的银色项链。光彩夺目的饰品映入了多真的眼帘。

“真漂亮。”

“我也不知道女生们喜欢些什么……”

想到仁赫苦恼地挑选礼物时的样子，多真莞尔一笑，心中满是幸福。

“太漂亮了，真的很漂亮，谢谢你。”

多真有很多大牌的项链，现在对着这样一条小小的项链，却高兴地仿佛拥有了全世界。仁赫凝视着多真，笑容灿烂的多真可爱得叫人招架不住。

真想抱住她。

“多真。”

“嗯？”

多真正想要戴上项链。

“给我吧，我帮你戴上。”

仁赫很自然地接过项链，戴在多真的脖颈上，拼命控制着冲动，以免自己吻上她白皙纤细的颈部。

“怎么样？”

“很适合你，我的眼光果然不一般。”

“呵呵呵。”

“多真。”

“嗯？”

“我们……去正东津好不好？”

“新年去的话太老套了。”仁赫解释着。

海风应该会很冷，多真裹得厚厚的，仁赫还把自己的灰色围巾帮她围上，多真的身子变得胖乎乎圆鼓鼓的。

他们搭出租车到了客运汽车站。

夜已深，街上的人仍然相当多。

“是因为平安夜吗？”仁赫喃喃自语。

凌晨时分的客运站还是有很多人，没想到真有不少人抱着和仁赫相同的想法。仁赫和多真好不容易才买到前往正东津的车票。

“到那儿就五点了，我们可以看清晨日出。”

“嗯。”

“不冷吧？”

“嗯。”

“要不要边吃关东煮边等车？”

“好吧。”

距离发车时间还有三个小时，但他们一点也不觉得这段时间漫长难熬。

光吃关东煮填不饱肚子，两个人又吃了些炒年糕和天妇罗。天妇罗放得有些皮，炒年糕有点坨了，他们却吃得津津有味。

仁赫轻轻拭去多真唇边沾上的一点炒年糕汤汁，手指轻轻从唇上掠过，身体一阵战栗。

“你们去正东津吗？”

旁边有一对情侣坐在简易候车席上，其中的男人搭讪说道。

“对。”

“我们也去正东津。”女人开心地说道。

多真不习惯和陌生人聊天，就安静地坐在一旁，仁赫却出乎意料地和他们大大方方聊了起来。

“果然还得是这个时候去正东津啊。”

“我们是第一次去正东津。”

“哦，是吗？”

“虽然没什么特别的看头，好歹是个著名景点，就过去看看吧，当作我们五周年纪念。”

“啊，恭喜了。”

“你们也是恋人吧？”

扑通一声，多真的心脏好像一下子沉了下去，她生怕仁赫口中滑出一个词“朋友”。

心知肚明他只能这样来描述他们之间的关系，多真却很怕听到这个词。

“对，没错。”仁赫朝这对情侣点点头。

多真望着仁赫，仁赫冲着多真一笑。

“你们两个，真的很扎眼。”男人说道。

多真第一次看向这个男人，二十岁上下的年纪，女人也差不多相同年纪，穿着短裙，很像一个稚嫩的少女。

“我就觉得你们是情侣，从一开始就看出来了。”

“对啊，你们真的很般配。”

“这个……是我收到的圣诞礼物。”

多真不由自主地轻轻拨弄着项链说道，自己都觉得这举动是犯傻，那对情侣竟然露出了温和的微笑。

“很漂亮呢，你快看看，我不是也让你给我买条漂亮项链吗？”

“你不是已经有很多项链了吗？”

“人家还想再要一条嘛。”

情侣拌嘴的时候，仁赫重新打量起多真，他没想到多真会拿收到礼物这件事出来炫耀。

多真炫耀完礼物，就陷入了不知所措的茫然与窘迫，红了脸庞，可爱迷人。

仁赫轻轻抚摸多真的面颊，多真缩了一下，不过，没有避开。

“你们什么时候的车？”

“二十分钟以后。”

“哦，我们也是那趟车，一会儿我们一起吃早餐吧？这也算缘分啊。”

“喂，喂，人家想二人世界啦，你别妨碍人家嘛。”

“没关系的。”仁赫回答。

女人脸红了。

“你看，人家说了没关系呢。”

“真对不起，我女朋友想到一出是一出。”

“喂，喂，我哪儿有？上哪儿找像我这么高大上的女朋友啊？”

“哼。”

一对没心没肺的开心情侣，一点也不招人讨厌，甚至比和正勋、秀英在一起时还要自在。也许萍水相逢才会有这种感觉吧。

“要不要来张纪念照？”

男人背着一个硕大的专业级相机包，从里边掏出来的却不是大个头的单反，而是一个小小的一次成像照相机。

“好啊，麻烦你了。”

仁赫和多真尴尬地站了起来，女人说道。

“哎呀，手牵着手啊，或者搂着肩膀什么的，既然是情侣，就拿出点情侣的样子来嘛。”

“不是，我们……”

多真正想辩解，仁赫已经搂住多真的肩膀拽到了自己这边，多真来不及惊讶，男人“咔嚓”一声按下了快门。

“好了，给。”男人把一次成像的照片递过来。

小小的照片还是一团黑，几秒钟后，墨色的相纸上悄悄浮现出颜色，接着又有了清晰的轮廓。

照片中出现了一对幸福的小情侣，多真看着露出了微笑。

“我们拍得很棒吧?”

“嗯，的确。”

只有此时此刻，只有今天一天享受这种幸福的感觉，不算罪孽吧？今天是圣诞节啊。

“你拿着吧?”

汽车马上出发。

那对快乐的小情侣位置在最后边，与多真和仁赫离得很远，他们小声说着说着就睡着了。

多真没有睡。她无比珍惜这每一分每一秒，很羡慕那对快乐的小情侣，五周年，他们可以在一起度过梦一般的五年时光。

仁赫也没有睡，望着窗外。车窗蒙上了白色的水汽，仁赫透过灰蒙蒙的车窗望向外边，看了一会儿或明或暗的路灯，然后闭上了眼睛。

要把这一刻铭刻在心中。

刺骨的海边寒风，吧嗒、吧嗒，轻盈拍岸的海浪声音，沙沙作响的干燥海沙。

等待日出的时候，买来两杯碗面，两个人坐在沙滩上吃了起来，辣乎乎的热汤让身体逐渐暖和起来。

“喂，这个真的很好吃吧？这可是我这辈子吃过的最好吃的碗面。”

多真看着仁赫笑了起来。

“嗯，现在是我这辈子最幸福的时刻。”

太阳很快升起。

天气不大好，能见度不高，看着不太清楚，但原本黑漆漆的大海慢慢浸染上一片绯色，这幅景象依然十分壮观。天空成了朱红色，又在不知不觉间变成了掺入些许灰色的蓝色。

仿佛忘记了海风的凛冽，两个人手拉着手坐在沙滩上，其他观看日出的恋人们都在七嘴八舌，喧闹不已。

“哎呀，没什么特别嘛。”

“天太阴了。”

“冷啊，真冷，找个地方待着吧。”

“饿死了。”

只有多真和仁赫呆呆地坐在地上望着大海。

真美，两个人一起看的日出更美。

倘若独自一人前来，可能体会不到这份美丽吧。

就像人们弥留之际才更懂得生命的意义一样，多真和仁赫知道总有一天会分开，所以格外珍惜二人相处的瞬间。

真不想分开。

哪怕是做普通朋友，也想在一起。即使不能在人前大大方方地介绍说“这是我的恋人”，即使最多只能偷偷见面轻吻一下，也好过分离。

然而，这样见面的时光也很快就要结束了，六月份之前，仁赫要回澳大利亚。

多真思绪万千，不由自主地把头靠到了仁赫的肩上。这是多真下意识的举动，仁赫环过她的肩部，让她靠自己更近些。两个人都没有起身。

“冷吧?”

“还好。”

“鼻头都冻红了。”

“我本来鼻头就有点红。”

“你是酒鬼吗?”

“呵呵。”

“不饿吗?”

“还不饿。”

“好吧。”

多真不想站起来，就撒谎说不冷也不饿。

多真一直坚持到身体受不了的时候。

“慢慢起来吧?”

“好吧。”

站起来环顾四周，除了他们，只剩下一对情侣，就是来时遇到过的快乐的小情侣。

男人在拍照，女人正在练习本上认真地画着什么，看到他们两个，女人挥了挥手。

“那个女人，是左撇子啊。”

“是啊，刚才没发现。”

“去吃饭吧!”女人大喊起来。

“好!”

“嘉元，去吃饭啦。”

“哦，好的。”

他们去了附近一家热气腾腾的汤饭饭馆。

“刚才看你在画画呢。”

“对，我是画家啊。”女人笑着递过了练习本。

“你们两个俊男美女，我画下来了，拿着吧。”

练习本里全是铅笔速写，一张，两张，每翻过一张，仁赫和多真都赞不绝口。

美丽的画作，仅凭一枝铅笔就表现出了无穷的色彩，这些画能让人感觉到鲜明的色彩，勾勒出鲜活的生命。

在海边描绘的作品中依稀听得到汹涌澎湃的波涛声音，似乎闻得到咸湿的海腥味，而仁赫和多真的画中，人物描绘得栩栩如生。

第一次见到这样的作品。

“真……了不起。”

“我的梦想是称霸世界哦。”女人声音轻快。

这次旅行收获良多，还得到了拍得美美的照片和了不起的画作。

“我们也没什么可以送给你们的……”

“没关系啊，难得遇见你们俩这么纯洁的小情侣，我们已经很开心了。对了，我们还要在这里多待一天。”

“我们今天回去。”

“这样啊，那就在这里说拜拜啦。”

“再见。”

“我们过得很开心。”

“再见。”

快乐的相遇断也断得干净利落。

与快乐的小情侣分开后，仁赫和多真沿着街道走了一会儿，来到客运汽车站。

和来时一样，回城时也没有睡觉。

“对了，再过十年，我们还能这样相遇吗？”多真突然抛出一个问题。

仁赫无法作答。应该怎么说呢，这个问题仁赫也不知道，一年后，十年后，都不是能够约定的时间。

既不是玩伴，也不是恋人，更不是婚外情。

一段无法命名的关系。

“不对，有的，这是我一见钟情的人。”仁赫在心里说。

仅此而已。尽管一见钟情，却没有未来。

多真似乎也并不期待仁赫的回答，没有继续追问。

回城的路，比海边的路更加寂寥。

“呜呜，圣诞节啊，我们这是在做什么呢？”

“谁说不是呢。”

秀英和正勋在补习班长吁短叹。

对于应届生来说，不存在圣诞节之类的假期。补习班说要补课，把学生召集过来，还给各家各户打电话分别确认，要求务必到补习班来。

“老实说，又不是多学一天高考时候就能加多少分啊。”

“就是说呢。”

秀英也一向不喜欢老老实实念书，此时趴在桌子上，对正勋的话表示赞同。

其他学生们也都没专心学习，纷纷交头接耳地东拉西扯。

“哎，真烦，我想生活在一个不用学习的世界。”

“严重同意。”秀英长叹一声。

“至少八点就下课了，跟平时比算早呢，我们是不是该感谢一下啊？”

“应该是应该，不过我最近怎么这么没有感恩之心呢？”

“烦透了这种日子，赶紧成为大学生吧，我可绝对不想重来一次，这种东西我受不了第二回。”

“那你就要用点功了。”

“我已经开足马力了好不好？”

哗哗，唰唰。

“那个？你昨天不是数学才做对一半吗？”

“题目太难了嘛。”

“那不也有学生考满分吗？”

哗哗，唰唰。

“估计他根本不是人，你怎么看外星人问题？”

“你神经错乱了吧。”

“哎哟，我和你真是没法沟通。”

“我这么清高孤高崇高的知识层次，你当然望尘莫及啦。”

“哦，好吧。”

哗哗，唰唰。

正勋无意识地在练习本上写下了多真的名字，等他意识到的时候，赶忙把练习本扣上，但秀英没有漏过这一幕。

秀英看着正勋至今无法忘记多真，心痛不已。不是自己也没关系，只希望会有一个很爱很爱正勋的女生出现，带给他幸福。

“上完补习班，我们去仁赫家吧。”

“仁赫家？他在家吗？”

“仁赫又没什么亲戚家可以去，他也会感到孤独的。”

“说不好啊，真是这样吗？”秀英苦笑连连。

“我们买个蛋糕过去开派对吧，多真……”

正勋正要说出多真的名字，又停了下来。

他想起来了，女生们刚刚才说过多真和某个男生约会的事情。可能，多真会去见那个男生，毕竟今天是恋人之间专属的圣诞节。

一下课，正勋和秀英就买好了蛋糕直奔仁赫家。

“仁赫会大吃一惊吧？”看着正勋一脸兴奋，秀英不由得心痛。

“一定要在家啊，仁赫。”秀英在心底暗暗祈祷，“一定不要践踏正勋的心意啊，你要记住，你是正勋的朋友。”

可是，仁赫没在家。

门铃摁了又摁，也没见有人出来，正勋拨通了仁赫的手机。

“您拨打的电话已关机，将为您转至语音信箱，请您在听到提示音后开始留言。”听筒里只听到熟悉女声机械的播报声。

“好奇怪。”正勋歪着头说。

“是去见妈妈了吗？”秀英有些不安地问。

“正勋，我们走吧。”

“啊？既然来都来了，那我们去看看多真吧，蛋糕都买了呢。”

“多……多真会不会去见智熙姐了？”秀英努力劝阻正勋。

如果多真也不在家，所有的事情都会穿帮。冰冷的寒风灌进villa楼内，冷风像是要把血肉撕裂。

“反正就在隔壁嘛，摁门铃看看，说不定她在家呢。”

“正勋。”

“你今天怎么有点怪怪的？”

正勋笑呵呵地摁响了多真家的门铃。

正如秀英预料的那样，多真家也悄无声息。一次，两次，正勋不停地摁着门铃，脸上的表情越来越难看。

仁赫不在，多真不在，秀英态度诡异。

不长时间之前，刚刚听说多真和男生约会的事情。所有的事情组合在一起，拼凑出一个真相，显而易见的真相残酷得让人不愿意相信。正勋不想承认这个冷酷残忍的真相，反而露出了微笑。

“看来她是去找智熙姐了。”

“是……是吗?”

“本来想见见多真的……”

“……”

“我给她打电话。”

秀英拦不住正勋，看来他知道了。

“您拨打的电话已关机，将为您转至语音信箱，请您在听到提示音后开始留言。”

和仁赫手机中传出的声音一模一样，秀英听着紧紧闭上了双眼。

正勋面色灰白。

“走吧。”正勋的声音颤抖得很厉害。

“嗯。”

“我去智熙姐那儿。”

“正勋。”

“我要去找智熙姐。”

“正勋，我们还是……我们自己去玩不行吗？我们两个人也可以玩得很开心，以前我们一直都是这样过来的啊。”

“嗯，不过现在……仁赫在韩国，还有多真，和去年不一样了。”

“就算是这样，圣诞节也不是非要和他们一起过啊。”

“我一定要去，去找智熙姐。”

正勋固执起来八头牛也拉不回来。

秀英希望在去智熙打工的便利店路上，出点什么事才好，家里来电话，或者周围出了什么事故，再或者仁赫晚一点回个电话都成。然而，没有任何事情阻挡正勋前行的道路。

正勋的表情比任何时候都要僵硬，以往清澈明朗的双眼变得浑浊不清，一片茫然，间或露出的一个微笑也比哭还难看。

圣诞夜的街道灯火通明，到处都是各色彩灯的绚丽光影，不时还传出阵阵圣诞颂歌，仿佛置身另一个世界一般。可是，正勋和秀英踏出的每一步都黑暗而泥泞，一步，一步，在泥沼中越陷越深，挣脱不得。

终于到了便利店门前。

一开门，就看见了智熙，还有站在智熙身旁的男人。

那男人器宇轩昂，气质清冷，和智熙站得很近，和她说着悄悄话，两个人的关系好像非常亲昵。

回答男人话语的智熙一脸幸福。

“智熙姐。”

“哦，正勋啊，秀英也来了啊？圣诞快乐哦。”智熙笑着打招呼，十分成熟。

“谢谢，智熙姐，那个……你没和多真在一起吗？”

“多真怎么了？”

“我去找过她，但她没在家。”

“可能去别处了吧。”

“你知道她去哪儿了吗？她的电话也关了。”

“这有什么好奇怪的？”

回答的人不是智熙，而是智熙身旁的男人，他冷冷地盯着正勋。那炯炯的目光，高傲得让人难以招架，正勋不由自主地避开了他的视线。

“您是……哪位？”

“他是多真的哥哥，崔晟民先生。”

斜着身子站着，手深深地伸进口袋的晟民还没说话，智熙就替他做了介绍。

“叔叔，他们是多真的同学，正勋，秀英，知道了吧？”

“哦，就是他们啊？”晟民点了点头。

“不过，他为什么这么好奇多真去哪儿了呢？”

“因为我们……是朋友嘛，想一起过圣诞来着。”

“可是，既然多真不在家，你们有什么理由到别人工作的地方来打扰？”

“我们只是想知道她是不是出什么事了嘛！”

秀英很不满意晟民的态度，为什么总是冷冰冰地质问可怜的正勋呢？于是，秀英瞪着晟民，毫不客气地顶了回去。

正勋冷冷一笑，或者，不应该称之为笑，仅仅是嘴角略微扬起而已。

“真的？”

“……”

“你敢手捂胸口，对天发誓，毫不羞愧地说……只是担心多真出了什么意外才找到这里的吗？就没有一点其他的想法？”

晟民一针见血的讽刺和指责，虽然尖刻，却让人无法反驳。

无论是正勋还是秀英，其实根本不是担心多真出什么事，他们两个人脑中充斥着怀疑、愤怒、哀怨、嫉妒。

“我们家多真去什么地方，做什么事情，见什么人，都和你们没有一毛钱关系，不用你们跟在后边。什么傍大款啊、做小三啊，援交啊，撬人墙角挖人男朋友啊……你们都没有指责纠缠多真的资格，那是她的人生。崔多真，不是属于你们的私有物。”

晟民低沉的话语成了一把尖刀，刺进心房。

“多真要按照她自己的意愿生活，你们退开吧，不要去烦她。”

正勋紧握双拳，怒视着晟民，而晟民淡然地承受了正勋并不友善的目光。

没有人说话，便利店里只回响着机器运转的声音。

智熙在收银台里斜杵着下巴，注视着正勋和秀英，秀英躁动不安地紧皱着眉头。

这时，有客人进来了。

“欢迎光临。”智熙向客人问好，正勋抓住机会，转身离开了便利店。

“正勋！”秀英狠狠瞪了晟民一眼，紧跟正勋跑了出去。

顾客很快结完账离开了，便利店里只剩下智熙和晟民两个人。智熙坐回到椅子上，望着晟民。

“他们不是坏孩子。”

“我知道。”

“你太过分了。”

“我的心理年龄是儿童水平，脾气一上来就会一吐为快。”

“哎哟，您还引以为荣呢？”

“那是相当光荣，相当自豪啊。”

“傻瓜。”

智熙轻声浅笑，心底却像经历着风暴的小船一样摇晃不安，忧心忡忡。

正勋的眼神，并不正常。

正勋容易相信别人，容易付出真情，他爱别人，就相信别人也不会背叛自己。

这样的孩子，一旦遭遇背叛，会遭受超乎常人的打击，甚至有可能一蹶不振，彻底毁灭。

智熙担心正勋变成那个样子。

只能寄希望于秀英能够抓住正勋的心，但秀英在正勋的心中能不能占据这么重要的地位，就无从知晓了。

秀英无法站在步履蹒跚的正勋身旁，她不想看见正勋扭曲的面容，那表情似乎预示着再也找不回曾经的正勋。

晟民口中流露的冰冷分毫不差地刺入了心脏，正勋脸上的表情毫无生气。

秀英跟在正勋身后。

黑色外套下露出了玻璃碎片般的格子衬衫一角，秀英紧紧盯着这一角，就像在看正勋的脸。

“正勋。”秀英叫着他的名字，他没有回头。

“正勋，别想太多了，多真的哥哥，可能脾气不太好，长得也是一副凶巴巴的模样。”

“……”

“而且，他是多真的家人不是，家里人的事情自然特别敏感了，所以才会那么说话，你就……”

突然，踉跄前行的正勋停住了脚步，秀英也跟着停下来。

正勋正注视着什么地方。

秀英顺着他的目光看过去，视线的尽头，有一个和男人牵手同行的女生，而且秀英和正勋都很熟悉这个女生。

他们也发现了秀英和正勋，停住了脚步。

正勋不敢相信眼前看到的事实，他甚至想把双眼挖出来。

正勋慢慢抬起手，遮住自己的眼睛，希望等自己再放下手的时候，眼前看到的一切都能消失不见。

他放下了手，但是，他们依然在自己面前，因为这就是不折不扣的事实。

早有预感，终有一天会发生这种事情。不过，没有想到事情发生得这么快。

晚一点，再晚一点，至少要等到仁赫回澳大利亚的时候。

曾经这么期望。

然而，事情就这么发生了。

惊慌失措的秀英，还有……

死了吗？正勋死了吗？生命之类的东西，难道从他的身上全部消失了？

正勋空虚的眼神竟然让人联想至此。

正勋的目光从多真身上转到仁赫身上，接着，又从仁赫身上转到了他们相握的手上。

视线在手上停留了一会儿，又移向仁赫和多真的面庞，或者应该说移到了两个人之间缝隙的后方某处，凝视着没有形态的虚空。

正勋嘴角绽开的微笑既不是嘲讽，也不是轻视，而是绝望。

“你们……”

“……”

“原来如此，你们……我……”

那痛苦撕裂的嗓音，受伤野兽一般的咆哮声啃噬着多真的心脏。

这不是正勋。

面前站着的这个行尸走肉般的人，绝不是正勋，正勋不会有这种表情。

多真不想承认这一点，脑中胡思乱想起来。然而，现在和仁赫，还有多真对视的人却又的的确确是正勋，再怎么不愿意相信，这一点也不会改变。

“你们……真的……”

正勋的面孔扭曲，就算是被布鲁图斯刺杀的恺撒大帝也不会有这种表情。

仿佛被世上所有的绝望和痛苦占领，正勋显得痛苦不堪。

仁赫缓缓吸了一口气。

不如死了算了。

还不如刚刚乘坐的公交车遭遇车祸，死在路上算了。

正勋的改变不是因为多真，而是自己。

就连听到多真爱上别人的时候，正勋都不曾有过这种表情。但是，当正勋得知多真爱上的人就是仁赫，而仁赫也爱多真时，顷刻之间，正勋变了。

正勋的眼神如尸体般污浊，仁赫无法与他直视，极度痛恨和厌恶自己，把兄弟害成这个样子。

的确，女人如衣服，兄弟如手足。

仁赫心中这样想着，手上却没有松开多真，他有强烈的预感，倘若自己此时此刻松开多真的手，多真也会像正勋一样变得判若两人。

什么都做不了。连解释也苍白无力。

“对不起，对不起。”

仁赫心中无数次地重复道歉，明知这样根本无法传递给正勋。

“我……”正勋的话只说了个开头。他心中有千言万语，却说不出一句完整的话。

“正勋。”

仁赫艰难地喊出正勋的名字，正勋的面孔却扭曲到狰狞，然后掉头跑开了。

秀英怒视着仁赫，眼神中充满了怨恨与憎恶。

秀英怒视着多真，眼神中充满了嫉妒与愤怒。

但是，似乎就连瞪他们一眼都会觉得恶心一样，秀英转过身，跟着正勋跑远了。

在圣诞装饰物点缀下光影闪烁的街道，实际上非常昏暗；人来人往熙熙攘攘的大街上，其实空无一人。

身处这里的两个人，怅然若失地呆呆站着，仿佛世界上的一切都不复存在。

感受一下吧，我感受到的痛苦。你们也感受一下。

竟然背叛我。

我一直相信你们到最后一刻。

我总认为你们不会背叛我。

你们怎么……怎么可以对我做出这种事？怎么可以？

我……我到底在做什么？

正勋回到房间，关上房门。

听不到心脏的跳动声，也许已经消失了，或者说全世界都消失了。

爱恋的多真，珍视的仁赫，背叛了正勋，他们两个都背叛了正勋，偷偷摸摸地约会。

多么可笑。

完全被蒙在鼓里，跟着他们嘻嘻哈哈的自己有多么可笑。

也许，自己已经成了别人茶余饭后的消遣谈资，说不定别人谈情说爱的时候一想到自己都会呵呵笑出声。

被背叛的痛苦搅得一团乱的大脑已经不转了，所有的事情以后如何发展，似乎也和自己无关了。

绝望和失落支配着正勋。

正勋慢慢地举起裁纸刀，望着黑暗中迸发出森冷寒光的刀刃，他露出了一个骇人的微笑。

好吧，就让你们也感受一下。

我感受到的痛苦。

# 19

正勋被人发现的时候，已经是次日清晨了。是秀英发现的。

无论怎么敲门，正勋都不开门，正勋的父母也过来敲门，但正勋一点动静也没有。

最后，正勋的父母拿出了钥匙，秀英双手颤抖着打开了房门。

房间通通染成了红色，弥漫着一股令人作呕的血腥味儿，秀英真心希望这股味道不是自己想象的那样，也期盼着那片红色只是自己的错觉而已。

“正勋！”正勋的妈妈尖叫一声。

“这……这到底怎么回事?!”

正勋的爸爸声音哽咽。

一番混乱之后，119救护车赶到，把正勋抬上了车。这一切，都像电影中的场景一样，从眼前掠过。

秀英呆站在原地，注视着这一幕又一幕。

正勋失血过多，需要输血，仁赫得到消息后迅速赶来，给正勋输了血。

虽然历经大难不死，捡回一条命，正勋却昏迷了一个星期。

接着，新年来临。

正勋躺在病房白色的病床上，融化了一般了无生气，看上去命悬一线。正勋清醒之后，一句话也没有讲过。

原本漂漂亮亮的手腕上缝合了一条疤痕。

正勋的父母每每看到这条疤痕，都忍不住落泪。

正勋的爸爸因为工作关系，没办法一直待在医院。正勋的妈妈在正勋昏迷阶段日夜守护，累垮了身体，秀英勉强把正勋妈妈劝回家休息。

“正勋。”

“……”

“身体感觉怎么样？”

“……”

“胳膊……很痛吧？”

正勋手腕上缠绕着绷带，秀英见一次哭一次。

“今天天气很好，新年有新气象，对吧？我们现在是应届生了，喂。”

正勋眼睛里空洞洞的，没有声息。

“一想到每月一次的模拟考试，我就感觉前途一片黑暗，可是，我们还是要努力啊，朋友。”

“……”

“你昏迷不醒的时候，咱们班同学都来看你了，大家几乎每天都来，其他班的同学也有来的，还有师弟师妹们，瞧瞧，李正勋，真没想到你人缘这么好。”

“……”

“大家来看你都带了礼物，等你出院，一个一个道谢有你累的。”

正勋像是植物人，或是一具僵尸，毫无反应。

“正勋，肚子饿了吧？你昨天都没怎么吃东西，少喝点粥也好啊。”

“……”

“我去给你买点粥喝好不好？要不，瞒着护士姐姐给你买个三明治？你不是喜欢吃三明治吗？”

“……”

秀英紧紧抓着雪白的床单。

很想摸一摸正勋，又不能这么做，生怕自己一个不小心，正勋就会破碎，随风而逝。

“正勋。”

“……”

“求求你……说句话吧，正勋。”

正勋心死了，生命对于他不再有意义。

“求你了……”秀英泣不成声。

仁赫本想买束花，最后又放弃了。

该死！还买什么花啊。

仁赫空着手走进医院。他一进来，周围的女生们纷纷整理起了妆容和衣装，他全然没有心思理会这些。

仁赫从正勋父亲口中得知，正勋已经苏醒。

“仁赫，正勋昨天醒过来了，可那小子……一句话也不肯说，到底……为什么……”

原来，一个孩子的“父亲”哽咽时嗓音竟然会这么悲伤。

“你……知道正勋为什么……弄成这样吗？”

“是的，我知道。”仁赫话到嘴边又咽了回去。

“我不大清楚，谢谢您告诉我这些，晚些时候我再来看您。”

听说正勋检查后没有任何问题，却不肯开口说话。大夫们认为正勋只是单纯地不想讲话，如果不能打开心结，他可能会一直拒绝开口。

正勋病房外的走廊上聚集了一群学生，看样子是探视完刚刚出来，秀英也在其中。

仁赫躲在走廊尽头，避开了他们。

“谢谢你们过来。”

“正勋……怎么……弄成这样啊？”

“就是说啊。”

“他以后不能讲话了吗？”

“不是，可以讲话，只是……正勋不想开口说话。”

“真糟糕，可是，正勋到底是为什么啊？真是理解不了。”

“是不是因为多真啊？”

“……”

“对吧？是因为多真吧？”

“赶紧走吧，谢谢你们过来哦。”

“金秀英，和我们说说嘛，真的太纳闷了。”

“就是因为多真，对吧？多真……多真和别的男生约会了。”

“什么？竟然有这种事？”

“所以嘛！我上次看见崔多真和别的男生手拉手走在一起呢。”

“我也看见了，我看见她和一个年纪大些的男人在一起。”

“崔多真，她好像在援交啊。”

“正勋多喜欢多真啊，完完……全全一片真心啊，可崔多真居然劈腿……所以正勋很受伤，就做了傻事，对不对？”

仁赫攥紧了拳头。

原来，多真一直生活在这样的环境中。

原来，崔多真一直被身边人们编造的各种流言蜚语包围，她就是这么长大的。

“嗯，没错。”秀英回答说，“崔多真背叛了正勋，所以正勋才……”

仁赫的心凉透了。

“我就知道。”

“这都叫什么事儿啊，崔多真，看不出她竟然是这种人。”

“正勋心里该有多难受啊……”

“太可怜了。”

学生们七嘴八舌了好一阵才离开。

走廊安静下来以后，仁赫想走进病房，秀英筋疲力尽地坐在病房前的椅子上。

秀英一看见仁赫，噌一下站起来，挡在病房门和仁赫之间，冷冷地瞪着仁赫。

“你要去哪儿？”

“我不能进去吗？”

“你厚着脸皮地往哪儿走呢？”

“我来探望正勋。”

“别闹了！你来探望，正勋会乐意吗？你给我走！正勋的心里只会更难受，走啊！”

“……”

“你和崔多真，怎么能这么不知廉耻？正勋死了，你们就能放心大胆地在一起了是不是？嗯？”

“……”

“正勋连话都说不出来了，你们俩还能约会，手拉手打闹说笑？还是嘻嘻哈哈地嘲笑正勋成了这副模样？”

“怎么可能这样呢？”

“你真可笑！明明知道正勋对多真的心意，知道正勋有多爱多真……你明明比我更清楚……你怎么能抢了好友的女朋友呢？你怎么能做出这种事？做出这种事，你怎么还能呼吸？真可怕，真恶心，竟然要和你这种人在同一片蓝天下呼吸。”

“对，是我抢了好友的女朋友，崔多真没有做错什么，所以，你就不要和你那群朋友编故事了。”

“啊？”

这个时候仁赫还在维护多真，他这种态度让秀英气炸了肺，秀英哑口无言地瞪着仁赫。她简直是火冒三丈。

若不是在医院里，秀英就要大喊大叫地揍仁赫了，真想打扁他那张厚颜无耻的脸。

“好哇，你要不要干脆传得全天下都知道？说抢了好友的女朋友，然后害得朋友寻死，你也要帮那个女生说话？干脆写下来贴小广告算了。”

“金秀英……”

“别喊我的名字，让人恶心，你！”秀英简直透不过气来，还有什么？崔多真没错是吧？崔多真也和你一路货色，她知道正勋有多爱她，也知道正勋多信任你，还偏偏和你搞在一起，这说得过去吗？”

心怀愧疚的仁赫哑口无言。

“我真的……理解不了你们两个。你走啊！”

秀英往外推仁赫。

“你给我走！”

“我要见正勋。”

“到现在你还能说出这种话？正勋……现在根本说不了话！看见你这张脸，他可能会再寻短见！所以，拜托你赶紧走，不要再害李正勋了！”

走廊上回荡着秀英的尖叫声。

病房里的人们纷纷来到走廊，望着他们俩。但仁赫和秀英像是完全不在乎众人的目光，只是怒视着对方。

秀英眼中流淌的泪水打湿了地面，她咬紧嘴唇，拼命压抑着，不让自己大叫出声。

“好吧……“仁赫转过身说，“我知道了。”

秀英把牙齿咬得咯吱咯吱作响，狠狠地盯着仁赫的背影，直到他的身影消失在走廊尽头。

下雪了。

雪下得很大，银装素裹。

窗外传来了小孩子打雪仗的玩闹声，孩子们清澈明朗的嗓音仿佛来自另一个世界。

世界一片洁白，多真却身处黑暗中，太阳、月亮、灯火都照耀不到她的身上。

正勋自杀一事在多真的心口上留下了一道痛苦的伤痕，正勋手腕上的伤痕有多深，多真心口上的伤痕就有多深，而且绝对不会消失，时过境迁也不会愈合。

多真低头看着自己的手腕，白皙纤细的手腕上看得到泛青的血管。

该有多疼啊，正勋用尖锐的凶器刺进自己身体里的时候该有多疼啊。

心好痛。

滴滴滴滴。

又来短信了，是秀英发过来的。

从昨天开始，秀英不停地给多真发短信。

“你到底是个什么样的人？竟然看都不看正勋一眼？”

“你一点都不担心吗？”

“你，脸皮真够厚的。”

“正勋为了你变成这个样子，你就一点都不觉得对不起他吗？”

“正勋太可怜了，竟然喜欢上你这样的人。”

“你真的不来看他吗？”

“都是因为你，正勋连话都说不了了。”

“正勋难道不可怜吗？”

“你要还算是个人，起码应该来看看他吧？”

多真叹了口气，关掉了手机窗口。不对，是干脆关了手机。她不想和任何人联系，独自一人蜷缩在与世隔绝的世界角落里最自在。

从一开始就错了。

秀英笑着接近自己，正勋用开朗的微笑表达心意，自己不应该向他们敞开心扉，就该像以往那样关上心门，把他们推得远远的，那样就不会发生这种事情了。

不要接受任何人，这样不会伤害到他人，自己也不会受伤。

“我不配得到幸福，我只是婚外恋造就的私生女，本来就不该出生在这个世界上。”

多真不禁自嘲。

爱情？我根本没有资格拥有。或者说，想都不要想。如果智熙和晟民知道我有这种想法，也许会很难过。

还有仁赫。

一想到仁赫，多真心中阵阵刺痛。

遇到正勋和秀英的那一天，多真和仁赫正手牵手往家走，谁也没说话，不曾谈论今后怎么办，会怎么样之类的话题。

连告别都没有，就回到了各自的家中。

就这样结束了。

那天过后，多真没有出过家门，自然不会在villa里遇见仁赫。

每次听到仁赫开门出来的声音，心中都会焦灼不安。

会不会来这儿找我呢？然而，仁赫没有摁过多真家的门铃，只能听到他下楼梯的声音，顿时如释重负。

多真惧怕一切。包括智熙和晟民。

“唉，真这么胡思乱想下去可不行。”即使是为了他们，也要打起精神。

叮咚。多真被门铃的声音吓了一跳，手里握着的杯子掉到了地上。

啪啦，传来刺耳的声音。可能是房子隔音不好，尖锐的声音传到了门外。

“多真！发生什么事情了？”是晟民的声音。

安心的同时，也有些许遗憾流淌过心间。

“我……既希望不是仁赫，却又期盼着他的到来吗？”多真苦笑着在心里说。

“多真，能开下门吗？”是智熙的声音。

无法拒绝这两个人，如果连他们都远远地推开……

“我真的会死去。”

多真这样想着，打开房门。

晟民和智熙一脸苦涩地凝视着多真。

“你……吃饭了吗？”晟民啧啧地问道。

“杯子打破了啊，我来收拾吧。”

“不用，智熙，我……”

“你就坐那儿歇着吧。”

智熙把多真推到沙发上坐下，然后收拾起了碎玻璃，晟民在一旁帮忙。

眼前的一切都像电影一样，自己像是一个观众，注视着他们二人的动作。

“多真。”智熙坐在多真右侧，晟民坐在多真左侧。

“多真。”声音仿佛从远方传来。

“多真，多真。”

声音渐渐临近。

多真蓦然清醒，从一个人看到另一个人。

“啊，嗯。”

“你……好好吃饭了吗?”

这句话，好像什么时候听过。啊，不久之前刚刚听过。

多真觉得自己简直是疯了。

“那个，我就……”

“没吃吧？叔叔，我去给多真熬点粥，你要握住多真的手啊。”

“嗯，辛苦你了。”

手上传来阵阵温暖。

“多真，打起精神好不好?”

“嗯。”

“多真。”

“嗯。”

“我爱你。”

“嗯。”

吧嗒……温热的液体滴落在手背上。

吧嗒，吧嗒，吧嗒……水滴一直滑落。

没有漏水，为什么一直有水滴落呢？

“多真。”晟民抱住了多真。

此时此刻，如果是仁赫的怀抱该有多好，好想好想他。

“没关系。”晟民一边安慰一边用大手轻拍多真的背部，“没关系的，多真。”

“唉，仁赫，为什么我不能想见你就见呢？”

多真传出了轻轻的哽咽声。

爱上你……为什么会是这么大的罪过？只……只是爱上一个人而已啊！

“呃……呃呜呜……呜呜……呃呃……”

多真担心哭声传到仁赫家，双手捂住嘴巴，不敢大声哭出来，却无法阻挡指尖流落的低声哽咽。

正在煮粥的智熙听到多真的呜咽声，紧紧闭上眼睛。

心里一阵痛楚。

多真连哭都不能痛快哭一场，智熙很心疼她，心如刀割。

她想起了晟民说过的一句话。

晟民曾经对来找多真的正勋说过，要让多真按照自己的意愿生活。

的确，多真从来就没有过恣意的人生。

带着婚外恋私生女的标签，和父亲相认也不能当成一家人，即便是遇到了愿意做一家人的晟民，又被他真正的家人勒令禁止见面。

同龄的孩子因为多真的与众不同而疏远她，盯着她的一举一动，芝麻大点儿的小事都会被无限放大，横加指责。

多真只有默默忍受着这一切，才能活下来。

可是现在……

“多真。”智熙不由得轻声唤着多真的名字。

她紧闭的双眼眯起，泪水轻轻滑落。

“唉，多真啊……”

20

热气腾腾的粥端上桌，多真坐了下来。

完全没有食欲，但这是智熙特意为自己煮的粥，不吃不行，不能让智熙和晟民也跟着担心。

“要哥哥喂你吗？”

“不用。”多真惨然一笑，拿起了勺子。

舀起白白的米粥，心痛欲裂。

白粥入口的瞬间，心神不宁。

每一分，每一秒，连呼吸都变成了痛苦和折磨。

真是好笑。

尽管如此，吃下些东西后，多真多少有了点力气，大脑也开始运转。

“我……”

“不是你的原因。”智熙打断了多真的话。

“崔多真，你给我听好，正勋这么做，不是你的原因。你不要自己和自己过不去。”

“可是……”

“不是每个人和爱恋的人分手，都会选择自杀。有很多人就算和心爱的人分手，甚至遭受背叛，还是会跨过这道坎儿振作起来，往后生活得更加幸福。所以，这是李正勋的选择，不是你的错。”

“但是……”

“在我心里，你比李正勋重要，所以我很气愤李正勋这么做，老实说，我现在非常讨厌李正勋，你不要为了一个我特别特别讨厌的家伙那么伤心难过，我不想看见你这副样子。”

“我是罪魁祸首。”

“崔多真。”

“不是吗？总之……说什么那是李正勋的选择……但促使他做出这个选择的人，是我啊。我……假如我从一开始就没有接受他，没有遇见他的朋友，那样的话也不会发生这种事情，不是吗？我……我却接受了他……”

“够了！”一直在一旁默默倾听的晟民提高了音量。

晟民来到多真面前，用力抓住她的肩膀，双肩疼得像是快要被捏碎了。

“不要再说了，崔多真。”晟民直视着多真的眼睛，多真精神恍惚地望着晟民。

“妹妹，你现在应该振作起来了。”晟民的眼神冷酷无情，“趁着我还没捏死李正勋那小子。”

马上开学了。

每天都发短信过来的秀英也消停了。

多真合上双眼。

世界还是漆黑一片。

仁赫决定离开。

其实，原本就计划离开的，现在只是时间提前了而已。

“该回澳大利亚去了。”

继续这样待下去，没有任何意义，在韩国没有什么可留恋的了。

想念多真。只要打开门就能看见多真，相距虽近，却不能相见，这是多么悲哀的事情。

还不如远远地走开，保持一个难以相遇的距离，也许这样心里会好受一点，说不定思念也会不知不觉地变淡。

“好吧，回澳大利亚去。”

下定了决心，出发前的准备工作容易多了，原本就没带多少东西回来。

在韩国买的衣服就放在这儿吧，收拾好带回来的笔记本电脑之类就行，所有的行李连一个不大的旅行包都没装满。

不用特意去和父母道别，韩国这边也没什么需要处理的事情，只是，想和正勋见一面再走。

已经是二月底了，还像寒冬腊月一样冷。

前阵儿下的雪融化后又上冻，路上变得又湿又滑。阳光充足的地方道路泥泞，还不如走在那些冻得硬邦邦的冰上。

到医院要花不少时间，仁赫仍然选择了步行。

慢慢地，慢慢地。

一步，一步，行走中也在思念多真。

自己离开后的人生，很容易预测。

应该会好好活着，不会因为思念多真而卧床不起萎靡不振。

但是，自己的灵魂会死去，只能像个空壳子似的努力挣扎着活下去。然后力气耗尽倒下去，一边思念多真，一边走向灭亡。自己会永远记得多真的微笑和目光，直到生命的最后一刻。

边走边想，不知不觉已经来到了医院。

仁赫很想多思念一会儿多真，过了今天，就再也不能和多真相见，也不能这么随心所欲地想念她了。

仁赫在医院楼和楼之间缓慢地穿行。

还有很多事情想和多真一起做，也希望有一天能和多真漫步在澳大利亚的街道。

想和多真一同前往美丽的悉尼歌剧院，观赏灯光璀璨的悉尼大桥夜景，带她看一场五光十色的光影飨宴。

挑一个晴朗的天气，去悉尼大桥周围的露天咖啡馆坐坐，悠闲地读书聊天。如果想躺下歇着，就去附近的公园，舒舒服服地躺在草地上，随意打滚嬉闹。

仰望蓝天聊着天，渐渐进入梦乡，晚上醒来的时候，彼此对视微笑，然后手牵着手一起回家。

想做的事情太多太多，心里清楚一件也做不成，即使时间流逝，恐怕也等不到能和多真同行的那条路。

无数条岔路中，自己正走在令彼此相隔最遥远的一条路上。

从一开始就注定了。

从正勋爱上多真，多真又接受了正勋的那一刻起。

从那时开始，仁赫和多真就行走在两条永远不能相见的平行线上，远远相隔，连彼此的面庞也看不清。

仁赫走进电梯，摁下六层的按键。

如果电梯出故障直接坠落多好，生命中若没有多真相伴，还不如就此终结。

仁赫一边傻傻地胡思乱想，一边走出电梯。他没看见秀英。

仁赫进病房一看，正勋的妈妈正坐在病床旁。

“伯母，您好。”

“仁赫来了啊。”

她一脸憔悴。

仁赫觉得一切都是自己的错。看着正勋妈妈脸上露出浅浅的微笑，仁赫心里好难过。

正勋知道仁赫来了，依然闭着眼睛，看得出，他并没有睡着。

“正勋……还没有开口说话吗?”

“昨天开始说了一点儿，但是……他没有告诉我为什么要这么做，仁赫你知道……正勋为什么会这样吗?”

正勋妈妈的眼泪在眼眶中打转。她表情十分痛苦，像是一想到正勋的举动，就心如刀绞一般。

“妈妈……”正勋闭着眼睛开口说道。

“妈，我……有话想跟仁赫说，请您暂时回避一下吧。”

正勋妈妈走出了病房，希望他们两个能好好谈谈。

“帮我拉上……帘子。”

这是六人间病房，人多眼杂，可能是意识到了这一点，正勋让仁赫帮他拉上帘子，但仁赫并没有这样做，只是静静地站在正勋面前注视着他。

“帘子……”

“就这么说吧。”

正勋抬起头，盯着仁赫。

“想说什么，就这么说吧，挡上帘子外边还是一样听得到。”

“你……”正勋的表情扭曲了，他的嗓音彻底哑掉。

仁赫简直要怀疑眼前看到的正勋，还是不是自己好哥们儿的那个正勋了，正勋的眼中满是憎恶和痛苦，这些把正勋完完全全变成了另外一个人。

正勋紧紧抓住被子。

“怎么可以……”

“我要回澳大利亚了。”

“……”

“如你所愿了吧？我这张令人厌恶的面孔，以后都不会看到了。”

“你凭什么……这么自以为是？”

面对发小儿的指责，仁赫缄默不语。

“难道不是你的错吗？难道不是你背叛了我吗？”

“……”

“为什么是多真？为什么非得是多真不可？我有多爱多真，你不是最清楚吗？你告诉我，为什么偏偏是多真！”

仁赫的心在流血，他不知道怎样回答。

“我问你……为什么……要背叛我！”正勋的嗓门大了起来。

病房里的人都盯着他们两个人看，但他们根本没心思去理会这些人。

仁赫朝正勋的病床走了一步。

“对，没错，我背叛了你，而你也背叛了我。”

“我哪有什么……”

“但是……”仁赫的手轻轻滑过正勋的发梢，然后贴近正勋耳边，小声说道，“我原谅你，李正勋。”

“我……我……”

仁赫转过身，没有一丝迟疑。

“我没有背叛过你！”

真的吗？正勋的心中仿佛有人抛出了一个问题。

真的没有背叛过仁赫吗？

正勋咬牙切齿：“姜仁赫！”

仁赫没有回头。

“我说我从来没有背叛过你!”

仁赫头也不回地走出了病房，正勋的眼中，再也不见仁赫的身影，却依然冲着空无一人的走廊大声呼喊。

“不是你爱上了我的女人吗？是你，姜仁赫!”

曾经在这里分享过星座故事。

那温柔低沉，深情款款的嗓音犹在耳畔，而讲起星座时的甜蜜表情和温柔语气全都铭刻在心。

多真跌坐在冰冷的地上，仰望着天空。

今晚的星星不如那天多，似乎快要下雪了，天空染成了阴沉的青灰色，多真直直地注视着夜空。

寒风横扫面颊而过。

多真闭上了眼睛。

嘎吱。有人打开了屋顶的门。

不用回头，多真也知道来人是仁赫，即使在远处，也感受得到他的脚步声和他的气息。多真如此深深爱着他。

仁赫静静地在多真身旁坐下，一如既往，似乎未来也会持续下去一样。

但是，多真很清楚，根本不存在什么“未来”。

多真随意垂在地上的手，覆上了一只温暖的手，那只手紧紧包裹住多真的小手。

谁都没说话。

无声无息地，两个人像是交流了许多，仅仅是手相握，仅仅是坐一起，他们也能彼此沟通。

多真预感到了仁赫的离别。

仁赫要离开了，离开韩国。

“不，是离开我。”

澳大利亚，下定决心就可以去的地方，航班飞行不超过二十四小时的地方。

然而，仁赫要去的地方不是澳大利亚，而是没有多真的地方，他为了不再见多真，要回到澳大利亚。

即使自己去澳大利亚也见不到仁赫吧，仁赫一定会隐匿在那个国度。

滚烫的泪水顺着面颊流下。

多真屏住呼吸，不发一言地默默流泪。

不想让他走。想苦苦哀求他留在自己身边，不要在乎他人怎样，想不顾一切地和他在一起，没有他在，前行的路黯淡无光。

“但是，我不想让你为难。”多真紧咬双唇在心里说，“正勋是你最好的朋友……你别无选择。”

正勋自寻短见无异于严令禁止他们相见，倘若仁赫和多真继续见面，正勋一定会再做傻事。

“如果是那样，你会崩溃的。因为你外表冷酷，内心却很脆弱，而正勋对你来说又无比重要。”

所以，多真不能挽留仁赫，不想因为自己的私心害得仁赫崩溃。

“不要哭。”

“呃……”

“不要哭了，多真。”

“呃呃……呜……”

温柔的嗓音让多真从好不容易忍住的呜咽中彻底失控，仁赫静静地抱住多真。

“没关系，没关系。”

这声音听在多真耳中，无比温柔，太温柔了，啊，真的到了离别时刻啊。

“没关系，别哭，你哭的话我……”

仁赫的表情凝重。

“我……”

仁赫眼中也涌出了泪花，顺着面颊滑落的泪水滴在多真的发丝上。感觉到发丝上传来的黯然伤悲，多真心中更加难过。

“我……真的……”

话说一半，没有说出口的话语一片凄凉。

“真的……”

多真双手环住仁赫的腰。

“仁赫……”

“嗯……”

“你要健健康康的。”

“呃……呜……”

仁赫咬紧了嘴唇，还是隐隐传出了哽咽声，就像受伤的野兽，和被遗弃的小动物一样难受，非常难受。

彼此相拥，伤心哭泣的两个人松开对方时，已经到了清晨路灯亮起的时刻。

仁赫和多真肩并肩坐在一起，注视着淡淡的灯光浸染上天空的边际，不再泪流满面。

仁赫目视前方，问了一句：“你觉得，一个人爱上另一个人，和那个人永远幸福地生活下去的概率有多大？”

“大概百万分之一？”

“嗯，我也这么认为。”

多真和仁赫相视一笑，多真冰凉的手抚上了仁赫的面颊。

“看来我们不属于这百万分之一。”

“的确。”

“好羡慕……属于这百万分之一的人。”

“嗯，真的……”

“……”

“好冷。”

“我们回去好吗？”

“嗯，走吧。”

他俩直起冻僵了的身子，下了楼梯。

“进去吧。”

“嗯。”

“你，稍微睡一会儿吧。”

“嗯。”

“要好好吃饭。”

“嗯。”

“你最近没睡好吧？黑眼圈可不是闹着玩的。”

“嗯。”

“看你瘦得干巴巴的。”

“嗯。”

“风一吹就要倒啊，你。”

“嗯。”

知道这是最后的时刻，只能东拉西扯地尽量延长时间，不想分手，不想远离。于是手牵着手，不停地絮叨着毫无营养的废话。

“好好享受应届生的生活吧。”

“嗯。”

“好好休息。”

“嗯。”

“做个好梦。”

“嗯。”

“盖好被子。”

“嗯。”

“那……”

“仁赫。”

“嗯?”

“一路平安。”

刹那之间，仁赫苦苦支撑的平静面孔全然崩塌，他用一只手遮住了脸。等到手放下，仁赫的脸上露出了微笑，比泪水更加苦涩的微笑。

“好吧，保重。”

“嗯。”

多真先一步走进家门。

多真离开之后，仁赫站在原处，盯着多真的房门看了许久许久，一个小时，两个小时，一直到三个小时。

多真回到家中，昏倒一般瘫坐在地板上。她没有在仁赫面前放声大哭，本以为哭了太久，不会再有眼泪，可现在泪水却止不住地往下落。

“呃呃……”

一直哭到喉咙沙哑失声，眼睛红肿，视线模糊。一个小时，两个小时，三个小时，不停地哭，哭到几乎昏迷。

不管怎么哭泣，心中的伤痛丝毫没有缓解，所以，哭了又哭，心中的痛却挥之不去。

当天空中的太阳失去光彩的时候，多真终于哭累了，睡着了。

在清晨的阳光的照耀下，多真再度睁开眼睛，心口处一阵刺痛。

啊……

睡梦中也能感觉到那种疼痛。

多真踉跄着打开房门，走了出去，站在仁赫的房门前，呼吸调整平稳，然后摁响了门铃。

奇迹没有出现。

仁赫已经飞往澳大利亚了。

# 21

正勋躺在病床上。

“你也背叛了我。”他耳边回荡着仁赫的声音，“但是，我原谅你。”

正勋心中火烧火燎一般。仁赫就像一具行尸走肉，眼神空洞，步伐无力。

“为什么？想死的那个人是我啊！你不是已经得到多真的爱情了吗？不是你把多真从我身边抢走的吗？可是为什么？为什么！”正勋在心里喊。

秀英握住了正勋的手：“正勋，肚子饿了没有？”

“嗯，没关系。”正勋对秀英是既感激又愧疚。

“对不起。”

“什么啊？”

“没什么……”

“如果你觉得对不起我，就快点好起来，真是的，马上就要开学了，得上学啊。”

“嗯，我会的。”正勋想送上个微笑，却怎么也笑不出来。

“看着气色不错嘛。”

意想不到的访客，智熙大大咧咧地朝病床走过来，一把拉上帘子。帘子里形成了一个新的空间，只留下正勋、秀英、智熙三个人。

智熙直直地盯着正勋，这种眼神让正勋难以招架，眼神中充满了对他的不满。

“为什么……这么盯着我？”

“你满意了吗？”

“什么？”

“我问你，现在的情况你满意了没有？”

“智熙姐，你怎么这么说呢？”

“你……老实待着。”

智熙目光冰冷，秀英不禁脊背发凉，把搭在智熙胳膊上的手撤了回来。

文智熙。

一年前开始收心转性，刻苦学习，但本质上仍然是个可怕的女生。像智熙这样的人，只要惹到她一点，绝不会善罢甘休。秀英似乎已经忘了这一点。

“姜仁赫回澳大利亚了，对这件事你应该知道了，那你要不要听听多真的事情呢？”

“……”

“多真哭了，哭得不眠不休不吃饭，终于晕倒了，差点把命丢了，本来就没什么人照顾她嘛。要不是她哥哥去她家找她，可能她已经死了，正如你所愿。”

“我……”

“闭嘴，你给我听着！”

“……”

“对，我连多真是不是还活着都不能确认，她虽然躺在病床上打着点滴，但这就是活着吗？你现在满意了？”

“智熙姐，我……”

“我还没说完呢，你把嘴闭上，别逼我宰了你。”

“……”

“没错，你要说了，他们背叛了你，所以你才寻死，是不是？别扯了，崔多真背叛你？什么时候？”

“这难道不是背叛吗？”秀英大叫起来。

“崔多真明明就是背叛了我们！”

智熙瞪着秀英问：“是吗？什么时候？”

“仁赫……她不是跟正勋的朋友仁赫约会了吗？背着正勋！”

“这有什么不对？谁规定了，崔多真不能去爱李正勋的朋友姜仁赫？”

“再怎么说也不能这样！智熙姐你喜欢多真，所以只会偏袒她。”

“对，我是喜欢多真，所以，就算她杀了人，我也会站在她那边。还有，如果现在多真死了，我会杀了你，还有你。”

智熙的目光从秀英和正勋的脸上一一扫过。

“但是，先不说偏不偏袒，我实在弄不明白，你们为什么要议论纷纷，说什么崔多真背叛了你们？李正勋，你自己说，当初你要求多真和你开始交往的时候，你说过什么？那个时候，多真又是怎么回答你的？”

多真说过，我不爱你。

“但是……仁赫是我的朋友啊。”

正勋的声音像即将熄灭的火苗一样，颤抖中充满了不安。

“我曾经以为，多真会爱上一个人，我也希望那个人会是我，如果不是我，那也没有办法。无论是谁，我都会送上祝福，可仁赫不是别人，他是我最好的朋友啊，这不等于爱上了我的好朋友吗？”

智熙冷笑着说道：“看看，到最后还是你自己随心所欲树立的标准，崔多真爱谁都行，只要不是你的朋友就好。你这样等于给多真画了一条红线，一旦跨越这条线，就会被指责，被憎恨，不就是这么一回事吗？你像个受害者吗？我怎么觉得姜仁赫和崔多真才是受害者呢？”

“到底……”

“把嘴闭上！”

“……”

“崔多真有喜欢的人了，然后和你提分手，你口口声声说崔多真是你的女人，你凭什么说她属于你？崔多真已经和你分手了，李正勋，崔多真和什么人约会，和什么人相爱，通通与你无关，你凭什么干涉多真爱上的是什么人？喂喂，我让你闭嘴。”

正勋想要说点什么，刚一开口，智熙就不耐烦地让他打住。

“你站在姜仁赫的立场上考虑一下好不好？姜仁赫有了喜欢的女生，这个女生也爱自己，可是呢，自己的朋友也爱上了这个女生，而这个女生又选择了自己，后来就约会了。那又怎样？这有什么问题吗？站在姜仁赫的角度，反而是你在妨碍他们，不对吗？”

“你不要这么讲话！智熙姐你知道什么？你了解仁赫和正勋之间的关系吗？”

“秀英。”

智熙微笑着掐住了秀英的脖子，巨大的力量压迫着脖颈，快要不能呼吸，可是智熙的眼中没有一丝慈悲。

“你再敢插嘴，我就掐死你，把嘴闭上，一边待着去。”

“呃……”

智熙松开秀英，盯着正勋。

“你有没有考虑过他们的心情呢？他们对你有多愧疚，又因为你有多痛苦，你想过吗？”

“……”

“他们彼此深爱，可是，他们也爱你，所以一直为了照顾你的心情，努力扼杀自己的感情。你知道多真爱上仁赫后有多痛苦，多自卑吗？爱上了多真的仁赫又怎么样呢？因为自己喜欢这个女生，就说她是自己的，不管不顾地约会了吗？所有这些，你有没有考虑过？”

正勋心里的疙瘩还是没有解开，皱着眉头。

“你自以为发现了真相，以为他们两个背叛了你，欺骗了你，你认为这就是真相吧？可是，你从来没有见到过真相，你看到的东西，只是你自己的臆测妄想。你看到的是虚幻的妄想，就自以为是地认为他们背叛了你，然后选择了自杀。其实，你根本不想死，对不对？”

“我……”

“你不就是希望让他们一辈子都背负着罪恶感，痛苦终身吗？”

正勋被说中了，他是这样想过。

“现在好了，就因为这份所谓的罪恶感，彼此相爱的两人不得不分手，还要一辈子受折磨。”

“……”

“恭喜你，李正勋，多亏你的虚伪，才能让可以获得幸福的人变得如此不幸，你应该满意了吧，真有你的。”

智熙的话一句一句化作把把利刃，刺入正勋的心脏。

正勋表情扭曲，泪水夺眶而出。

“我……”正勋嘴唇轻轻抬起，“我……从来没有……这么考虑过。”

“是吗?”智熙的反应相当不以为然。

“那你就继续虚伪地过下去吧，假装只有你一个人不幸可怜，装作只有你自己是受害者。你就这么装一辈子吧，真是轻松自在，得心应手。”

哗啦。

智熙拉开了帘子，正勋的妈妈捂着嘴就站在帘子外边，智熙向正勋妈妈微微点头示意，然后离开了病房。

正勋、秀英、正勋妈妈，三个人一言不发地目目相觑。

正勋闭上了眼睛。

智熙一点没说错，所以他现在更加痛苦，更加不愿意接受现实，也极度不愿意相信是因为自己一个人，而造成了另两个人的不幸。

“不幸的人是我，遭遇背叛的人是我啊!”

高三开始男女生分班，学校的本意是为了让应届生把注意力全放在学业上，不要因为异性分心，可学生们并没有因此而变得用功读书。

多真和智熙不在一个班级，却和秀英编入了同一个班。不知道出于什么原因，秀英竟然主动要求和多真做同桌。

不过，原因很快就知道了。

即使是上课过程中，秀英也不停地折磨多真，让她没法集中精力学习。

“你学习真努力啊，把正勋害成那个样子，看样子是想一个人上好大学喽?”

多真装作没听见。

“你也真是了不起，正勋因为你变成那副样子，你不闻不问，一次也没去看他，真有本事啊！”

“……”

“换作是我，哪怕是出于歉意，也不会那么做的。”

“……”

正勋因为多真而寻死已经是公开的秘密，同学们对待多真就像躲避病毒一样，多真一走近，大家都冷着脸有多远走多远。总之，就是要让多真不好过。

曾经对多真抱有好感的男生们现在也把多真当成了巫婆。

多真心里很难过，面上却没有表现出来，用面无表情和空洞的眼神忍受着大家的指责与嘲讽。

“31号，是谁?”

数学课上老师点名。

“31号。”

“到。”多真一举起手，所有人都盯着她看，眼中写着猜忌和指责。

数学老师知道31号是多真后，表情也是一愣。老师之间也都听说了多真和正勋的事情。

“崔多真，到前边来做第二道题。”

不知道她还在那儿坐着干什么，数学老师吩咐道。

“是。”

多真一只手拿着数学教科书，站起来，腰背挺直。同学们的眼神像一把把尖斧，肆意砍在自己身上，浑身上下疼痛难忍。然而，多真依旧没有低下头，更没有缩头缩脑，她傲然地挺胸抬头，迎接来势汹汹的责难洗礼。

多真拿起粉笔，在黑板上演算着题目。

嘎吱嘎吱。

教室里鸦雀无声。

第二道题相当有难度，不过，多真轻而易举地演算出了正确答案。

脸蛋儿漂亮的话，别人会希望她最好长个草包脑袋，可多真却连解这么高难度的题都毫无困难，女生们嫉妒得要死。

“我做好了。”

一般来说，凡是被老师叫到前边做题的学生都会紧张，多真却从容自若地做好了题，然后转过身来，这让本来就带有敌意的同学心中更加嫉恨她。

“杀人凶手。”

教室里有人小声嘀咕了一句，清晰地传入了多真的耳朵。

“呵呵呵呵。”

“没错。”

“一个杀人凶手，有什么好了不起的。”

“啊，脸皮真够厚的。”

“喂，小心点，不然连你一块杀哦。”

“她怎么会亲手杀人呢？逼人自杀罢了。”

大家议论纷纷。

多真闭上了眼睛。因为闭上眼睛，那些窃窃私语听得更加清楚。

“正勋，真是太可怜了，那种巫婆似的女生有什么好的？”

“真没想到她居然没有休学，还能继续来上课。”

“这种学生怎么没被学校劝退啊？”

“不知道，我都不想再在这里上学了。”

“够了！”数学老师大喝一声，各种嘀咕声消失了。

“多真，你先回座位。”数学老师不耐烦地说道。

多真睁开眼睛。大家投向多真的目光冷得仿佛在看一种没有生命的无机物，也许，也是在等待她的反应。

是痛哭流涕？火冒三丈？大喊大叫？还是忙不迭地跑出教室呢？可能，大家正期待着多真有这些反应。

多真逐一看向班里同学，最后，注视着秀英。

秀英正瞪着多真。

就在几个月之前，看向多真时，还是一双友善热情的眼睛，而今，眼中不留一丝一毫的善意。

充斥着蔑视和指责的目光照在身上很疼，但多真全盘接受了，慢慢地回到座位。

同学们对待正勋的态度变得小心翼翼，毕竟正勋自杀过，同学们心有余悸。

在所难免。

同学们半是不安半是担忧地望着正勋，说话用词也比以往小心了许多，再也不会说些开玩笑的脏话。正勋想像以前一样开玩笑，却没那么容易，心灵、身体已经陷入了沉重的泥沼里，无法摆脱。

看到正勋不再面带微笑，大家都很惋惜，老师们也是一见正勋就刻意地多多鼓励。

真不如假装一无所知。

多真的事情，正勋也听说了不少。

高三开学到现在刚过一个月，多真正因为正勋的事情备受指责，或者说，要严重得多。

这不是正勋希望看到的结果。这本是自己和多真之间的事情，其他人没资格掺和进来，对多真横加指责。

然而，时至今日再去帮多真说话，让大家不要去难为多真，这又是多么可笑。于是，正勋只能眼睁睁看着大家不停地欺负多真。

“那你就继续虚伪地过下去吧。”智熙的话还在脑中徘徊。“假装只有你一个人不幸可怜，装作只有你自己是受害者。你就这么装一辈子吧，真是轻松自在，得心应手。”

“你也背叛了我，但是，我原谅你，李正勋。”

智熙的声音中混合了仁赫的声音；仁赫痛苦的表情，受伤的眼神，从来不曾从正勋脑海中消失。

“你有没有考虑过他们的心情呢？他们对你有多愧疚，又因为你有多痛苦，你想过吗？”

他们真的也很痛苦吗？背着我偷偷约会，难道心里会痛苦？

正勋脑海里一片混乱。

智熙说正勋没有看到事情的真相，那么，真相究竟是什么呢？

一想再想，还是毫无头绪，正勋唯一知道的事实就是他们背叛了自己。

然而……

“多真不是属于你们的私有物。”正勋想起了晟民的这句话。

“对，多真……她不是我的女人。”

接着，正勋又想到了自己曾经对仁赫说过的话：“不是你爱上了我的女人吗？”

那个时候，多真并不属于正勋，应该说，从一开始就不曾属于过正勋。

“对……没错，多真从来都不是我的女人。多真……没有说过爱我，一次也没有。”

智熙探病走后，好长一段时间，正勋都不愿意考虑智熙说过的那些话。然而，这些话并没有随着时间流逝而从大脑中消失，哪怕不愿意也不得不去思考。

智熙话中的含义，还有仁赫走之前最后一句话的含义，一点点侵蚀着正勋的内心。

正勋不想接受现实，其实，他根本不想见到什么真相。倘若他触碰到真相，一定会看不起自己，所以他总是选择闭上双眼。

可是，无论你怎样拒绝，真相都不会有丝毫改变。

多真和仁赫，没有背叛过正勋。

这就是真相。

“这一场爱情，我从一开始就知道多真不爱我。”

多真在众人面前接受了正勋的表白，那个时候，她就说得很清楚，我不爱你。

正勋回答说，那也没关系，只要你能留在我身边。

改变了这些的人正是自己。是正勋变得更加贪婪，是正勋的渴望越来越多。

多真爱上仁赫之时，就向正勋提出了分手。所以，那时候多真不属于任何人，换句话说，当时多真完全可以爱上任何人。

仁赫也并没有爱上正勋的女朋友，当然，勉强可以说是正勋的前女朋友。

“很痛苦吗？”

应该很痛苦吧，只是正勋不愿意去看见这些。

仁赫一定很痛苦。最后一次见面，仁赫仿佛行尸走肉，这不仅仅是因为他要和多真离别。

“是因为我吗？”正勋问自己。他现在清楚地知道，仁赫的痛苦是因为他。

因为正勋曾经寻死，所以仁赫认定是自己把正勋害成这样。

“对，应该是因为我的缘故。”正勋很想哭。

他真的不想看到这样的真相。

正如智熙所说，他就是个人渣。

自己挡在两人之间碍事还不够，甚至跑去闹自杀，结果害得相爱的两个人永远不能再相见。他们生怕继续见面的话，自己不知道又要惹出什么事来。

假如正勋对他们来说无足轻重，可能他们压根儿不会理会正勋自杀不自杀，但是，他们并没有这么做。

“都是因为……珍惜我？”

正勋想得出神，竟然忘记了这是在教室里。

“因为珍惜我……他们才分手？”

原来如此啊！

他们珍惜正勋，不想看到正勋继续走向毁灭，于是选择了分手。尽管他们爱得那么深，最终还是为了自己珍惜的人……

“可是我……都做了些什么啊？”

正勋的眼底一片温热：“我……到底……对他们做了些什么啊？”

滚烫的泪水轻轻滑落，灼伤了面颊。正勋人在教室，老师正在教室前边卖力地讲课，这些都不重要了。

“你们为什么要……原谅我？”

呜呜呜呜。

听到动静，大家都望着正勋。

看到正勋在哭，全班同学都是一脸担忧。正勋觉得自己也对不起这些同学。

自己一时冲动，给父母，还有朋友们都造成了伤害。

“假装只有你一个人不幸可怜，装作只有你自己是受害者。你就这么装一辈子吧。”正勋耳边又响起了智熙的话语。

“是的，是我假装自己才是受害者。”

唯一的儿子突然寻短见，父母自然心急如焚，直到现在，正勋的父母对他还是小心翼翼，都不敢和他对视。

珍视的朋友闹自杀，秀英泣不成声，却掩饰起自己的伤心，在他面前努力笑得一脸灿烂。

全班同学，还有老师们，无一例外，都在为正勋担心。

“我……到底怎么……变成了这个样子？”正勋开始讨厌自己。

就因为自己的私心，竟然让这么多的人受到伤害。

这就是智熙所说的真相。

如果稍微冷静一点，多真提出分手的时候，自己坦然接受，就不会发生后边的事情了。

“那样的话，也许，我还能看到他幸福的微笑。”

老朋友仁赫，他的父母不和，所以他一直夹在中间遭罪。到目前为止，正勋从来没有见过仁赫幸福的微笑，或者，应该说正勋从来没有见过仁赫那样笑。

正勋希望仁赫能够收获幸福。

仁赫终于遇到了一个可以给他带来幸福的人，自己却打破了这一切。

心爱的多真。

多真曾经紧锁心门，把所有人拒之门外，正勋多希望看到她发自内心的微笑，期待着她能像秀英那样敞开心扉，放声大笑。

一个可以让多真敞开心扉的人出现了，自己却逼走了这个人。

头疼欲裂，正勋双手抱头。

“正勋。”老师小心翼翼地喊着正勋的名字。

“哪里不舒服的话……要不要去医务室看看？”

正勋摇了摇头，他泪流满面，大家不禁屏住了呼吸。

“老师……”

“没事，正勋，早点走也……”

“我真……是个人渣。”

# 22

午休时间，班主任把多真叫了过来。

冰冷的辅导室里没有暖气，班主任和多真面对面坐在椭圆形桌子的两侧。

班主任面露难色，多真已经隐约猜到班主任要谈些什么。

“多真。”班主任终于开了口，声音低沉。

“最近，我听说你在……援交。”

“……”

没错，就知道是这种事。

班主任也是人，遇到这种事难免受影响，再加上有无数的学生跑老师那儿打小报告，想不相信也不行。

“还拍了……照片，你到底……为什么这么做……”

多真心底一片寒凉。

她拼命忍耐，努力忍受着不可理喻的指责、众人的嘲讽与冰冷目光……所有的一切。

不过，有个问题。

“为什么非要这样？为什么要一直忍让？为什么一定要忍耐下去？他们随心所欲地指责我，为什么我就要闭上嘴巴，任由他们咒骂？”

现在已经受够了。

多真冷傲地看着班主任。

“多真，我知道你的父母都不在了，生活比较艰难，但也不能做这种……”

“我愿意。”

“什么?”

“我去援交，还是去夜店，这些都是我愿意，是我的人生。老师您既然不能替我活着，那就请不要拿我的人生来说三道四。”

“崔多真，你!”班主任的脸涨得通红。

多真却还在说，面不改色：“没错，我的父母不在了，我生活得很艰难，那老师您愿意给我生活费，以后再供我上大学吗?”

“……”

“如果不是，那请不要再管我去哪里做什么，我自己心里有数。”

多真站起身来，班主任也跟着站了起来。

班主任的手高高扬起，像是要给多真一记耳光，但做了个深呼吸后，又把手放了下来。

“多真，我说这些话并没有恶意。”

“照片不能当证据。”

“什么?”

“只凭一张照片，怎么知道我在援交？援交这种事不是一定要有金钱交易吗？请您以后不要拿这些捕风捉影的事情来指责我。如果想让我坐实援交的恶名，请您拿出我和对方进行金钱交易的证据来，那样我才会闭上嘴聆听老师您的教诲。如果没别的事情，我先出去了。”

班主任没有阻止多真离开。

倒不是因为班主任觉得多真说得对，而是一直以来老老实实的多真竟然也会爆发，班主任被搞蒙了。

多真走出辅导室，关上了门。

受够了。

忍耐，坚持，逆来顺受。一直这么过活，却什么都改变不了，情况反而越来越糟。

为了什么非要这么活着？自己以前到底在期待什么？

多真走上走廊楼梯，一群正要去打篮球的男生看见多真，都皱着眉头往地上吐口水，多真没有理睬他们的举动。

以后不要再有期待了。如果心中有所期待就要遭受痛苦的话，那就不要再有期待，无欲无求地活下去。

多真攥紧了双拳。

“以后……我要按照自己的意愿活下去。”

秀英很难受。

不停地为难多真，自己心里也没有好过一点。

“我为什么要和多真过不去？”

最初是因为愤怒。对背叛正勋的二人的愤怒所致，然而，随着时间一天天过去，愤怒消失了，反而对正勋生起了气。

“为什么要为这种事想不开？你是这么软弱的人吗？”

无法对正勋表达的愤怒，全盘转移到多真身上。不知不觉间，为难多真已经成了一种习惯。

在家里，秀英会这么想。

明天不要这样了，明天不要欺负多真了。

但是，在学校里一看见多真，又会不由自主地冒出些冷言冷语。

秀英很讨厌这样的自己。看不起自己，总是莫名其妙地对多真冷嘲热讽。

这本不是自己应该插手的事情，可是当正勋知道多真背叛他的时候，自己就舍弃了一切。

对于正勋来说，秀英不算什么，所以她没有资格对正勋和多真之间发生的事情说三道四。

多么绝望，多么不堪。

秀英觉得自己好恶心，硬要和他们产生联系，才有了这些丑行。

多真面无表情。

班上的同学都说多真厚颜无耻，自己嘴上也说过她不要脸，但其实自己很清楚，多真难过时，越难过就越会把这份伤悲深埋心间。

其他同学不知道这些，对多真多加谩骂。

“可我明明知道，还要骂她，我真是……太可恶了。”

变了。正勋变了，自己也变了。

没有改变的只有多真，多真一直是孤星般的存在，无论别人说什么，一直逆来顺受。

“她很难过吧?”

秀英紧紧咬牙。

“她一定很难过。”

多真并没有背叛正勋。

几天之前，秀英终于明白过来。

随处可见的三角恋关系，多真却没有像漫画中的女主人公一样周旋在两个男生之间，而是主动向正勋提出分手，告诉他，自己有了心上人。

分手后与仁赫见面，并不是背叛。

“因为正勋……早知道多真不爱他。”

智熙说得很对，只是自己当时听不进去，想当然地认为一切都是错的。事实上，智熙的话一点都没错。站在旁观者的角度看，的确是正勋挤在仁赫和多真之间，妨碍他们交往。

“我什么都不是，只是跟着瞎掺和的路人甲，可有可无的存在。”

“崔多真，听说班主任找她了，什么事啊？”

班里的同学在旁边窃窃私语。

“什么？啊啊，是那事？”

“嗯，援交啊，那事学校里都传遍了。”

“她是不是疯了？还是，吃饱了撑的跑去援交？真恶心。”

“就是啊，换成是我，给我再多的钱，我也做不来。”

“说她出卖色相真是太对了。”

援交。匪夷所思的谣言。

多真没有做过援交之类的事情，秀英也很清楚，他们可能是看到了晟民和多真在一起，才会传出这种闲话。

“我也没什么不同。丝毫不顾忌多真的内心，一味地刁难，我自己也和他们一模一样。”

“她会不会被劝退啊？”

“一定会劝退的，老实说，学校连援交的学生都睁一只眼闭一只眼的话，怎么行呢？那不成了败坏校风？”

“真希望快点解决掉，我可不想再看到她那张脸。”

多真没有做过任何对不起她们的事情，她们却仍然毫无理由地讨厌多真。

“的确，我也一样。”

秀英知道自己也和她们一样欺负多真，所以根本无法反驳她们的话。

为什么会变成这样？

哇啊啊！

走廊上传来了嘈杂声。

“呀！”

“怎么了，怎么了？”

“是崔多真？”

一听到多真的名字，秀英马上冲向走廊。

周围聚集了很多同学，多真摔倒在地，仿佛那个落下红字烙印的不贞女子一样，衣衫凌乱地倒在地上，被同学们团团围住。

多真全身上下都湿透了，一个大桶滚落在她的身旁。

“不好意思啊，手滑了一下。”相邻班级的女生阴阳怪气地道着歉。

谁都看得出这不是意外，分明是故意的。但是，没有一个同学去批评旁边班级的女生，反而都在用一副“感觉如何啊？崔多真”的表情瞅着多真。

多真慢慢地站了起来。尽管发丝被脏水打湿了，尽管衣衫凌乱，多真仍然保持着超凡脱俗的美丽。

“什么啊，她还能怎么样？一个杀人凶手而已。”

“就是嘛，不要以为自己的手上没沾鲜血就没有罪过，把人逼上绝路就是杀人凶手，真是的。”

同学们的刁难会将多真逼疯的。

秀英很想大声呐喊：“你们凭什么啊？你们根本不了解正勋、多真、仁赫之间的关系，为什么要去为难多真？你们到底知道什么？”

然而，僵硬的双唇怎么也张不开。

秀英和多真对视。

“不是……我，不是我指使的。”秀英想解释。

“好样的。”她嘴巴却不受自己控制。

“喂，和你真配啊。”

听到走廊上的混乱，正勋走出了教室，智熙也出来了。智熙红了眼，那架势像是要立刻把看热闹的学生全都暴揍一顿，但出人意料的是，智熙最后只是站在那里双臂交叉。

“为什么还这副样子？同学们都没法走道了，还不赶紧让开？不要弄脏了地板。”

“秀英。”智熙语气平静。

秀英顿时一震，心中一阵抽痛。

真希望自己的嘴巴彻底消失，即使一辈子不能开口讲话，也好过这张出言不逊的嘴巴。

快要抵御不住狼狈与羞愧。

“不要喊我的名字！”

唉，这张该死的嘴。

“够了。”

多真的嗓音低沉呆板，但从中听得出，锐利的玻璃碎片正一道道划在多真的心上。

“够了，现在。”

“你说什么够了？我怎么你了？你再不要在我面前……”

“如果你爱正勋，就去和他表白，说你爱他，不要这么对我。”

“……”

周围一下子全静了。

秀英简直不敢相信自己的耳朵，多真口中刚刚说出来的是……

秀英望着正勋。

正勋也一脸吃惊地望着多真，接着又把目光移到秀英身上。

秀英很想大喊。

一直竭力掩饰，不想让人发觉，不想破坏和正勋之间的关系，费尽心力苦苦掩饰。

“你，你……说的什么话?”秀英尖声大叫。

“我从来没有渴求过正勋的爱恋，不要因为我拥有了你想要的爱情，就来为难我。”

“谁……谁那样了……你现在!”

“现在停手吧。”

“我才没有……因为那个去为难你!”秀英字正腔圆地强调。

正勋还是一脸惊讶，围观的同学们也和正勋一个表情。不是没有这种可能，秀英掩饰得一直都很好，彻头彻尾地包装成了友情。

一切都结束了，秀英连杀了多真的心都有了，对多真的那点歉意消失得无影无踪。

她怒火冲天，在心里说:“你这种人，就凭你这种人竟敢随意编排我的感情，就凭你!”

“崔多真，你胡说八道什么呢？你是想掩盖自己的错误，把苗头转到我身上吗?”

“我什么地方做错了?”

“啊？那你的意思是你一点错都没有喽?”

“为什么会这样?”

“什么?”

“为什么……我一直不能按照自己的心意活着?”

“什么，你这是说什么呢?”

“你们很羡慕我，是吗?”多真逐一环顾众人，问道。

走廊里鸦雀无声。

多真身上有了一种奇妙的气场，在这种情况下，她仍然像异界精灵一样，浑身透着冷艳的气质，震慑住了在场的每一个人。

“有什么好羡慕的?”

“你……在说什么……”

秀英嘴唇轻启，却像被人拿捏住脖颈一般说不出话来。

多真依旧面无表情，黑色的瞳孔中似乎闪现着伤悲。

“我是婚外恋中出生的私生女，是最好不要出现在这个世界上的孩子。我的妈妈去世得很早，抚养照顾我的外公外婆一看到我的脸就长吁短叹。我一直活在罪恶感中，我只是来到了这个世界而已。”

众人一脸震惊，默默无语。

“一上初中，暴力社团就盯上了我，我不愿意加入，拒绝了她们。于是，她们排挤我，说我不要脸出卖色相，而我只是不想加入她们而已。”

大家还是缄默着，有了些许同情。

“尽管受到排挤，我还是有几个朋友，她们可怜我，愿意和我说说话。可是，有一天一个男生向我表白了，后来才知道这个男生和肯同我说话的一个女生是男女朋友。就这样，曾经同情我的同学们也不再理睬我，开始指责我，而我只是……走在路上，那个男生自己跑来跟我表白而已。”

谁都听得出，她说得很真诚。

“外公外婆去世后，我一个人生活，后来和亲生父亲，还有同父异母的哥哥相认了。我爸爸是知名人士，不能向外泄露我的存在。同父异母的哥哥人很好，爸爸对我也很好。于是，我开始心怀希望，小小地期盼着自己也能拥有家人。可是，爸爸的女儿，也就是我同父异母的姐姐找到了我，她让我不要接近她的家人，告诉我不要去破坏她的家庭，离开他们的身边。而我只是期待着偶尔……偶尔能叫一声爸爸，喊一声哥哥而已。”

吧嗒，吧嗒，吧嗒。

秀英发现自己不知不觉已经泪流满面。

“所有这些潮水般涌来，我关闭了心门，终于明白，一旦自己有所期待，这份期待就会同时化作利刃，伤害到自己。所以，我不再对任何人抱有幻想，刻意保持着距离，于是，大家开始骂我没有教养，为难我指责我，而我只是想保护自己的心不再受伤而已。”

有些心软的男生红了眼圈，女生低声抽泣。

“我转学到这里，遇到了正勋和秀英，还有智熙。正勋给了我爱情，秀英给了我关心，我有点，不，坦白说吧，我真的……非常非常开心，还有……非常非常幸福。”

……

“后来，我爱上了一个人，一场一见钟情的爱情，那个人是正勋的好朋友。我……我从一开始就知道我和他不可能，可我希望至少能在他重返澳大利亚之前，哪怕是非常短暂的一段时光，能把他镌刻在心间。于是……你们离我而去，而我只是……梦想了一段极其短暂的爱情而已。”

秀英用两只手捂住了嘴。

“好了，同学们。”

多真挂着浅浅的微笑，朝着围住自己的人群，一个，一个地看过去，然后说道：“你们还会羡慕我吗？”

“……”

“生在普通人家，和父母顶嘴磕磕绊绊地长大，结交朋友重复着吵架与和好，有了心上人可以放手去爱……这样的你们，都让我无比羡慕，你们还会嫉妒我吗？”

“……”

“我的爱情枯萎了，我的心，我的灵魂也跟着死了，剩下的只有眼前你们羡慕的这个躯壳。这个躯壳也想过属于自己的生活，虽然一无所有，我也想按照自己的意愿活着，现在住手吧。”

多真合上双眼。

“你们放开我吧，就让我这个小小躯壳能一点点往前走，我对你们已经不抱任何期望。”

所有人纹丝不动。

多真也像一尊历经无数风霜的石像一样，站在走廊中央，闭着眼睛一动不动，仿佛根本不愿移动。

没有人能去触碰多真，也没有人能够再去指责她。

多真的平静诉说，凌迟着那些莫名欺辱多真的同学的心灵。

他们羞愧万分。

多真从来都没有对不起他们，也没有人因为多真而受到伤害，他们却不停地侮辱为难多真。

多真一直在逆来顺受，既没有对横加指责的同学发脾气，也不曾以其人之道还治其人之身，她只是默默地忍受着大家的刁难而已。

“多真。”智熙搂住了多真的肩膀。

多真闭着眼睛，把头搭在智熙的肩上。

“智熙，从今往后，我要按照自己的意愿活着。”

“嗯，好。”

“无论我做或者不做，都会被人指责，我一直活在一个渴求别人原谅的世界里。以后，我要想怎样就怎样。”

“嗯，好。”

“我要……随心所欲地活着。”

“嗯，就那么办，我会一直陪在你的身边。”

无声无息，多真的眼中流下了泪水。

# 23

大多数同学们不再盯着多真不放。

喜欢在人后说三道四的同学，提起那天多真在走廊说过的话就骂骂咧咧，但这只是少数人。大家都为自己曾经的行为感到愧疚，再也没说过多真一言半语。

多真一如既往地安安静静上学，行为举止不见丝毫变化。

秀英则足足一个星期没有和正勋见面。

“秀英，正勋来了。”秀英的妈妈敲着她的房门说道。

“就说我不在嘛。”

“说你不在?”

正勋的声音让秀英一激灵，身子缩成一团。

自己的那点小心思被人发现了。

多真替秀英表明了心迹，秀英没法像以前那样，当成玩笑一语带过。甚至，她不敢去正视正勋的面庞。

“开门，金秀英。”

“……”

“你干吗总躲着我？你打算一辈子都不和我见面了吗?”

“……”

“你真的不打算见我了？永远不见?”

“……”

“你不能这样啊，我要和你谈谈。”

“……”

“金秀英！”

门开了。正勋凝视着今时不同往日的秀英。

得知秀英爱着自己的时候，正勋大吃一惊，他完全不了解秀英的心思。

很久以前，秀英有一次玩笑似的向自己表白过，说喜欢自己，当时自己真的只当成了玩笑。震惊过后，紧接着是不安。

正如自己深爱多真一样，秀英对自己也是同样的心意，知道这一点后，正勋觉得很对不住秀英。

秀英心中该有多痛苦啊，默默注视着自己深爱多真，自己为了多真而痛苦寻死，秀英该有多么难受啊。

自己竟然愚蠢到连秀英的心思都没看出来，真是羞愧难当。口口声声说秀英是自己的好朋友，却连好友的心思都没发现。正勋觉得自己的行为严重伤害到了秀英，其实，该逃避的人是自己才对。

“但是，不可能不见面啊。”正勋在心里说。

他不想失去秀英：“秀英。”

“你……怎么来了？”

秀英的声音喑哑。

一直当成哥们儿的秀英看起来有些不一样了，虽然她一直性格爽朗，说话总是一副男生口吻，但始终是个女生。

“我要和你谈谈。”

“谈什么？”

“可以谈的，很多啊。”

“没什么可谈的。”

"你说真的?"

"……"

"先进去，坐着说吧，别在这儿杵着啦，伯母也会听到的。"

秀英往旁边让了让，正勋直接走进了房间。

气氛有些尴尬，有些沉闷。

正勋做了个深呼吸，然后开口问道："真的吗?"

"什么?"

"多真她……说过的那些。"

"不是。那都是多真瞎说的，我怎么可能喜欢你?"

"……"

"做你的青天白日梦，真是的。"

"……"

"打小和你一块儿长大，你什么丑样我没见过，怎么可能还对你这家伙抱有幻想？我都可怜那些喜欢你的女生，嘿嘿嘿。"

"不要笑。"正勋皱着眉头，低声说道，"别笑，金秀英，我现在不是跟你开玩笑，我来是为了和你谈谈，说说真心话。"

"……"

"我不想失去你。"正勋望着秀英的目光十分真诚，"秀英，我不想连你都失去了。"

"嗯，我也是，可是……"秀英的表情很难看，"如果我喜欢你的话……我们之间会变成什么样子呢?"

"秀英。"

"是的，多真说得没错，我喜欢你，从很久很久以前开始就暗恋着你。可是，你要我怎么把这些话说出口？你只把我当作朋友，如果我向你表白，那立刻就连朋友都没得做了。"

"不会的。"

“你说不会？老早以前我就很纳闷儿，你虽然嘴上说珍惜我，可是你真的想过要珍惜我吗？你眼里只有仁赫一个吧？你觉得仁赫和多真背叛了你，就跑去闹自杀，完全没考虑过我的想法什么的。这算什么？如果你真把我当成朋友，你就不会这么做，在你心里，有没有我一丁点儿的位置？”秀英的声音带着哭腔。

“这丫头真是我认识的那个秀英吗？”正勋在心里自问。

正勋突然意识到，一直以来都是秀英在单方面付出，自己烦恼的时候总是秀英在倾听，自己难过的时候也总是秀英安慰自己。

自己这种人，真是哪一天被抛弃了一点都不奇怪。然而，秀英始终陪在自己身边。

“对不起。”正勋深垂着头，满怀歉意，“真对不起，秀英，我……我只想着我自己。”

“对，没错，你只想到你自己，为什么……完全不顾及我这个朋友？”

“对不起，真的。”

“我喜欢你。”

“……”

“正勋，我……喜欢你。”

正勋抬起头，注视着秀英，秀英也不再回避正勋的视线。

正勋握住了秀英的手：“我也喜欢你，只是我……对你没有异性之间的感觉，但是我想和你做朋友，不想和你分开，拜托，千万不要丢下我。”

“什么啊，这……”秀英笑了，马上就会泪如雨下地悲伤微笑。

“跟个傻子似的，这算什么拒绝啊？”

“也是哈。”正勋也扑哧一声笑了。

“喂，好歹心里舒坦了，我一直过得战战兢兢，就怕别人发现了这点小心思。”

秀英长出一口气，四仰八叉地往后仰，一点不淑女，正勋也斜着躺在秀英身旁，望着她。

“为什么喜欢我？”

“我也不知道。”

“喜欢我什么？”

“喜欢你傻得可爱。”

“哎哟，世界上最聪明的男生，就是我呢。”

“看看，这个样子就很傻。”

“喊，就不能说点正儿八经的理由吗？”

“嗯，那就是……世界上好像再也找不到比你更傻的男生了，所以想找你当男朋友。”

“好像真是啊，有一点点。”

“这下满足了？”

“哦，对。”秀英松了口气。

什么也没有改变，自己表白后，两个人之间并没有变得尴尬，反而如释重负，面对正勋时更轻松了。

“我们就像现在这样吧，正勋。”

“嗯，好。”

“像现在这样开玩笑，轻轻松松，就这样相处下去吧。总有一天，我会爱上一个比你更傻的男生，然后和那个男生在一起，特别特别幸福地生活着。所以，我现在喜欢你，被你拒绝并不会痛苦到要死要活，每个人都要经历一次爱上别人却被甩的事情吧。你也被多真甩了不是？”

“嗯，没错。”

“可以大声说出我爱你的人……”秀英说着潸然泪下，“我一定会爱上这么一个人。”

并不是因为恋爱遭拒，而是秀英想到了多真。

心中一阵抽痛，她想到了深爱仁赫却无法说出我爱你的多真，看着自己这些人的脸色而想方设法扼杀爱情的多真，也想到了竟然还一直为难多真的自己。

“我太对不起……多真了。”

“嗯，我也是。”正勋回答道。

“多真一定不会原谅我，我……我背叛了多真。”

“嗯，我也是。”正勋闭上了双眼，“我也背叛了他们，是我先变了。”

“嗯。”

“真想回到从前。”

“嗯，真的……好想。”

时光悄然流逝。

多真原以为失去仁赫以后，一定会发生什么变化，可是，既然心已死，周围的变化也就和自己无关了。

仿佛永无止境的高三生活终于画上了句号。

十二载寒窗苦读，高考一卷定终身，尽管不大公平，却也别无他法。

“考得好吗？”

多真和智熙分别在不同的学校参加高考。

“嗯，应该刚好能考上我想读的大学。”

“是吗？那考得很好啊。”

“你呢?”

“我也一样。”智熙咯咯笑了，“要是我们读同　所大学就好了。”

“应该可以吧？我想读的大学，不就是你想读的大学吗?”

“也对。”多真面带笑容。

“对不对答案?”面对多真的问话，智熙一脸厌恶地摇着头。

“已经结束的事情，我可不想再去纠缠。真的活过来了，可以玩命打工，也能睡个安稳觉了。”

“嗯，真是太好了。”

智熙枕着多真的腿躺下，多真轻轻地拉扯着智熙漂染成红色的发梢。

“头发长长了不少。”

“嗯，留了好久了。”

“长头发的你更漂亮。”

“是吗?”

“而且，还是长头发更适合搭配婚纱哦。”

“啊哈哈哈，那个……还没决定呢。”

“晟民哥哥不是说等你毕业就结婚吗?”

“他又没说一毕业马上结婚啊。”

“那不就结了，把头发留长吧，你穿上婚纱一定特别漂亮，好期待。”

“你想接花球?”

“不，我无所谓。”

“傻瓜。”智熙仰头看着多真。

多真明明在微笑，却笑得极其空虚，和仁赫分开后，多真一无所有了。

事情已经过去快一年了，多真还是和当初一样的伤心，让人看了心里直难受。

“多真。”

“嗯?”

“我真的很喜欢你。”

“我也喜欢你啊。”

“要不我们两个过一辈子得了，我努力打工赚钱买栋房子，然后我们俩幸福甜蜜地住在里边，一起读书，一起聊天。”

“傻瓜，晟民哥哥不得郁闷死啊?”

“三角恋啊。”

“就是。”

两个人呵呵笑个不停。

多真把智熙的头挪到自己的大腿上，躺了下来，眼睛涩涩的。

马上就要毕业了。多真在这所高中待了不到两年的时间，长这么大经历的事情都没有这两年里发生的事情多。

“明天开始，学校也会提早放学吧?”

“应该会，多真，你打算明天开始做什么?”

“现在，我也要找份兼职做了。”

“让叔叔给你点钱不就行了。”

“这怎么可以。”

“作为观看赏心悦目的妹妹的代价，他也该出点血啊。”

“他不会给吧?”

“那个小气鬼，你想在小区里打工?”

“嗯，在附近吧。”

“工作类型呢?”

“我想在咖啡馆打工。”

“好，那我们一起去找找。”

“一起打工？”

“一起打工不好吗？等上了大学，就可以做家教了。”

“那好吧。”

两个人在网上找兼职，发现有很多不错的咖啡馆都在招兼职，不过，这附近只有一家在招人。

那间咖啡馆的名字，多真记忆犹新，原野咖啡。

很久之前，和仁赫一起光顾过这家咖啡馆。

伴随着强烈的思念，多真鼻子一酸，差点落泪，那时的事情既像发生在昨天，又像已经过去了几十年。

好想他。

“要不要在这家打工？”

“嗯，就这家吧。”

多真勉强忍住眼泪，回答道。

“明天……想不想办个派对纪念高考结束？”

听到多真的话，智熙十分惊讶，脑袋歪向一侧。

“怎么回事？你竟然会主动提议举行派对？”

多真脸上的微笑就快要崩塌了。

“我想邀请一个人。”

为了纪念高考结束，多真去超市大采购，瞬间又勾起了对仁赫的思念之情。以前，大家也曾聚在一起温锅，那个时候，仁赫还在自己的身边。

多真想起了仁赫熟练采购时的样子，心如刀割，真希望能见到他。

也许，这份思念会一辈子落在心口。既然如此，就不要想着把它撇开，还是坦然接受好了。

回到家做饭的时候，眼前又浮现出仁赫的身影。那时，他说你去睡会儿吧，然后自己默默准备好了饭菜。

“我好想你，仁赫。”

思念伴着泪水，一并咽下。

秀英仍然是多真的同桌，只是那天以后，两个人再也没有讲过一句话。

“秀英。”

多真喊秀英名字的时候，秀英又惊又喜，还有惊慌，无数种情感交织在一起。直到今天，多真一想起秀英当时的表情，还会忍不住笑出声。

“啊，啊，哦哦哦，啊？”

秀英语无伦次，十分搞笑。

“啊，哦……哦，多真。”

说完，她就挠着头一脸尴尬地笑着。

“今天晚上，我想办个派对，庆祝高考结束。”

“啊啊，哦。”

“就在我家。”

“嗯。”

“你要不要过来？”

“啊……哦？”

“可以通宵吃吃喝喝看电视，或者边吃边聊，你也来吧。”

“啊……”

秀英的眼中噙着泪，多真本以为自己看错了，却见秀英飞快地用手背擦去了眼泪。

她吸溜了下鼻子：“啊，哦……我真的可以去吗？”

秀英强忍着不哭，问多真，多真展颜一笑。

“为什么不能去?”

去正勋班里找他说这些的时候，正勋的反应和秀英一模一样。多真觉得这两人还真有夫妻相。

叮咚。远不到派对开始的时间，门铃就响了，多真开门一看，智熙站在门外。

“我过来帮你。”

“啊，谢谢啦。”

从前仁赫所站的地方，现在站着智熙。

“我叫了正勋和秀英。”

“嗯，我想也是。”

“你没关系吧?”

“不要问我，你不是说要按照自己的意愿生活吗？干吗还要在乎我的心情?”

“嗯，但是你很重要嘛。”

“傻瓜。”智熙笑了，眼睛眯了起来，多真很喜欢智熙的笑脸。

“你喜欢的话，我也会喜欢，所以，不用顾及我。”

“嗯，谢谢你。”

多真和智熙三下五除二做好了饭，智熙厨艺高超，除了鸡蛋卷边角碎了一点之外，其余饭菜异常完美。饭菜摆满餐桌的时候，门铃响了起来。一开门就看见了满脸尴尬的正勋和秀英，多真冲他们送上一个灿烂的笑容。

“快请进。”

# 24

时光飞逝。

等到毕业的时候，他们之间已经回到了最初。正勋熟络地开着玩笑，秀英对待多真一如从前，多真也得以毫无芥蒂地和他们相处。

虽然相处起来轻松自在，但刺痛心房的伤悲丝毫没有消失，随着时间流逝，心中的思念之情反而愈来愈深。

毕业典礼当天，他们在多真家办了个毕业派对，智熙中途说要去见晟民，先离开了多真家。

剩下的三个人边吃边喝侃大山。

半夜两点的时候，正勋突然在多真面前跪了下来。

“多真。”

“你这是做什么？”

“对不起。”

砰。说着说着，正勋额头磕向地面。秀英见状，也挨着正勋跪了下来。

“我也对不起你，多真。”

“你们这是怎么了？快起来。”

“真的很对不起。”

“我做了很多对不起你的错事。”

“那已经是一年前的事了。”

“不，不管过一年还是两年，都改变不了我犯过的错。”

“对不起，多真，真的很……对不起你。我每天都在心里道歉，却又不知道道歉后应该怎么做，我要怎么做才能获得你的原谅呢？我应该怎么做，应该做什么啊？”

“为什么非要我原谅你们？”

多真从沙发上下来，坐在他们俩身边，然后双手伸向两边，分别握住他们的一只手。

“正勋，秀英，你们不需要得到我的原谅，因为我没有生你们的气。”

“可是……”

“转学到这里后，我变了许多，关闭的心门敞开了，冰冷的内心也融化了，你们认为这是智熙的功劳吗？”

秀英和正勋注视着多真，多真冲他们笑了。

好美。多真还和第一次见面时一样，一点儿没变，美得炫目耀眼。

“没错，我因为智熙而改变，因为秀英而改变，也是因为正勋而改变，你们三个人中少了任何一个，我都不可能改变。”

“……”

“你们教给我什么是幸福，教会了我信任，也让我明白信任破裂时的痛苦，和战胜这些痛苦重新振作起来时的愉悦。所以，我成长得比以往更快，这全是因为有了你们。既然如此，我为什么要生你们的气？我不是不知感恩的人。”

“可是……”

“我只想对你们说感激，无论什么时候。”

“我们明明伤害过你。”

“可我们现在不还是在一起吗？”

“你还要逆来顺受吗？”

“不，现在我只想说因为有你们，我觉得自己很幸运，这是真心话。”

“那……”

正勋手上使劲。

“去找仁赫吧。”

“……”

“我现在没事了，真的，即使你和仁赫重逢谈恋爱，我也会真心地祝福你们，真心希望你们幸福，所以……去找他吧。”

“不，没关系的。”

“你去澳大利亚就能见着他，我还知道他住哪儿，这小子可能不会原谅我。不过……一定会见你的。你去找他吧，把他带回韩国，你让他回来，他就会回来的。”

“正勋。”多真苦涩地笑了笑，“谢谢你，只是选择分手的那一刻，我已经决定不再见他了。”

“决心也可以改变啊，情况完全不同了呢……”

“没有。”多真无力地摇了摇头，“什么也没有改变，我和他不属于那百万分之一。”

“你是说……百万分之一？”

“嗯，有那种说法。”

“但是……”

“没关系，那天的分别是永远的。他也好，我也好……都接受了感情结束。”

“你难道不想见他吗？”秀英一副快要哭出来的表情。

“嗯，我想见他。”

“只要坐上飞机，不就能见到他了吗?”

“不是距离的问题，关键是……那天的选择。”

“……”

“总有一天会没事的，这又不会出人命。”

“可是，你的心已经死了啊。”

“嗯，就像人死不能复生一样，已经死去的心也不能复活，所以……没关系了。”

已经做出了选择。

仁赫也好，多真也罢，他们都选择了放弃自己的爱情。多真也想再见到仁赫，因为正如正勋所说，情况今非昔比。

但是，如果再发生一次当时那种事情，恐怕仍然会选择分手，多真不想这种事情再经历一次。

多真不想站在选择的十字路口，一次又一次地重演无法选择爱情的结局。

所以，多真没办法去见仁赫，估计仁赫也是如此。

拥有眼前这一刻足矣。

正勋和秀英，是多真无比珍视的朋友，还有智熙和晟民也是她最重要的人，如果还奢望别的什么，未免太过贪心。倘若心中还有所期待，那一定会化作锋利的尖刀狠狠刺向心口。

正勋的一番话仿佛给多真心中的希冀种子施肥浇水，悄然生长，但她还是狠着心踩压掉这小小的希望幼芽。

“就这样吧。”

时光之轮再度流转。

多真如愿以偿地考入了兽医专业，智熙考取了法律专业，二人在同一所大学就读。

秀英勉强补录到首尔的一所大学，正勋则去了一所地方大学。他们各自展开了丰富多彩的新生生活。

大二的时候，正勋提出休学申请，入伍当兵。秀英看着剪成利落短发的正勋，大笑不止："你也有今天啊！"她嘻嘻哈哈地取笑正勋。

大家一起为正勋送行，一直送到论山训练所门前。

附近的饭店吃饭时还兴高采烈，叮嘱正勋好好训练的秀英，在送走正勋的回程路上大哭一场。

"我一定会找一个特别特别帅的男朋友……"秀英呜咽着说道。

"就算真是男女朋友，男朋友去当兵，女孩子都会甩了他，何况是我，我也不要再单相思了。"

"傻瓜。"多真抱住了秀英。

"你一定会认识一个特别特别帅的男朋友。"

一年后，秀英开始和同一个系的师兄交往，师兄对她呵护有加。

又过了一年，正勋退伍的日子越来越近了。

本打算高中毕业就结婚，但天不遂人愿，晟民的父母和晟芝强烈反对他们的婚事。

晟民曾经预料到家人会反对，但没想到他们的反对会如此强烈，就连自己一向信赖的父亲也反对这门婚事。

无人诉说。

晟民总归希望能在大家的祝福声中举办婚礼。

不是没考虑过与家人闹掰，然后坚持举行婚礼，就算失去父亲这个靠山，往后的路也不是什么难事。可是，晟民担心万一让智熙知道自己家中反对，会对她的心灵造成巨大的伤害。

这种情况下，即使结了婚，智熙心中还是留有一根刺，她会认为自己的家人嫌弃她是“孤儿”，所以才反对二人的婚事。

就这么一天一天拖下去，不知不觉已经三年了。

智熙没有问过晟民一句，也许她已经隐约察觉到了。

智熙聪慧懂事，正是因为知道其中的缘由，所以才从来不和晟民提结婚的事。

晟民明白智熙的心思，真想带着她逃到一个没有任何人的地方去，逃离得越早越好。然后，带着家人的标签陪在智熙身边。

“唉，要不，移民算了？”晟民暗想。

晟芝非常生气。

三年前，晟民说打算结婚，把智熙领回了家。那段时间，晟民总是很忙，没空陪晟芝玩，晟芝怀疑晟民又去见多真，后来才知道原来是晟民交了女朋友。

晟芝很不喜欢发梢染成红色的智熙，觉得她一眼看上去就是那种“我玩得很High”的女生。晟芝也不喜欢智熙冷静的语气和成熟的举止，还有她带有神奇魅力的容貌。

“你的父母从事什么工作？”

吃饭过程中，面对晟民母亲的问话，智熙镇静自若地回答：“不在了。”

“嗯？”

“我的父母都不在了。”

“你是孤儿？”

晟芝不由自主地说出了心中的疑问，智熙对着晟芝莞尔一笑。

“我现在已经是成年人了，所以不该叫孤儿吧。”

明明就是孤儿，还理直气壮的。

大家得知智熙是孤儿后，饭桌上的气氛相当沉闷，除去晟民挑起的话题，几乎再没有任何交谈。

晟民的父母强烈反对，晟芝也反对，但是晟民的心思却没有改变，他提高嗓门儿说话的日子越来越多。

已经三年过去了，晟民还是坚持要和智熙结婚，并不断尝试着说服父母同意。

这一切都是因为智熙，没有这个臭丫头的话，家庭一定非常和睦。

晟民不想让晟芝知道智熙的联络方式和住处，晟芝还是打听到了智熙的联络方式，还约了智熙见面。

“我找你的事情要对我哥保密，除非你想看到我们家四分五裂。”

智熙预想过晟民的家人会反对他们结婚，而且她从一开始就知道，他们甚至有可能因为家人的反对结不成婚。

晟民虽然没有和智熙说起过家里人的反对意见，但晟民为此而苦恼的神情全都一一看在智熙眼中。智熙心很痛。

晟民的家人因为自己是孤儿而反对婚事不打紧，智熙只是不愿看到晟民累心受折磨。

晟民的脸上蒙上一层灰暗，他为了掩饰不快又要刻意保持微笑，这些全都在一点一点凌迟智熙的心脏。

智熙觉得，哪怕晟民顶不住家中的反对声音，最终选择分手，自己也会安静地听从晟民的意思，毕竟，与亲人之间的血缘关系无法割舍。

接到晟芝的电话时，智熙并没有感到意外，只是觉得该来的迟早要来，反倒是过了这么久才找上自己有点不可思议。

看来是晟民的防护措施做得很好，智熙能体会到他的事无巨细和良苦用心。

“坐那儿吧。”

智熙在咖啡馆见到了晟芝，晟芝一开始就摆出了高姿态，眼光傲慢地俯视着智熙。智熙没有生气，她本来就是这种环境中长大的女孩子。

智熙突然想起了多真和晟芝之间发生过的事情。

“就是她啊，硬生生拆散了多真和晟民的兄妹亲情。”

智熙对这种人毫无好感，或者说，应该是极其讨厌。

坦白说，智熙很想赏她一顿耳光，告诉她，你这样的家伙，少拿那些上不了台面的手段来对付我们多真。

但是，无论厌恶还是喜欢，眼前这个人都是晟民的家人。

如果被晟民家里知道，晟民的结婚对象竟然是个会抽别人耳光的强悍姑娘，那晟民在家里的处境会更难。到那时，晟民会比现在更难做。所以，智熙决定控制住自己的脾气。

智熙不禁失笑，自己居然也会有这种想法。

看电视连续剧时经常看到男方家中轻视女方，做媳妇的再生气也得压住火气，默默忍受着婆婆家的怠慢，而且还不能和老公讲，只能憋在心里。

那个时候，智熙很不理解。

对每个人来说，其自身都是最重要的，为什么要委曲求全呢？假如要忍受这种轻慢，不如放弃爱情好了，何必非要结婚呢？痛痛快快跟老公吐槽多好，干吗掖着不说呢？

此时此刻，智熙才明白过来。

“我爱的人和我自己一样重要，与反抗这种轻蔑相比，我更想守护心中的爱情。”

想着想着，智熙不由自主地笑了起来，而晟芝的脸色却沉了下来。

“我今天过来可不是和你说些甜言蜜语，没什么好咧着嘴乐的。”

智熙收起了笑容，注视着晟芝。

“我来找你，要说些什么，你大概也心里有数。”

智熙静静地听，没有言语。

“直接说吧，我不想和你这样的丫头掺和在一起太长时间。”

“……”

“你和我哥分了吧。”

“……”

“我哥心地善良，才华横溢，是国家百里挑一的人才，你该不会真的以为你这种人能和我哥结婚吧？对，不会是吧？就算无父无母，也不至于厚颜无耻到这个地步。”

平静，镇定。

智熙拼命压抑着满腔怒火。

她想到了多真，眼前这个人曾经对多真也口出狂言，恣意伤害。

那时的多真还只是个小女孩，晟芝竟然毫不犹豫地冲着她极尽恶毒之词。

多真也曾经忍耐，悄悄地把这些掩埋在幼小的心灵中。

“我没什么做不到的事情。”智熙在心里说。

“我哥，平时就同情心泛滥，他看到小孩子没有了父母，一定会可怜他。所以，他关心你，你就以为现在时机成熟，钓上了我哥？你梦想能一朝飞上枝头变凤凰？那可怎么办呢？我们家可没打算接纳你这样的人哦。”

是的，多真也忍受过这些，我也要忍下去，为了不让他心里难受，我一定要容忍这一切。

“别想着抓着个男人就能舒舒服服过好日子，你不应该依靠自己吗？还有，你应该去找个和自己相配的男人，这个是忠告。一个比你背景好，有身份的男人只会让你更不好过，你就该找个门当户对的男人，甜甜蜜蜜地过点小日子，别总盯着我哥这样的人。”

“……”

“据我了解，你上高中的时候曾经因为暴力事件休学一年？你啊，真是个可怕的人，你以为自己原来做过这种事，现在想好好过下去就没事了吗？”

智熙不知自己还能忍耐多久，这个女人实在太狂妄自大和尖刻了。

“我哥，今年已经三十了，不是继续和你这种人约会浪费时间的年纪。你退出吧，乖乖地和我哥分手。”

“……”

“为什么不回答？”

“我不会分手。”

“什么？”

智熙面带微笑，一个没有情感的微笑：“我不会和他分手，在他提出和我分手之前。”

哗啦。

晟芝把水泼到了智熙脸上，咖啡馆里的人全都注视着智熙和晟芝，晟芝却满不在乎地盯着智熙。

智熙慢慢抬起手，把浸湿了的头发拨到脑后，然后望着晟芝，表情和最初一样。

这股傲气让晟芝火冒三丈。

晟芝听说智熙高中时代喜欢用拳头说话，还加入过暴力组织，以为如果自己激起了智熙的怒火，她一定会使用暴力。

晟芝觉得一旦这丫头使用了暴力，晟民必然不会继续维护她，也许还会回心转意离开她。

然而，智熙既没有采用暴力手段，也没有发脾气，还是保持和开始时一模一样的孤傲表情和冷静眼神。

晟芝突然想到了一个人，所谓同父异母妹妹的崔多真。

“你还有……”智熙轻轻张开双唇问，“什么指教？”

秀英的肺都快气炸了。

她和男朋友一起走到这间咖啡馆，发现了智熙，本想过去打个招呼，结果却听见智熙身旁坐着的女人嘴里不停地蹦出各种恶毒的话，就连秀英的男朋友都看不过眼。

“呀，那个女的真是太过分了，真想揍她一顿。”秀英的男朋友自言自语。

这些话会让智熙心如刀绞，这些话会让秀英心痛欲裂。从谈话内容中能猜出这个女人是谁，就是那个曾经拆散了多真和晟民兄妹的女人呗。

更让秀英气愤的是智熙的态度。

智熙安安静静地坐在那儿，一句话也不说，默默地承受了那些利刃般的责难。还不如站起来对骂一场，那样心里也会痛快许多。

不过，秀英不是不能理解智熙的想法，智熙大概是身不由己，毕竟对方是自己所爱的人的家人。

“我认识她。”秀英和男友在咖啡馆角落坐下，说道。

“你认识？谁？”

“红头发的。”

“哦，是吗？不过去帮忙吗？要不要我过去把那个少教的丫头拖出去？”

“不用，我们坐着就好，智熙姐……在一个人默默忍受，我不能插手。”

“可是，太过分了啊，身为孤儿有什么罪过？要说得那么恶毒？那个女的嘴里说的哥哥，知不知道自己妹妹做这些事啊？”

“……”

秀英静静地闭上了眼睛，她内心翻腾不已，真想抽晟芝一顿耳光。

丁零零……

手机响了。“冰雪公主”是多真的网名。看到屏幕上出现的名字，秀英像盼来了救兵似的，连忙接起了电话。

“多真。”

“过不过来吃晚饭？我闲得没事去了趟水产市场，买了好些帝王蟹，带着男朋友一起来也行。”

“哦？啊，不过……”秀英一时语塞。

把这件事告诉多真对不对呢？

“如果我不告诉多真……那智熙姐就要一直遭遇这些了吧？那个女的一定会不停欺负智熙姐，直到智熙姐和晟民哥分手。”秀英内心纠结着。

“那个……多真啊。”

“嗯？”

“啊，那个……”

“你怎么了？有什么事情吗？”

秀英用力握住手机，咽了口唾液，然后小心翼翼地开口说道："我现在咖啡馆，见到了智熙姐。"

"哦，是吗？那你们和智熙姐一起过来吧，我给她打电话，她没接。"

"她现在顾不上接电话。"

多真发现秀英的声音沉重得不同以往，就试探着问她："出什么事了？"

"智熙姐和晟民哥的妹妹在一起。"

"……"

"她好像叫晟芝？"

"咖啡馆的具体位置在哪里？"

# 25

晟芝的话还在继续。智熙很想一走了之，但为了心爱的人，她还是老老实实坐在那里。

这时，有人一把拽住了智熙的胳膊，是多真，她像女神一样站在她的面前。

“你怎么会在这里？”晟芝大叫起来，她的表情活像见了鬼。

多真理都没理晟芝，当她是空气，只顾着对智熙说：“走吧，我们。”

多真的手仿佛救命稻草一般，智熙觉得活了过来。

“多真，你怎么会来这里？”

“我们走。”

“喂！你们在做什么呢？崔多真，你怎么会在这里？”

多真盯着晟芝。

“干，干吗瞪我？你们……啊哈，原来如此啊？”

“……”

“崔多真你，没机会跟我们家捞钱，就跑去拉帮结对了是吧？盘算着如果她跟我哥结婚，你就能捞着钱……”

啪！多真甩了晟芝一记耳光。

晟芝瞪大了双眼，惊讶远大过疼痛。多真变了，不再逆来顺受，她学会了反击。

“晟芝小姐你怎么说我，都没关系，但是，请你不要对我朋友的爱情做这种廉价的猜测，晟芝小姐没有资格对我朋友和晟民哥的爱情说三道四。”

“什……什么……”

“晟芝小姐这么看待这个世界，并不代表所有人都和你一样看待这个世界，你不要把自己肮脏丑陋的一面传染给我的朋友。啊，对了，无论你再怎么挖空心思，我的朋友都不会受你传染。”

“你说谁肮脏丑陋？”

“走吧，智熙。”

智熙站起身来。

“一群孤儿勾结在一起！你们以为这就没事了？我问你们，你们以为这么对我，你们就能平安无事吗？”

多真冲晟芝露出个微笑。笑容中的冷漠让晟芝浑身一颤。

“怎么说呢，这正是我想跟你说的话。”

“我，我会通通告诉晟民哥！”

“说去吧，你心爱的晟民哥会站在谁那边，你不是最清楚吗？”

“笑什么笑！我哥怎么会抛弃家人？你们以为这样会分裂我们家吗？”

“我可从来没说过分裂家庭之类的话，你这么紧张做什么？怕家庭四分五裂吗？”

“你……崔多真……你……”

“虽然我以后不想再看见你，可是，也许还要再见上一面。”

“谁愿意看见你这张脸？我才不想看见你！你休想再出现在我面前！你给我离我们家人远一点！”

多真没理睬晟芝的歇斯底里，走出了咖啡馆。

智熙胸口一阵刺痛，不是因为自己刚才听到的那些话，而是因为多真此时此刻心中的辛酸。

晟芝口中的“我们家人”，就是在和多真划清界限，意味着多真不属于自己的家人。

“智熙姐。”

“秀英你也在这儿啊？”

“是我把多真叫过来的，对不起，我本来不想插手姐姐的事情……可那女的太过分了。”

“嗯，没关系，谢谢你。”智熙无力地笑了笑。

三个人并排站在一起，然后朝着家的方向走去。

“秀英，你男朋友呢？”

“我把他打发走了，这种情况下哪能让他也待在一起？”

“嗯，智熙，我买了帝王蟹，去我家吃吧。”

“嗯，好。”

仿佛什么事情都没有发生过一样，大家都绝口不提晟芝的事情。

煮好螃蟹，吃完，一直到刷完碗，她们都说着其他的话题。

“你……怎么就那么老实呢？”

多真说出这句话的时候，已经过了晚上十一点。

“我不是没法生气吗？谁让是他的家人呢。”

“这个样子下去，你还能按照自己的意愿生活吗？”

“嗯，老实待着就是我的意愿。”

“为什么要忍她？很痛啊，这里，不是痛得不得了吗？被水浸湿后，你的表情就像哭泣似的，为什么要忍啊？”

“我不想他失去家人。”

“……”

“我没有家人，所以我很清楚这种感受，没有家人意味着什么。我不想让他在家庭中没了立足之地，不能说因为我没有家人，所以他也不应该有家人。”

“……”

“所以我才会这么做。”

“我明白了。”多真出乎意料地乖乖点了头。

“如果说你的心里只是为晟民哥着想的话，我会按照我的想法去做。”

多真的语气中透着决绝。

“嗯?”

“我会按照自己的想法去做，从现在开始，你不要插手。”

多真掏出了手机。

“别给叔叔打电话。”

“不行，我要打。”

“多真。”

“这是我自己想做的。”

“但这是我的问题啊。”

“那就是我的朋友的问题，我朋友的问题也是我的问题。智熙，如果是你，你会怎么做?如果我心痛到血流如注，你会怎么做?会坐视不理吗?”

“多真。”

“你让我照着自己的想法去做吧。”

多真把手机放到耳侧，几声信号音过后，传来了晟民的声音：“嗯，宝贝妹妹。”

“来我家一趟。”

“现在?终于打算和哥哥我相拥而眠了?”

“赶紧过来吧。”

“知道了，我马上到。”

没有人再说话。秀英尴尬地站了起来说：“我先走了。”

多真抓住了秀英的手腕问：“为什么要走?”

“我……”

“和你有关系。”

“……”

“和你也有关系，你是智熙的朋友，对不对？也是我的朋友。”

“但是……智熙姐，没关系吗?”

秀英满怀担忧地问智熙，智熙露出了浅浅的微笑，点了点头。

三十分钟后，晟民来了。

晟民看到有三个女生等着自己，吓了一跳。

“干吗？这是后宫吗?”

晟民感觉到了气氛非比寻常，却还是尽可能地以玩笑做开场白。多真站起来，朝晟民走去。

“哥哥。”

“嗯?”

“今天晟芝来找过智熙。”

咣当，晟民似乎听到了心脏跌落的声响，下意识地推开了多真，冲到智熙身旁。

“没出什么事吧？你没事吧?”

“嗯，我没事，叔叔。”

他没想到晟芝会打探到智熙的联系方式，更没想到晟芝不仅打听到了联系方式，还单独跑去和智熙见面。

“哪会没事。”晟民身后传来了多真的声音。

“智熙一点也不好。”

“多真，我……”

“智熙，从现在开始，这就是我的事情，你让我说下去。”

“好吧。”

对于晟民来说，智熙是他想要保护的女人。

智熙内心强大，却也很脆弱。如果剥开一层层被强悍武装的铁甲，里边只藏着一个受过伤害的小女生。那些会对智熙造成伤害的事情，晟民都想阻止。

和父亲发生口角也正是因为这个。父亲想见见智熙，晟民知道后和父亲争执不下，他平生第一次对着父亲抬高了嗓门儿。

可是，事情最后还是发生了。

“晟芝小姐往智熙的心口插上了把尖刀，她为难智熙时所说的话比对我说过的还要过分，在智熙的心上肆意地划了一道又一道，血流汩汩。”

“……”

“她还朝智熙泼水。”

“什么？”

“哥哥你到底在做什么？”

“……”

“事情发展到这个地步，你都做了些什么？你还要袒护自己的家人到什么时候？”

“不是这样的……”

“不要说什么担心家人反对，生怕智熙受到伤害之类的话，反对是现在进行时，智熙很清楚这一点。你以为智熙连这都不知道吗？你把智熙当成傻子吗？是谁说高中一毕业就结婚的？说好和家人见个面就结婚的人为什么言而无信？现在已经过去三年了，傻子都知道是你家人不同意。知道你家人反对的那一刻，智熙就已经受到了伤害，哥哥你又有没有想过，在你苦苦争取家人同意的这段时间，对智熙的伤害越来越大呢？”

智熙紧紧握住了晟民的手。

很感谢多真，很感谢她，把自己竭力压抑的创伤当作她的事情，为自己打抱不平。

“智熙需要的是什么？不就是哥哥你吗？不就是哥哥你一个人吗？到底是多么了不起的家族，才能把一个人折磨到遍体鳞伤？”

“对不起。”

“不要跟我说对不起，受伤的人是智熙。”

“对不起，智熙。”

晟民这边跟智熙道歉，那边又跟多真道歉。

多真隐忍至今的伤痕，就这样第一次暴露在晟民面前。

“没事，叔叔，我现在没事了。”智熙笑容灿烂。

“因为有你们，我才能真正坚强起来。”

“我什么都没做，多真的气势压倒了一切。”秀英小声嘀咕着。

“哥哥，明天帮我安排个地方吧。”多真说道。

“地方？”

“哥哥的父亲和晟芝小姐，我想和他们见个面。”

“多真！你不用这么做。”智熙生怕多真受到伤害。

“没关系，智熙，我不会受伤。”

“可是……”

“无论他们对我说什么，我都不会受伤害，他们不是我的家人。我的家人只有晟民哥哥，还有即将和晟民哥哥结婚的你，所以不必为我担心。”

多真心意已决，任何事情都不能动摇她的决心。

“哥哥，可以帮我安排个地方吧？”

晟民震慑于多真的气场，只能点了头。

“怎么突然想起见面了？”

地点是在晟民的办公室里，晟民面色凝重，晟芝惴惴不安。

“肯定是那个死丫头全告诉我哥了。”晟芝在心里说。

于是，晟芝决心先下手为强。

“因为那个女孩吗？那个强悍的丫头？”

“晟芝。”晟民嗓音低沉地说道，“老老实实待着，安静点，我现在非常非常生气。”

“哥哥！我只是怕你为了那个不知底细的女生受到伤害……”

咚咚。晟芝截住了话头，传来了敲门声。

“进来。”

房门打开，多真走了进来。

多真的出现不仅让晟芝十分意外，也让父亲惊讶得低叹一声。

办公室里的氛围冷到了极点，多真的表情却没有一丝一毫的变化，她走进来以后，镇定自若地打着招呼。

“好久不见。啊，晟芝小姐昨天刚刚见过吧？”

“喂！你当这里是什么地方，敢到这里来？”

“晟芝！”父亲瞪了晟芝一眼。

父亲也知道晟芝对多真做的那些事情，他私下调查过多真突然消失的事情，发现所有的一切都是晟芝在捣鬼。

然而，他却选择了保持沉默，不想因为这件事引发家庭内部的不睦，有所得必有所失。

“我来这儿有事情要说。”

多真坐在晟民旁边的位子上，与父亲和晟芝相视而坐，多真琉璃般的瞳仁一如既往的明亮冰冷。

“就来说说智熙的事情吧。”

甚至是父亲，都非常意外。父亲低叹一声，脑中划过若干种可能性。

难道这孩子是想利用朋友回到家人身边吗？

“首先，晟芝小姐很久之前找过我，要求我不要介入晟芝小姐的家庭，同时买下了一套房子送我。对此，我深表感激，托晟芝小姐的福，我现在才可以毫无负担地坐在这里。”

父亲不满的眼神让晟芝打了个激灵。

“那……那个……”

“你想说什么，一会儿再说，我现在还没有说完。”

“喂！你在这儿嘚瑟什么呢？”

“听说那边家里反对我朋友的事情，而且晟芝小姐昨天找过我的朋友，侮辱谩骂，责怪她是孤儿，还朝她泼水，非常不愉快。”

“晟芝，你……真的做出这种事？”

“爸爸您什么都不做，那就我来做，不然又能怎么办？她和那个臭丫头串通好了来欺骗我们！如果哥哥受到伤害怎么办啊？”

“真是连基本的教养都没有，看来不是所有富贵人家出生的人都有教养，随意地大吵大嚷打断别人的讲话。”多真淡淡地责备。

晟芝红着脸想要反驳，又慑于父亲严厉的眼神，还是闭上了嘴。

“不管怎么样对我，我都可以接受，总归那边的家人都是与我不相干的人。但是，坦白说，那边的家人反对我朋友这件事让我很生气，晟芝小姐找过我的朋友，即使她没有找过，我还是会坐在这里来谈这件事。”

“……”

“以后请不要再干涉我的朋友和晟民哥哥的婚姻问题，不要再反对，也不要再去打扰我的朋友。”

“关你什么事！这是我们家里的问题！”

“啊，是的。”多真唇角轻扬，冷冷一笑。

父亲马上意识到自己说错了话。

“没错，伯父，的确是那边家里的问题，但是，我朋友的问题也是我的问题。”

“多真，这……”

“我的朋友因为那边家里而受到伤害，我再也看不过去了，如果你们再让我的朋友受一次伤害，我绝不会袖手旁观。所以，请你们心平气和地接受我的朋友。”

“……”

“老实说，那边的家里，不早就是一盘散沙了吗？”

“你！”

“出轨产女的伯父，对亲哥哥萌生了诡异爱情并且执迷不悟的晟芝小姐，家人发生任何事情都不知情般漠不关心的伯母……到了这个程度，任何人都会说是一盘散沙吧？我的朋友竟然愿意接受这样一个家庭，既然如此，你们不应该心怀感激吗？其实，智熙非常了不起。一个人在万物俱备的环境中长大成才，固然了不起；但如果是在一无所有的环境中，凭借自身的力量长大成才，这个人是不是更了不起呢？智熙依靠自己的双手赚钱，养活孤儿院的孩子们，在这一过程中还要刻苦学习，最终考上了全国最好的大学。而且，她长得很漂亮，性格也很好，她究竟还有什么不足？你们凭什么自以为是地反对我的朋友？伯父您是国会议员，家里钱多一点就了不起吗？这么了不起的伯父居然出轨外遇？”

“多真，不……不要再说了。”父亲的声音中透着难过。

晟芝脸色惨白，浑身发抖，怒视着多真。

“总之，不要再惹我生气，晟芝小姐，我警告你，如果你再敢对我朋友做那些事情……”多真停顿了一会儿，扬起一侧嘴角，“我绝不会坐视不理。”

“你……你要怎么样？”

“我想怎么样？你问这话，真的不知道吗？对我来说，不是有个名叫崔多真的武器吗？就是国会议员伯父外遇生下的女儿崔多真啊，这对于依靠国民的信任来获取支持的伯父来说，算不算彻头彻尾的污点呢？”

“多真……”晟民再也听不下去了。

听到多真这么贬低践踏自己，晟民难过无比，心仿佛在被什么啃噬。

“如果我公开崔多真这个人的存在，伯父的国会议员生涯怕是要到头了吧？我甚至听说大家一直在传伯父是位清正廉明的国会议员？假如大家知道了我的存在，家庭、名誉，都将不复存在，对不对？”

“多真，你……一定要做得这么绝吗？”

父亲无法理解多真怎么会变了这么多，他猜测多真的生活一定经历过某个关系重大的转折点。

无论如何，对父亲来说，多真始终是自己的女儿。尽管不能公开宣称是自己的女儿，总归有血缘关系，所以，当多真毫不迟疑地说出要毁掉自己的话时，身为人父，痛苦至极。

“为什么不可以？”

“……”

“生下我这副躯壳，是伯父的错，没理由因为我是伯父外遇所生，就活该承受指责，难道不是吗？这副躯壳能为我的朋友出点力，又有什么不可以？这是我的心愿。我的身体，我自己支配。”

“多真。”

“请不要随意叫我的名字，我的名字是母亲取的，非常珍贵，我不想听到伯父您这样的人喊起这个名字。我曾经以为伯父您不一样，虽然您外遇出轨，虽然您放弃爱情与孩子，选择了金钱与名誉，我依然认为伯父您和别人不一样，可是现在算什么？因为人家是孤儿，所以不分青红皂白地反对？没有妈妈，没有爸爸，是多大的错吗？不都一样活着吗？我是这样，智熙也是这样，都没有父母，却认真地活着；不做坏事，正直向上地活着，怎么能只因为没有父母这一条，就理当承受指责，忍受伤害呢？你们觉得不管做什么都没关系是吗？”

“多真。”

“多亏了伯父您，我才来到这个世界，真让人恶心，好像所有的一切都是我的错，好像我的存在本身就是个错误。是智熙，把这样一个我打造成一个人，正是因为有了智熙，我才能够活着，能够撇开让我抬不起头来的负罪感，让我可以按照自己的意愿生活。我不是伯父罪孽的产物，而是一个活生生的人，我可以为了把我变成人的智熙，做出比这更过分的事情。”

“……”

“我希望，以后再也不要见到伯父和晟芝的面孔。晟民哥哥和智熙一定会结婚，请不要干涉他们的婚姻生活，如果让我听到……到那个时候，您那边的家庭也会走到尽头。”

一片寂静。

一开始想要插嘴的晟芝也噤声不语。

晟民闭上了眼睛。

被女儿拒绝的父亲的痛苦，还有，拒绝了父亲的多真的痛苦。

“那我就先走了。”多真说完站了起来。

父亲凝视着多真，眼神中充满了渴求：“多真。”

多真对着父亲露出一个淡淡的微笑：“没关系，伯父，我不会怨恨您的，只是，伯父您和我并不是一家人。”

“……”

多真走出晟民的办公室，做了个深呼吸，跟着多真一起出来的晟民搂住了多真的双肩。多真侧着头，面颊贴近晟民放在她肩部的手。

“心很痛吧？”晟民的声音中满是伤悲。

多真摇摇头，微笑着问晟民：“哥哥，打算什么时候举行婚礼？”

“小傻瓜。”

“我没关系，真的，我没关系的。”

“反正再也见不到仁赫，那种痛苦太过强烈，所以现在的其他事情我一点都不会觉得心痛。因为我的脑海，我的心灵，仍被他的名字满满占据。”多真在心里默默地说。

# 26

正勋退伍了。

当年五月，晟民和智熙举行了婚礼。

智熙是世界上最幸福的新娘。尽管只有父亲一人出席了这场婚礼，不过，这已经足够了。

“真是可惜了智熙。”

坐上婚车前，多真小声嘀咕着，晟民听到后一脸不甘。

“真是的，难道你哥哥我就不帅吗?”

“说实话，哥哥你也觉得智熙太可惜了吧?”

“哼，坦白说倒是这样。”

“你一定要让智熙幸福，如果你敢惹她哭，我会狠狠揍你。”

“哎呀，好可怕，太吓人了。”

“智熙，旅行愉快，等你们回来哦。”

智熙抱住了多真轻声说：“多真。”

“嗯。”

“谢谢你。”

“我才要谢谢你。”

“我会给你买礼物的。”

“嗯，要贵的啊。”

“傻瓜。”

智熙一边嘟囔着“比起新郎，我好像更喜欢小姑”，一边登上了婚车。

一年后，智熙和晟民有了一个可爱的女儿，名字用了多真名字中的一个字，取名叫作多彬。

有了孙女，父亲和母亲的态度不一样了。这一年间，晟芝也考虑了很多问题，偶尔会去找智熙，而且对自己的第一个外甥女疼爱有加。

多真和他们住在同一幢公寓里，楼层不同，彼此往来频繁，多彬有时候甚至会叫多真“妈妈”。

秀英和前一个交往的男友分手后，正和新男朋友交往，正勋也有了一个新生学妹做女朋友。正勋带着小女朋友过来，介绍大家认识的时候，多真说正勋“是个勾引小朋友的小偷”，秀英则说：“这小女朋友真够可怜的，一定不知道正勋的真实面目吧？”

已经二十七岁了。

“崔多真。”

多真正在公寓里等电梯，耳边传来一个熟悉的声音，原来是晟芝。

“我应该说过，最好不要让我看见你的脸。”

“我妈……知道你。”

“……”

“很早之前就知道了。她说想见见你。”

“为什么……说想见我？又想来指责我？”

“不是这样的！”晟芝尖叫起来，紧接着说道，“不是这样的，那个时候我太幼稚了，我……什么都不放在眼里，我只是……”

晟芝的表情像是真心后悔了。

“对不起。”

“……”

“其实，我从小就希望有个妹妹。我可以和妹妹一起去买衣服，被男朋友甩了的时候可以一起吐槽骂人……我很希望有一个像朋友一样的妹妹。”

“……”

“我知道你的时候……老实说，真的很生气。虽然我的确想有个妹妹，但是……爸爸他……一直信任的爸爸竟然曾经做出这种事，我很恼火，所以就冲你发了火，你根本没有任何罪过……”

“……”

“现在是不是太迟了？”

“……”

“太……迟了吧，是不是？”晟芝面露苦笑。

多真深吸一口气，问了晟芝一句：“衣服……去哪儿买好呢？”

正勋和女朋友分了。

听说是女朋友脚踩两条船。

“啊，心好痛，我还以为没那么喜欢她呢，原来交往三年还是有感情的啊。”正勋大白天就喝起了酒，牢骚满腹。

“哎哟，那你就该管好她呀。说实话，你啊，和她不算经常见面，人家得有多孤单啊。”

“那也不能劈腿啊，和我说分手不就行了。”

“她该不会是为了吸引你的注意，才这么做的吧？”

听到智熙的话，正勋皱起了眉头。

“注意？不对，怎么会为了吸引我的注意去劈腿呢？”

“女人为了唤起别人注意的时候，本来就常常有些极端行为。”

“是吗？哎，姐姐啊，等多彬大点儿，交给我吧，姐姐你和晟民哥的女儿一定特别漂亮。”

“你抽什么疯？才不能把多彬交给你!”

勃然大怒，高声斥责的人是秀英。

“你竟敢想拐跑我的外甥女！不行，绝对不行!”

“喂，喂，让别人看见，还以为我有多该死呢。”

“姐，多彬哪去了?”

秀英彻底忽略了正勋，问智熙。

“去奶奶家了，多真带她去的。”

“姐姐你怎么没过去?”

“这不是好不容易休息一天嘛。”

智熙在律师事务所工作。

“多真硬要我在家里休息，多彬在奶奶家住一晚再回来。”

“那多真呢?”

“她说把多彬送过去就回来……会不会去原野咖啡了?”智熙看着表自言自语。

“多真经常去那儿。”

“是啊，那间咖啡馆相当不错，不过，有点远吧？这附近不也有很多不错的地方吗?”

“对了，姐。”

“嗯?”

“多真……打算一辈子不交男朋友了吗?”

“也许!”

“她还在想着仁赫吧?”

“嗯，好像是。”

“再去见他不就行了。”秀英嘴巴噘得老高，“如果到现在都忘不了，去见他不就好了吗?”

“那你们为什么不和仁赫见面呢?”

“这……因为我们对不起仁赫……没脸见他……可是，多真并没有对不起仁赫……”

“你们也去见见他，坦诚地道个歉，不就行了?”

“话虽如此……还是……很害怕。”

“多真估计也是一样的，曾经用那种方式分开过一次，很怕相同的事情重复上演。”

回家路上。

正勋考虑着智熙说过的话。

的确，多真可能同样惧怕这些，可是，还有谁会比她更期待仁赫有朝一日归来呢?

“他们两个人是因为我掰了的，把他们害到这步田地，我应该负责。”

很想仁赫，自己尚且如此，多真该有多么想念仁赫?仁赫又该有多么思念多真?

正勋几次给仁赫写了邮件，都没有发送，存在草稿箱里；写给仁赫的信也整整齐齐地码在抽屉中；还有好几回按下了仁赫的电话号码，却又随即挂断。

鼓不起勇气。

仁赫说会原谅自己，可还是害怕，很怕仁赫望着自己的眼神不同往日。

“现在到了该拿出勇气的时刻，到了该弥补自己犯下的错误的时刻。”

正勋下定决心。

作出决定后，付诸实践十分容易。

失恋两天后。

正勋留下了一张字条：我去失恋旅行了，十天后回来。

他飞往了澳大利亚。

仁赫揉碎的心脏依旧没有恢复原状，失去灵魂的躯壳孤零零地认真活着。他以优异的成绩大学毕业，结束了硕士课程，正在攻读博士学位。

尚未毕业，已经四处有单位开出高薪邀请他到自己的公司工作。他想在念完博士课程后休息一年，所以一概婉言谢绝。

这些年，想接近他的女人不少，其中不乏在他面前宽衣解带的女人。但是，完全无法勾起仁赫的兴趣。

曾经沧海难为水，在仁赫眼中，女人和石头无异。

只剩下个空壳子，怎么还会有欲望。

一年过去了，两年过去了，直到八年过去，他对多真的思念之情丝毫没有减弱，这份思念刻骨铭心，好几次偷偷落泪。

肉体死去一般思念成狂的日子里，他朝着曾经想同多真一起漫步的悉尼大桥走去，坐在那边的咖啡馆里，回想着多真的容颜。

仿佛就在眼前一样栩栩如生，却又在不知不觉间变得模糊依稀，心好像被撕裂了。

结束研究室的工作后，他在悉尼大桥转了一圈，然后回到家，家门前站着一个人。

正勋。

咕噜。正勋吞下口水。

虽然相距甚远，正勋还是一眼就认出了仁赫。

正勋鼓起勇气来到这里，真要和仁赫面对面了，却又不知道该说些什么才好。他紧张得嗓子冒烟，后背直冒冷汗。

“该说什么好呢？要先道歉吗？该怎么道歉呢？总该先道声歉吧？”正勋在心里嘀咕。

仁赫走近了。

哎呀！他越走越近了，我该说什么？我到底应该怎么做？屈膝跪地？要不，双手合十乞求原谅？再或者先痛哭流涕？

正勋苦恼之际，仁赫已经停在了他的面前。

“仁，仁赫……”

所有的烦恼忘得一干二净，正勋跟个傻子似的喊出了仁赫的名字。仁赫愣愣地凝视着正勋，正勋又羞又怕，直想找个地缝钻进去。

“来了？”

“啊？”

“去吃肉派吧？”

“啊？”

“走吧。”

仁赫勾着正勋的肩膀，就像什么事情都没发生过一样。仿佛回到了从前，回到了十年前，所有事情开始之前，正勋来澳大利亚的时候。

仁赫一点也没变，原来他说过的原谅自己的话，不只是说说而已。

正勋真是太喜欢仁赫了。

“你怎么会来澳大利亚？”

两个人大快朵颐地吃掉了肉派，又意犹未尽地打包了五份带回家。仁赫洗完澡出来，递给正勋一罐啤酒，问他。

“因为我想你。”

“哎哟，八年时间都没有音讯的家伙，就知道说得好听。”

“真的，我有好几次都想给你打电话来着。”

“那你怎么没打？”

“那个……我害怕啊。”

“怕什么？”

“你啊。”

“我有什么可怕的？”

“怕你……生气嘛。”

“生气的人不是你吗？我早说过，会原谅你的。”

“我……我没有生气，也没有理由生气，反倒是我自己做了太多太多错事……所以……我很怕，怕得不到你的原谅。”

“笨蛋。”

正勋慢慢端详着仁赫的面庞。

似乎与过去没有什么两样，却因为增添了几分成熟老练，魅力更胜从前。

“仁赫。”

“嗯？”

“你知不知道，光是看着你，好像就能让人怀孕？”

“什么意思？”

“你，可真是性感到爆啊。”

“你是跑来跟我求爱的吗？你就这么缺女人？”

“啊，对了！我前几天失恋了！”

“失恋?”

“就是！她不是劈腿了嘛，我这是失恋旅行。”

“你失恋，就顺带着想勾引我？很抱歉，我对男人没兴趣。”

“那你就是对女人有兴趣了?”

“这个……”

仁赫苦笑起来。

正勋明白，仁赫想起了多真。

“你，对多真有兴趣吧?”

“不要说了。”

“韩国，不打算回去了?”

“嗯，不回去了。”

“多真她……”

“别跟我提多真。

“可是，仁赫啊。”

“秀英过得怎么样?”仁赫好不容易换了个话题。

“秀英就是个女花花公子。”

“这又是怎么说?”

“她简直人气爆棚。”

“也是，秀英长得漂亮，又正好是男人喜欢的类型，开朗豪爽好脾气。”

“可不是。”

“你现在才觉得可惜?”

“这个，倒没有。对了，你知道智熙姐吧？那个和多真关系很好的姐姐。”

“嗯。”

“那个姐姐结婚了，孩子都有了，取名叫多彬，可爱得不得了，我想等她长大了娶她。”

“这么长时间没看见你，神经都出问题了啊，啧啧。”

“哎呀！她真的好可爱，走起路来摇摇晃晃，叫‘叔叔’的时候真是……呵呵。”

“你想跟一个管你叫叔叔的小孩子结婚？”

“反正我不是开玩笑，智熙姐很漂亮，晟民哥很帅气，这孩子充分继承了父母双方的优秀基因啊。”

“这样啊。”

“你和多真的孩子也会这么可爱。”

“李正勋。”仁赫的声音沉了下来。

正勋还在接着说：“我要说！就算你凶巴巴地瞪着我，我也要继续说下去！我现在就想说多真的事情，坦白说，我就是为了和你说多真的事情才来的！”

双眼圆睁，一脸骄傲的正勋和以前一模一样，看到这个样子的正勋，仁赫放心许多。

“好，你说，说吧。”

“一直到现在，多真还是一个人，有太多的人追她，她却不给任何人机会。多真每天都戴着一条和季节一点不搭的项链，雪花结晶形状的冬季项链。”

“……”

“她从来没摘下过那条项链，那是你送给她的吧？”

“……”

“多真经常去一家名叫原野咖啡的咖啡馆，总要在那里待上好一阵儿才走，那是……你和她一起去过的地方吧？”

“……”

正勋说着，心里很不是滋味。

“都是我的错，仁赫，我那个时候，真的是做错了，再也不会有那种事了，我，现在对多真完全没有那种感情了。当年是我太不懂事，现在不会了，所以……你回来吧，抓住多真，嗯?”

“正勋。”

“多真……像个活死人一样，虽然会生气发火，会说说闹闹开玩笑，可她，有时会突然跟个死人似的望着空中某个地方，在空中寻找你的脸庞。”

“……”

泪水快要夺眶而出，仁赫使劲眨了眨眼睛。

正勋静静地注视着仁赫的一举一动，又加了一句。

“多真，她的表情和你现在一模一样。”

砰，砰，心沉到了谷底。

他没有想到多真直到现在还这么痛苦，他以为自己来承受痛苦已经足够。

希望多真幸福，希望她把那时的爱情当作一份回忆珍藏心间，遇到一个好人能够放手去爱，希望至少多真身上会发生那百万分之一的事情。

“仁赫啊，回韩国吧，就回去见见多真吧。然后不管你是回澳大利亚，还是在韩国定居，都要和多真在一起，嗯?”

“这个问题没那么容易。”

“智熙姐说过，是因为害怕。”

“……”

“因为当年选择了分开，害怕以后遇到相同的情况时又会再一次分开。”

“……”

“大不了以后你把多真放在第一位不就行了？任何情况下都

不选择分开，这不就行了吗？”

“正勋。”

“我很担心，心很痛，因为自责而难过，你就当是为了我回趟韩国吧。”

“正勋……”

“抱歉，这种时候我还这么任性，抱歉，我很贪心，可就算是为了我……”

“……”

“你们也要生个漂亮点的女孩啊。”

扑哧……

仁赫终于笑出了声。

瞅着他眼中的真诚，还以为要说什么呢，原来是说生个女儿。

正勋果然一点没变，和以前完全一样。

“我女儿长大，你想抓去吃了吗？”

“我觉得你们的女儿一定漂亮得跟天仙儿似的才这么说嘛，我对美女没有抵抗力啊。”

“你这个二货。”仁赫呵呵直乐。

很感谢正勋，是他，消除了自己心中充斥的不安以及不能去找多真的理由。

原来如此简单，原来只要下定决心就可以回去。自己竟然耽搁了这么长时间，像个傻瓜一样。

“你会……回韩国吧？”

正勋盯着仁赫，眼神中满是紧张。

仁赫扑哧笑了起来，揉乱了正勋的头。

“对，会，走吧。”

一想到能再见到多真，真想马上飞回韩国去。

不过，走之前还有事情要处理。

从与多真重逢的那一刻开始，再也不要离开她的身边，要让多真成为世界上最幸福的女人。既然整整八年彼此不在身边，更要加倍爱她，弥补回来，不再令她的眼中泪光闪动。

“你什么时候回去?”

“等你旅行结束的时候，我和你一起回去。”

看着正勋恨不得立马去订第二天回韩国的机票，仁赫好不容易拦住了他。

这一晚，仁赫躺在床上准备入睡的时候，时隔八年，第一次感觉到自己还活着。

# 27

“妈妈，我来了。”

一个月一次的家庭聚会，智熙因为工作要晚点过来。

“多真来了？”

“对，我把多彬也一起带来了。”

“奶奶！”

多彬跌跌撞撞地跑到奶奶身边，奶奶抱起多彬，和多真一起走进客厅。

“功课累不累？”

“不累，很有意思，晟芝姐呢？”

“她最近忙着和男朋友约会，经常很晚回家，还嚷着要结婚。”

“呵呵，是吗？”

“多真，你不打算结婚了吗？”

“对，我只是……现在这样就好。”

“你现在年轻，可以这么说，可以后会孤单的。周围的人都结婚了，和自己的家人在一起，家里只有你一个人，不会寂寞吗？”

“也许吧。”多真淡淡一笑。

其实，现在已经感觉到了孤独与寂寞，没有仁赫在身边，和任何人在一起，那份深深的孤独感恐怕都不会消失。

看着年纪轻轻的多真脸上流露出晦暗的微笑，晟芝妈妈不禁为她感到惋惜。

很久以前她就知道了多真的存在，她不是个傻瓜，怎么会连自己的丈夫出轨，还生下孩子这种事情都不知道?

起初知道他们生下孩子的时候，她极为愤怒，甚至希望那对母女从世界上彻底消失。

她背着丈夫，监视着母女二人的一举一动。

多真妈妈去世后，多真由外公外婆照顾。她知道丈夫私下和多真见面的事情，怒火中烧，但强忍着没有发作。

但当她听说多真的外公外婆都已经去世的时候，却再也不恨多真了，反而对多真心生怜悯。

“小孩子有什么错?”

自己总归是一个养育了一双儿女的母亲，怎么也不会去怨恨一个独自长大，而且是大人出轨生下的，不被承认的孩子。

如果丈夫和自己提起多真的事情，她打算随时接纳多真，还做好了对多真和自己的两个孩子一视同仁的心理准备，尽管这经历了一个漫长的过程。

然而，丈夫从未提过多真一句。

不管怎样，现在和多真是一家人了，多真不依赖别人，文静成熟，有一种奇特的魅力，这让晟芝妈妈打心眼儿里喜欢。同时也为多真感到惋惜。

“妈，我回来了！啊？多真来了?”

晟芝走了进来。

“姑姑!”

“嗯，乖，过来，到姑姑这边来。”

晟芝抱着多彬走过来：“妈，我们今天去外边吃吧。天气这么好，多真你说呢？”

“我都可以，妈妈呢？”

“好吧，准备饭菜也挺麻烦，就出去吃吧？”

“嗯，餐厅里冷气都开得很足，多凉快啊，我让哥哥和智熙也上那边去。”

“什么智熙，智熙的，要叫嫂子。”

“怎么了嘛，智熙自己说没关系的。”

“晟芝，你！”

“哎哟，我亲爱的妈妈，您可真是眼里揉不得沙子。”

大家在安静的韩式餐馆吃过饭，回到家边吃点心边聊天，这时，多真先站了起来。

“这就要走？还不到三点呢。”晟民说道。

“嗯，我先走了，还要回去看会儿书。爸爸，妈妈，我先走了。姐，回头见。”

多真和大家告别，走出了家门。

已经七月了。

天气异常炎热，马上要开始桑拿天了。

大家约好了八月份一起去海边避暑，秀英来找多真制订避暑计划的时候，告诉她正勋说去失恋旅行，玩起了失踪。多真为正勋想到一出是一出的举动笑出了声，心想难得正勋真的很喜欢那个女生。

和季节不符的雪花结晶吊坠项链戴在多真的脖颈上，萧索落寞。和仁赫分开后，这条项链一直陪伴着多真。

想念仁赫。

“我想你了。”

试着说出声来。

“我好想你，仁赫。”

心中郁结。

直到现在，只要一想到仁赫，多真都会黯然落泪。

大家都组建了家庭，找到了自己的归宿，秀英和正勋总有一天也会结婚。

到那个时候，我们会变成什么样子？

多真本想去学校图书馆学习，却又改变方向，走到了原野咖啡。

每当阳光灿烂的日子，我都会来到咖啡馆。

弥漫着咖啡香气的咖啡馆内，窗边的位子是我的专属。

和熟悉的店员点好一杯Espresso，我把视线移向窗外。

映入眼帘的只是偶有车辆通过的寂寥道路，以及依靠药物生存下去的无精打采的行道树，然而，我却独爱这片风景。

正当我为那份噙满伤悲的相思之苦而感到精疲力竭的时候，Espresso端了上来。双唇沾染到苦涩浓黑的液体，比这更苦的往事渐渐浮现在眼前。

我深陷在过往之中。

太过懵懂无知的往日回忆。

在本想做题的练习本上写写画画一番，多真扑哧笑了出来。

像个傻瓜，我，这是做什么呢。

多真闭上双眼。

可能是室内的空调吹得有点冷，所以窗外照射进来的阳光才更让人觉得温暖。

他现在在做什么呢？是读研究生，还是已经工作了呢？

默默描画着他的样子。多真想象不出一个二十七岁的仁赫。

身高应该还是原来那样，脸庞估计比当年多了些风霜，也有可能不好好锻炼身体，现在发福了吧。

多真一边想象着仁赫变胖了的模样，一边露出了微笑。

能像现在这样回忆着他，多真已经心满意足，如果再贪心，只会更加痛苦。

耳边回荡着他的嗓音。

“一个人爱上另一个人，和那个人永远幸福地生活下去的概率有多大？”

对，就是这个声音。

低沉温柔的嗓音，恍如仙乐，就和现在听到的声音一模一样？

“天啊，一定是我太想听到他的声音，幻听了吧？等我睁开眼睛，难道我面前还能坐着姜仁赫不成，真是的。”

多真咯咯乐着，轻轻睁开了眼睛。

他在那儿，二十七岁的姜仁赫。

绞尽脑汁想象也描绘不好的他，比当年更加成熟的姜仁赫，就坐在对面。

幻觉？

多真睁大了眼睛，注视着他。

“一个人……”

幻象中的唇角轻扬。

“一个人爱上另一个人，和那个人永远幸福地生活下去的概率有多大？”

不是幻觉，是现实，触手可及的现实。

彻底消失的灵魂瞬间融入了躯壳，纵然是晦暗不明的世界也不再暗淡无光。

多真感觉到了心脏的跳动。重获新生，时隔八年，第一次感觉到自己还活着。

全身仿佛狂舞欢腾，高歌幸福。

双腿想奔向仁赫，双臂想拥抱仁赫，双唇想亲吻仁赫，喉咙想诉说爱意。

浑身上下的每一个细胞都渴望着仁赫，却因此而动弹不得。

仁赫望着多真，又问了一次："一个人爱上另一个人，和那个人永远幸福地生活下去的概率有多大？"

多真再次紧闭双眼，然后睁开，笑容明媚，送出了平生最美丽的笑颜，缓缓答道："百万分之一。"

仁赫笑了："我们，不就属于这百万分之一吗？"

<全文完>

# 番外

结婚三年，没有要孩子，他们想多享受一段新婚夫妻的二人世界。

旅行去了很多地方。

蜜月旅行的时候，他们去澳大利亚欣赏过悉尼大桥的壮观景象，也曾在悉尼歌剧院里观看过歌剧。

他们在韩国国内旅行，还去了欧洲、美国、埃及。

“现在玩够没有？赶紧送我个侄女做礼物！侄女！我要侄女！拜托你们，趁着我还没老，快点给我生个未来的新娘！”

正勋是最着急的人，简直就是急得团团转。

“你这家伙这么恐怖，谁敢生女儿？”

“仁赫，仁赫，想象一下呗。”

秀英把胳膊搭在仁赫肩上，说道。

“这可是和多真长得一样的女儿啊，简单说就是小多真。一个嘟着小脸蛋儿，天真无邪的小多真摇摇晃晃地走到你身边，抱住你，然后在你的脸上‘啵’一下，叫你一声‘爸爸！’怎么样？难道你不想要个这样的女儿吗？”

“老婆，我们去睡啦。”仁赫急急忙忙地说道。

“哎哟，真要命，你们啊，少跟仁赫那儿煽风点火。”

“唉，人家好奇嘛，仁赫二代，多真二代，得有多可爱啊？

根本就是个小团子啊。”

“没错，我也渐渐到了该有个外甥女的时候了。”晟民点了点头。

“老人家，您该回家了吧？”

“智熙，你刚才听见没有？秀英刚才叫我老人家？你听到没有？我幼小的心灵受到了巨大的伤害，你快帮我教训她。”

“多真，我真觉得丢脸，你不要紧吧？”

“智熙，真抱歉，我有个这样的哥哥。”

这样那样的混乱过后，三个月之后，多真怀孕了。

正勋说这是大喜之事，包下一间咖啡馆举行派对，竟然比人家正牌老公仁赫还兴奋，不知道的人怕是要误会正勋才是孩子爹。

仁赫不让多真动弹一下，连洗手间都要抱着多真去。

多真在家里说：“啊，巧克力……”

话刚出口，仁赫已经准备出门去采购。

“啊，困……”

多真话没说完，仁赫马上铺床放被做准备。

“仁赫，你得去上班了。”

“我怎么能把你留在家里？万一出什么事怎么办？”

“走吧，快走！”

仁赫寸步不离多真左右，智熙好不容易才把他拖去上班。他们上班的公司离得很近，经常一起上班。

就这样，九个月过去了。

多真已经“大腹便便”。

“好紧张啊。”正勋瞅着多真的肚子嘀嘀咕咕。

“真是的，你有什么好紧张的？”

“听人说，肚子这么大是要生儿子的。”

“你是哪门子怀孕专家？别人老婆生孩子，你这么关心做什么？”

“喂，姜仁赫！话可不能这样讲，肚子里的可是我未来的新娘！我担心不是理所当然的吗？”

“哦，这样啊。”

“反正，就是很诡异。”

“秀英，你能帮我把正勋扔出去吗？”

“不好意思，我可不想碰他，太恶心了。”

“什么啊！你说什么！”

吵吵闹闹的夜晚。

对于他们来说，每个星期都指定了一个“贫嘴之夜”，无论有什么事情，到了这一天都要聚在一起东拉西扯一番。

“孩子取什么名字？”秀英问道。

“我，我已经想好了。”

“正勋，怎么又是你？”

“喂，喂，听我说完，你们会很惊讶哦。”

“什么名字？”

“正勋二代。”

“秀英，拜托你，你就不能帮我把他扔出去吗？”

“不好意思，我真心不想碰他。”

“怎么了？正勋二代怎么样？”

“我想给她取名叫秀彬。”多真说话了。

“秀彬？”

“从秀英的名字中取了一个字，所以叫秀彬，如果是男孩子，就叫正彬。”

“嘁，我才不会把自己的名字给个臭小子呢。”正勋小声嘟囔着。

“是吗？那就换成……”

“别啊，多真，还是叫正彬吧！”正勋连忙改口。

“嗯……”多真突然捂住了肚子。

“干什么你，李正勋！都是你，害得多真肚子疼！”

“哼！因，因为我吗？是不是我太吵了才这样？”

“就是，现在都什么时候了，你还叽里呱啦的。”

“老婆，没事吧？”

“我……”多真望着他们，脸色惨白，“我……好像……要生了。”

之后的情况之混乱，简直不足以用语言来形容，晟民急三火四地冲过来；正勋和秀英不停地反复问怎么办怎么办；仁赫一边紧紧握住多真的手一边说“用力，用力啊！”完全不着调；智熙让大家一定要冷静，说送多真去医院；可怜的小多彬被大人们的忙乱吓得哇哇大哭……

这个时候，多真想的是，真是幸亏还有智熙在。

经过三个小时的痛苦煎熬，在多真肚子里蜷缩了九个月的小宝宝迎来了这个世界的第一束光明。

“呜哇哇哇哇哇哇啊！”

医生把宝宝送给多真看，说道：“是位健康的小王子哦。”

刚才焦躁不安地陪伴在多真身边，多真每次用力的时候也跟着一起用力的仁赫现在笑容满面，他擦拭掉眼角凝结的泪花，握住了多真的手。

“老婆，是个儿子。”

“嗯。”

“长得像我，俊美无双。”

“王子病。”

“也像老婆你呢，鼻子和小嘴跟你一模一样。”

“呵呵呵，真漂亮。”多真激动得声音都在发抖。

“多真，我们是一家人。”

“嗯，是一家人。”

梦寐以求的家人。

曾经百般渴望，也无法拥有的家人，自己已经有了。

护士抱着宝宝走出去，要把宝宝送到新生儿室。护士离开后，仁赫轻轻吻上了多真的额头。

“辛苦你了，老婆。”

“嗯，你也是。”

紧接着，走廊传来了正勋的惨叫声：“天啊！怎么是个臭小子啊！”

尽管嘴上说着这样那样的，其实，正勋还是十分疼爱宝宝的。

他像每天上班打卡一样，天天来看正彬。

仁赫和多真当着众人的面，也会不间断地秀恩爱，正勋见此情景，噘起了嘴。

“你爸爸妈妈可能看不见别人吧，有人还在啵啵个不停，估计你要看一辈子了。觉得难受了，就来找叔叔，叔叔会保护你，摆脱那对让人起鸡皮疙瘩的父母。”正勋对正彬说道。

年满五岁的正彬后来因为父母秀恩爱而郁闷得要死，还真跑去正勋家吐槽了。

正彬有了个小妹妹。

秀英和正在交往的男人分了，大哭一场。

正勋带给秀英很多鼓励和安慰。

最后，秀英和正勋闪电结婚了，让所有人大跌眼镜。

这些全是后来发生的故事。

现在，只是实现了百万分之一的爱情，见证奇迹发生的一刻。

<番外完>